鄧家的血海深仇，數十年來捲入無數條人命，
鄧飛蛇與小白龍成功擊殺林廷揚後，
十數年後林氏子紀宏澤也報仇而踏入江湖……

小白龍意欲擺脫鄧飛蛇，而鄧飛蛇又早亡於林廷揚師弟之手，
十數年未平息的江湖風波，究竟何時才是消解之日？

目錄

目錄

第一章　潛龍湖邊現鱗爪

江蘇吳下，七子湖邊，住著一位才高學富的秀才，名叫凌伯萍。他不但人品秀雅，而且富甲一鄉。說起來，他的田畝並不算多，卻有些商舖開設外郡，很能賺錢，如古玩鋪、當鋪、綢店之類，以此他得以坐擁巨產，隱居高臥。

凌伯萍家中人口很少，只有一妻一女和些奴僕。他的妻是小家碧玉，和他結為夫妻，內有一段奇緣。據說凌伯萍性耽遊覽，不幸有一年南遊湘漢，誤上賊船，又教叛主惡奴所賣，險些喪了性命，被古剎寄居的一位老儒所救，才得免死。這老儒名楊心樵，也是隱居避仇的人。膝下只有一個愛女，小名春芳，尚在小姑，獨處無郎。父女二人在江邊古剎，設帳訓蒙，春芳也住在廟內，為父執炊。這一日凌晨，突有個穿長衫的少年，從這小廟別廡內，水淋淋出現，手裡還提著一把劍。楊心樵父女大驚，看這少年通身水淋，肩負重傷，廟門階地上又發現斑斑血跡。這父女慌得嚴詞詰問少年。少年書生長揖訴苦，自稱凌伯萍，身是秀才，江行遭難。楊家父女把他救了，更衣敷藥，假舍養傷，十分盡心。少年陌路獲救，恩同再造，自然衷心感戴。楊心樵愛他年少多才，潛動了相攸之心。後來少年傷癒，春芳姑娘便由乃父主婚，嫁為凌伯萍的妻室。

卻不意春芳嫁了過去，楊心樵才發覺東床嬌婿家境如此豪富，而自己女兒乃是續弦，並非原配。一年以後，又覺察，凌伯萍行蹤可疑，猜是江湖人物。措大心事，頓感齊大非偶，老貢生心中不以為幸，反以為悔。可是這懊悔之情，又不能對女兒透露。光陰荏苒，春芳姑娘嫁凌伯萍不到兩年，便生一女。

老儒楊心樵心中鬱悶，積憂成怨，不久生病，病重死了。春芳姑娘十分哀毀，凌伯萍極盡半子之勞，把岳翁好好安葬。這是已往的事了。

春芳娘子和凌伯萍這夫妻倆的日常生活，可謂以財自娛，不羨神仙。夫妻倆整月地課奴藝花，督婢刺繡，度著隱逸生活。既不結納官府，又復謝絕交遊，服食起居極備豪奢，而且悠閒。

服侍春芳的，有婢女，有傭婦；服侍伯萍的，有書僮，有幹僕。宅中還有門房、管事、廚役。而且還有個通房大丫頭，名叫寶芬，是凌伯萍姑母送給的。這個十八九歲的使女竟很有力氣，膽量也極大，敢獨行黑道，敢在半夜入花園折花。服侍凌伯萍的書僮，共有兩個，內中一個叫寶文的，年才十六七歲，也很膽大力強，曾和宅中廚子老馮打過架。廚子老馮三十多歲的漢子，反被寶文小孩子打得直叫喚。

春芳娘子看似蓬門少女，實則係出名門，治家相夫，井井有條，這些僕婦全都敬服她。她和凌伯萍伉儷之情很深，有時看來，凌伯萍倒像懼內。

春芳娘子是個很俊美的女子，生得細腰削肩，眼波盈盈，一雙手纖纖潔白，手指甲長有半寸多，隱透肉色，潤如春蔥。

偏偏她丈夫伯萍秀才也養著長長的指爪，刷洗得晶瑩如玉。夫妻倆春閨無事，有時要比賽指甲，看誰養得指甲長，誰修得爪甲好。有時春芳娘子故意逼著丈夫伸出手爪來，自己替他修剪、刮磨，更要用鳳仙花、指甲草，給丈夫染成紅指甲蓋。她脈脈含情地說道：「這樣，才像個姑娘哩。這樣，我看著才喜歡！」

春芳性好繪畫，凌伯萍性好圍棋。春芳也在撫女治家之暇，就拈筆調色，畫得很好看的桃花。凌伯萍飲酒賞花，高興時，常登七子山，找清涼寺僧下棋。

卻有一樣，凌伯萍雖得豔妻，仍喜遠遊。每半年必要出門一次。這一出，少則逾月，久則兩三月；甚至流連忘返，延遲至五六個月的時候也有。

春芳娘子愛戀良人，不忍久別，便委婉勸他：「豐衣足食，在家安居多好？何必跋涉風塵，再受那番驚險？」

凌伯萍含笑聽著，我行我素，到要出門時，仍要出門。春芳娘子忍不住又嬌嗔勸阻，伯萍便說：「男兒志在四方，你叫我長侍妝臺，終老溫柔鄉裡，做你的脂粉奴隸嗎？況且我也不儘是閒游，我也需到鋪子去，算帳收息。我只是偶遇名山秀水，順路一逛，有幹僕照護，再不會出錯了。」又笑道：「上次不出岔子，你我也不會結成夫妻哩。」

春芳娘子搖頭：「收租收息，你不會打發管事人去，何必定要你出門？」春芳娘子情深妒重，便猜疑丈夫勤勤出外，必非無故，也許他在外面另有外家。因伯萍出遊，總帶著幹僕凌安。春芳就用種種方法，向凌安密詰真情：「你們主人不斷出外遊逛，都是做些什麼？」

凌安垂手肅立，回稟道：「大爺好逛山水，又喜歡訪古廟，找有學問的和尚道士，和他們談論佛經密典。大爺和出家人說的話，小的也聽不懂。」又道，「大爺不淨是閒游，有時到自己鋪子裡，問問帳，算算花紅，也是常有的。」春芳不信，仍然窮詰凌安：「我不信他好逛山水，怎麼我叫他陪我逛西湖去，他不願意呢？你們大爺別是在外面私地裡有外宅嗎？」凌安低頭正色道：「奶奶別多疑。大爺可不是那樣的人。」春芳哼了一聲道：「我若從別人口中訪出來，我可不答應你！」

春芳娘子仍不放心，又命貼身使女，向別個僕人打聽。她有時故意向凌伯萍鬧，試著用話詐他。凌伯萍那時必然含著詭祕的微笑，說道：「芳姑娘，實話對你說吧，我家裡還有一對呢。你不是繼室，你是第三個。在杭州還有一個，在蘇州又有一個，在江州還有一對呢。」

春芳道：「說真格的，我也不嫉妒你們，你何必瞞我？我一個人在家，像個孤鬼似的。你一出門，你想我多麼悶得慌？外頭若是真有人，我說實在的，你倒不如把她接進來，也好跟我做伴。」

凌伯萍聽了就笑，仍然故意裝出正經神氣道：「你若想找個做伴的，還不容易。我再給你娶上一個。一個夠不？若不夠，我給你娶兩個。……現放著僕婦丫鬟一大群，你又像孤鬼似的了，你哪裡是悶？你是要拴上我，你把我拴在床腿上，好不好？下回我要再出門，我一定帶著你，你就放心了。」

春芳娘子是個聰明女子，她丈夫說的話是真是假，雖不可知，可是他們情深情薄，卻能從無形中體察得出。凌伯萍實在對她心無二念，愛眷良深。他即便性好出遊，他的心神確是記掛著這一妻一女。若誣賴他有外家，春芳娘子也覺不像。但是凌伯萍總好像別有一點不可告人的祕密似的。聰慧的春芳，實在於無形中感覺出來了。

凌伯萍的衣兜袖口，以及枕畔被底，春芳娘子曾偷著檢索過，並沒有發現類乎女人的信物，像秀髮、弓鞋、絲巾、錦囊、釧鈿、環珮等，伯萍身邊一向沒有。女人們測驗丈夫的情愛，可以從他對待別個女人的神情上揣摸出來。凌伯萍不喜歡接近女子，他確像一個不二色的少年穩重男子。家中侍女不少，美姿容的也有兩三個。伯萍對她們，委實是拿出家主的面孔，正顏厲色地講話，絕不帶輕薄之態。

凌伯萍的書房也不喜歡叫女眷進去，只有那個通房丫頭寶芬，有時奉主婦之命，到書房送過茶水夜肴。凌伯萍卻也不以為然，曾囑春芳：「免了這節吧。如果要茶水，我自然叫寶文進來要。」春芳娘子咬著指甲，想道：「他……不像那種人哪？到底怎麼回事呢？」

並且伯萍的書房，好像就在白天，也不樂意叫僕婦、丫鬟進去。春芳娘子是主婦，她要到書房看看，自然沒人敢攔。

不過春芳自己也懶怠常去。去了，伯萍就起身迎送，夫妻間倒成了賓主似的。伯萍居然說：「請坐！寶文給奶奶斟茶。」這樣子，書房之中是伯萍為政，內宅之中是春芳娘子為政。並且這書房，伯萍在家，就一個人在裡面鼓鼓搗搗。不在家，就把書房門一鎖，鑰匙交給書僮寶文看管，以便隨時拂塵清掃。

春芳想：他一個人在書房，都做些什麼呢？她曾經抽冷子進去看他。有幾次目睹他悄然獨坐，捧卷沉思，也有幾次見他在書房內自己舞劍。春芳忍不住詢問：「你一個人關在屋裡，也不嫌悶嗎？」伯萍那時必起身遜座，笑著說：「我悶慣了。」

又道，「悶得慌，我才想出門逛逛，無奈娘子又不准哪。」春芳無話，搭訕著手指寶劍說道：「你還會舞劍，你倒舞得很好。」

伯萍扶桌笑道：「你不知我文武全才嗎？何止舞劍，我還會耍刀花騙你呢。這才引起春芳娘子不放心，想來私訪我。」夫妻倆說起笑話來了。

偶有一次，看見凌伯萍獨在書房，收拾書篋，書僮寶文和幹僕凌安給打下手，幫忙。這不僅是書篋，還有幾隻鐵葉包角的皮箱。伯萍將它打開，正從裡面翻弄出許多文件冊子和零星紙條。春芳娘子恰巧進來，看見這個就問：「這些紙片子都是什麼？」伯萍直起腰來，把手中東西放下，笑道：「請坐！這個無非是些舊信札、舊單據罷了。也有鋪約、房地契等等。好久沒整理了，有的潮霉，打算晾晾。」回顧書僮、幹僕道：「你們先出去吧，晾一會兒再裝箱。」幹僕、書僮齊聲應道：「嗻！」垂手退出去了。

春芳娘子做出不願意的面孔道：「這些東西應該好好收藏。你把它放在書房裡，你放心嗎？」伯萍笑了，隨說道：「可不是，如今我有了家了。現有掌印夫人，我還放在這裡做什麼？」

春芳不悅道：「我沒挑你那些過節兒，我只怕你把要緊契據丟了。你又常出門，這個書房空著沒人住，萬一下人們手不穩，給你偷出去呢？」伯萍道：「他們敢！」忽又笑道：「你不知道，你那前房姐姐在著的時候，這些東西本放在內宅她那裡，她歿了以後，內宅無人主持，我就把這些東西都移入書房了。現在你來了，你是我家的主婦了，這些東西自然該搬進去，交給你掌管。」

於是書房中幾隻箱籠，都由書僮搭入內宅，把鑰匙交給了春芳娘子。卻另有一具小箱，凌伯萍搬了出來，暗中交給了幹僕凌安，春芳娘子並不曉得。春芳娘子是細心人，把這些箱籠吩咐女僕都安置好了，當時也不打開細看，只把鑰匙好好地收放起來。一日凌伯萍不在家，春芳便開箱細看了一遍，內中都是些單據文契，還有些不相干的舊信，沒有什麼可疑。

又有一次，春芳娘子偶然信步來到書房。她本是纖足婦女，腳步甚輕。又不喜穿木底鞋，走起路來，沒有聲音。直等到一推書房門，來到門口，忽見凌伯萍一手扶著書桌，坐在椅子上，眼看著那個幹僕凌安說話。凌安竟倚著桌子，也大模大樣，坐在那裡。一主一奴略脫形跡，平起平坐，正像是深談什麼事情。忽門扇一響，凌安突然站起來，急忙道：「奶奶來了！」立刻垂手而站，往旁邊一退。凌伯萍回頭一看，也不知不覺站起身來，說道：「你……你做什麼？」春芳娘子道：「我不做什麼。」秀目一轉，看了看，竟一扭身回去了。

凌伯萍忽覺不是味，急急跟了出來，叫道：「芳姐，芳姐！」春芳不答。凌伯萍追上來，手撫春芳的肩頭，徐徐笑道：「你怎麼走了？」春芳一甩手道：「什麼樣子，拉拉扯扯的！」又看了伯萍一眼，見他面紅色變，她卻又賠笑道，「你們是商量事，我回頭再來。」姍姍地回轉上房去了。凌伯萍望著春芳的背影，半晌才重回書房。凌安還在門側，垂手而立。凌伯萍生氣道：「你怎麼不關門，這多麼沒有意思。」

這一天，春芳娘子把宅中大小僕婦婢女，挨個叫來，挨個問了。這個僕人凌安到底是怎麼回事？主人為什麼另眼看待他？假使凌安是個少年俊僕，倒有一說。這凌安卻是三十多歲、濃眉巨目、氣象赳赳的一個漢子，倒像個護院的打手，不似富室俊奴。春芳連問數人，都說凌安是個老家人的兒子，他父親在宅內，聽說有三輩子了。主人對待他，是與眾不同。春芳聽了半信半疑。

到了晚上，凌伯萍回內宅寢息，春芳娘子就打疊精神，陪著丈夫說笑。說到歡酣處，春芳問道：「可是的，那個凌安，他是個家生子嗎？」

凌伯萍眼珠一轉，忽又凝眸看定春芳。春芳一雙盈盈秀目，也正看著伯萍。兩人眼光一對，春芳娘子居然很強，雖被瞅得面皮發紅，有點嬌羞，卻仍然不錯眼珠地和丈夫對看著。

凌伯萍忽往前一湊，兩手把春芳的雙肩一攬，似欲親吻，卻又將手一轉，要摸她的胸口乳房。春芳連連閃避，含嗔道：「做什麼，做什麼！」

凌伯萍哈哈笑了起來，說道：「不做什麼，我倒要看看你這玲瓏剔透的一顆心，你你你怎麼一肚子都是醋啊？」春芳娘子雙頰越發羞紅，兩手用力地把凌伯萍推開，登時回過味來，把凌伯萍打了一下，半真半假發怒道：「大爺，我倒要請問請問你，我向你問問凌安，這話又怎麼啦？問不得嗎？有什麼犯歹嗎？」

春芳娘子心上很有點不痛快！

凌伯萍還是頑皮，笑道：「我告訴你吧，你見我和凌安平起平坐，瞧著像忘了主僕的身分。你便是為這個多心了是不是？那個凌安不是別人，乃是我從小的伴讀。你這回瞧著新鮮了。我沒成婚時，我還管他叫大哥呢。直等到我娶親之後，他才改了口，管我叫大爺，管你前頭那個姐姐叫大奶奶。我和他是兒時戲伴，他父親也是咱們爹爹的伴讀，他父親還救過咱們爹爹的性命。他一家人，祖一輩、父一輩，不在咱們家服役。他當真是家生奴，可是他們的賣身契從他父親那一輩上，早就由祖太爺賞還他了。不但如此，還給他娶妻成家。在咱們老鄉，就有恩賞給他的十六畝地和八間草房，他可以說是咱們家的義僕。你只看見他和我平起平坐了，你還沒看見他父親管束我哩。他父親管我叫小哥兒，『小哥兒這麼不對了，小哥兒那麼不對了。』他貶排起我來，比我的叔叔、舅舅還不客氣……」

凌伯萍還有些解釋的話，春芳娘子搖頭不愛聽，說道：「誰問你這個來！你愛他好，不愛他也好，那是你們凌家的門風，跟我有什麼相干？我只問你一句話，你們一主一奴，截長補短的，嘀嘀咕咕，背地裡總講究些什麼體己話？也可以讓我聽聽不？我倒沒有看見你跟別人這麼屏人祕語過。你卻跟他三天兩頭說私話，這怎麼講？」

凌伯萍大笑，一時無言可辯。春芳的一雙俊眼更盯得緊，兀自不錯眼珠，看住了伯萍的臉，一面還在追問：「你倒說呀！」

凌伯萍仍然笑道：「沒有的事！」

春芳把身子一扭道：「你騙小孩子吧！我看見你們兩三次了。不單這個，你還有什麼事，不是都先跟他嘀咕嗎？你當我傻，是不是？別的不說，就說今兒白天這檔子吧，你究竟跟他在書房講究什麼？怎麼我一推門，你們倆就咯噔打住，全不言語了？這又是怎麼的？你可以告訴告訴我這個外人嗎？」

凌伯萍小看了春芳娘子。春芳絕不是小家碧玉，乃是聰慧的閨秀，不但知書識字，還很有心機。凌伯萍吃吃地笑著，指著春芳道：「你瞧你，越說越來勁，你也太多疑了。他一個下人，我跟他有什麼私話！」春芳瞪著一對剪水青瞳，戟指道：「你又打岔，你倒說呀！」凌伯萍擺出調情的樣子，張開雙手，往春芳兩肋一比，笑呵道：「楊小姐嘴真巧，你叫我說什麼，你把我當賊審嗎？我看你的舌頭有多長，我胳肢你！」整個身子往春芳身上撲來。

春芳早防備著，急急一閃，苗條的柔軀如風擺柳，想把伯萍誆一下。哪知伯萍的身手很快，這一撲雖虛，往上一墊步，早雙手一抱，將春芳整個捉住，就勢按倒在床上。伯萍自己也一側身，躺在床上，兩個人登時並頭對臥。伯萍一手攬住春芳的脖頸，不叫她掙扎起來，一手就當真來胳肢她，並且說：

「你這醋，幾文錢一斤？我倒要看看這位少奶奶，怎麼專跟一個家丁犯上猜疑了？」

春芳身子已被伯萍壓住，只雙足亂蹬，被伯萍連連胳肢了幾下，笑得喘不過氣來。春芳滿面通紅，一迭聲道：「別鬧，別鬧！」伯萍仍然和她起膩，搔癢。春芳真個急了，不由得說出一句話來道：「伯萍，伯萍，你欺負我！」伯萍笑道：「我就欺負你，我看你的嘴還往斜道歪不？」

鬧得過火了，春芳娘子禁受不住，竟掉下淚來，哭聲說道：「你不用扯臊打岔！我是你們家的外人！問你真格的，你和我鬼混，你欺負我娘家沒人了！你不用拿真話當假話說，你一定老家裡還有人。這個凌安，你這麼寵著他，你一準在他手裡有短兒。只有他跟你出門，跟你回老家收租子，你是怕著他。你不用冤我了，你背著我一定有故事，你不用胳肢我，你索性打我一頓吧！」她竟由調笑轉為悲怒了，嬌軀被伯萍擒住，粉面簌簌落下淚珠來。

伯萍登時放了手，心上很懊悔，連忙說道：「好姐姐，你真急了。」極力地哄慰。春芳娘子雙涕凝淚，躲到一邊。凌伯萍湊過去，不住口地賠罪，央告，倒在懷內，裝小孩，叫好聽的。春芳娘子無法，只得破涕為笑。但對丈夫過分寵信凌安這件事，從此似乎留下了芥蒂。她女人家心腸，總疑心丈夫在外，定有不可告人的私弊，落在奴才手裡，自然對這奴才要假以辭色了。她並不是不放心凌安，她還是顧慮到凌伯萍素日喜遊的行徑。她想：自己和凌伯萍的結合，乃是邂逅姻緣。自己父女從患難中把凌伯萍救出，因此訂婚結配。興許凌伯萍瞞著自己，家裡還有女人？可是的，他已經把我騙娶過來，他又何必至今還瞞著呢？

還有一件怪事，伯萍出門之前，必先把凌安設辭遣出去。

凌安回來之後，不出旬日，伯萍必要出遊，不是說到外埠收帳，就是說回故鄉看望。這兩年來，幾乎屢試不爽，難道能說是偶然嗎？那麼，他到底搗什麼鬼呢？

但不拘春芳娘子如何猜疑，卻知凌伯萍對自己頗有結髮情分。冷眼看看，丈夫每逢倦遊歸家，見了自己，那番繾綣貪戀，恨不得把自己……春芳娘子想起來，都有些害羞。並且他把自己所生膝前唯一愛女小桐，是這麼撫愛著，儼如掌珠一樣，見了面，必要偎偎抱抱。從牙牙學語的嬰口中，試聽叫出一聲「爹」，他便這麼忸怩而欣然了。他確乎是「初為人父」。

出門回來，他第一句話必問小桐，並定給小桐帶許多玩具。鍾愛子女的父親，一定愛憐子女的生母。春芳暗道：這難道都是假的嗎？這個悶葫蘆好難打破！

凌伯萍這一方面呢，實在愛著春芳。春芳姿貌既好，脾性又溫婉多情，況又給他生了一個玉雪可愛的小女孩。他想：得妻如此，於願已足。不過他也有他的怪脾氣，好像願意看妻子拈酸含妒、輕怒薄嗔的模樣似的，常有意無意做出撩撥她動疑的舉動來。春芳不喜丈夫出遊，他每年定要出去三兩趟；春芳不喜歡丈夫寵用凌安，凌安照舊拿權。這小夫妻自是一家之主，免不了為這些小事拌嘴，淘氣，鬥心眼。可是閨房調舌，到底無礙於鏡臺畫眉之好。

凌伯萍居處豪華，服飾闊綽，是個青年紳士，頗有貴公子的氣派。但是性情狷介，好遊而不好交，他在當地可以說不與鄰右通慶吊的。在家只與嬌妻愛女享室家之好，出門則攜僕享山水林泉之樂。另外還有一個遊樂地方，便是七子山清涼寺，和靜澄方丈下棋。

靜澄上人性好下棋，談吐不俗，在當地縉紳群中，頗有名聲。城裡的紳士上山隨喜的不少。說起大施主來，還推凌伯萍。但是靜澄上人的圍棋並不很高，和凌伯萍棋戰，實非對手，總得讓兩三子，靜澄方丈勝不過凌伯萍。但清涼寺內僧侶，有個靜閒和尚，年紀已經四十多歲了，他的圍棋卻不壞，正好和凌伯萍旗鼓相當。凌伯萍閒來無事，便輕步當車，到清涼寺，找靜澄方丈、靜閒和尚下棋。凌伯萍書法很好，清涼寺的一塊匾，就是凌伯萍題的。更寫得一筆好隋楷，靜澄就勸他虔誠寫經，以結佛緣。伯萍含笑答應了，首先寫成一部《六祖壇經》，供奉在廟中。

有一年秋天，清涼寺將有僧人發願坐關，當地紳董紛來結善緣，題捐助善。方丈靜澄發帖請凌居士前來隨喜。凌伯萍欣然前往，被靜澄上人迎入方丈室，方知這位坐關的僧人竟是靜閒和尚。凌伯萍詫異道：「閒師父法齡已高，發願坐關，可還行嗎？」又道，「我這一來，沒有手談的棋友了。」

靜澄笑道：「老衲可以奉陪一局。我今天請凌居士來，除了隨喜，還有一件瑣事奉煩。明天是我們閒師父入關的日子，有新從外鄉經商致富、榮歸本土的一位善士，這日許願助善，慨題善簿，我打算煩凌居士做位陪客。這位居士姓高，聽說在北方販皮貨發財的，擁著巨資還鄉，要借小寺，施捨賑貧，又要捐金修造貯經佛塔和三間大殿。聽說這位高居士少年時，本甚窮苦，在佛前許下心願，他日富貴，要捐資三千金，禮佛還願。這個人雖是白手成家的商人，居然談吐不俗，舉止爽快。明天他來了，凌居士務必費心照應。凌居士乃是本廟的常川檀越，和這位新施主談談，也可以解悶。並且這位高居士跋涉風塵，飽經世故，可以說經多見廣，非常健談。聽他說起北方風土人情來，真是聞所未聞，也很有意思的。說到他在塞外日遭三險、絕糧遇狼的事情，也真叫人聽了咋舌。」

凌伯萍素厭俗擾，本要謝絕。忽聽到這些話，因答道：「這人真是從關外回來的嗎？」靜澄上人道：

「是的。他起家致富，就在關外。」遂將高居士的身世說了一遍。這位高居士的一生果然恢奇，可當得起艱苦備嚐、飽經頓挫的人。以一個小窮孩子，遭逢家難，逃到北方。經數十年的苦幹，竟由小小負販，擁資十數萬，飄然旋里，來還願報恩，豈非奇人？更難得他白手起家，毫不吝嗇。久嘗炎涼，依然熱腸待人，真是可欽的人物。

凌伯萍聽了，徐徐答道：「我明天就來看看。」心中暗想，靜澄未必是叫自已做陪客；不過繞著彎子，也誘我助題善緣罷了。這個姓高的不知是什麼樣人，但我久想訪問邊塞風土人情，我向他打聽打聽北方情形，倒也兩便。和靜澄上人談了一回，隨即告辭回家。

隔日告訴了春芳娘子，攜小童寶文，帶些許銀票，老早往七子山清涼寺去了。才到山寺，便見幾乘小轎留在寺門。那位高施主已經邀著兩位朋友，一個清客，帶管事厮僕，先時來到廟裡。還有縣城和木瀆鎮別位善紳，也來了三四位，齊聚在方丈室，座談起來。靜澄上人打疊精神，敬陪貴客，正和知客僧，向眾位施主，講起靜閒和尚坐禪關，一心向佛的大願。方丈室茗煙斜霧，果核雜陳，桌上展開了一本《廣結善緣》的捐簿、兩支筆、一方硯。

凌伯萍來到廟中，小沙彌急忙走報進去，方丈靜澄立即迎接出來，才讓進方丈室，眾善士紛紛立起遜座。

第一章　潛龍湖邊現鱗爪

第二章　過天星赴援拒寇

凌伯萍抬頭一看，那上首客位上，坐著一位善士：好雄壯的漢子，足有五尺六寸高，自己僅及他耳下。兩道濃眉，一雙眼睛，紫醬色闊臉，通紅的厚嘴唇，白牙齒，青頷短鬚，穿一件藍寧綢長袍，天青緞團花馬褂，古銅色套褲，白襪雲履，腰板挺得直直的，正和對面兩人大說大笑。

對面這兩人，一個是中年黃白淨子，穿灰綢袍，帶小帽，氣度安詳，微露豪氣。另一個是中年黑矮漢子，穿紫模本緞袍子，模樣很粗魯。只一望，便看出這三人面帶風塵之色，是常出門在外的人。

在座還有四位善士，雖不熟識，凌伯萍卻也知道他們。兩個木瀆本地紳士，姓謝，姓魏；兩個是城裡小財主。內中一個老頭兒姓梁，一生信佛，談經說法，比起方丈靜澄，學問還深。另一個四十多歲的紳士姓馬，平素喜拉攏，好下棋，曾和凌伯萍對壘。只是他圍棋太差，象棋還精。

方丈室兩明一暗，各集暗間。凌秀才剛一挑簾，濃煙撲鼻。好好一間深廣的禪室，被四五支水煙袋、一爐檀香，熏得煙斜霧橫。

凌伯萍性惡煙氣，眉峰微微一皺，信口說道：「這裡有些客人，我在外邊坐。」一語未了，老方丈側身答道：「凌居士，請裡邊坐，請裡邊坐！小廟這一回坐關築閣，總得仰仗新護法、舊護法，廣結善緣哩。並且這位高居士久慕你的大名，也想會會你哩。」

凌伯萍略一逡巡，向內瞥了一眼，心想：這個藍袍紫面漢子，大概是姓高的吧？果然這紫面大漢搶先站起來，從首位退到一邊，滿面堆歡，雙手抱拳道：「久仰，久仰！我說，老當家的，這一位準是寶寺的常施善紳凌大爺吧？小弟久仰得很，請這邊坐。」連那旁邊的灰袍黃面漢子、紫袍黑矮男子，也忙退下賓席，齊往旁邊一站，橫著手往裡讓。那當地四個紳士也都叫了一聲：「凌先生，今天好早！」

凌伯萍隱居寡交，與當地鄉鄰，總是不即不離地酬應著，當下也向眾人寒暄。老方丈忙指著那紫面漢子，向凌伯萍引見道：「凌檀越，這位就是我昨天說的那位高施主，高明軒高二爺。高施主少小離家，久闖關東。如今致富還鄉，竟不惜屈尊，到小廟來還心願。他老人家昨天在小廟盤桓了一整天，看見咱們這本善簿了……」說著一指桌上那本簿冊道，「他老人家從頭到尾看了一遍，就看見你老的官印。唵，你老這兩年屢次捐施，足逾千金，是小廟頭一位大護法。我們這位高施主很佩服你老，就向我打聽，還要求見一面。高居士說，他離家二十年，今日回來，故鄉出了像您老這一位大善士，他老人家非常喜歡。他老人家說了，這善緣不能專讓你老一個人獨結，他也要助施一千兩銀子。凌施主，你二位比著布施，小廟可就增榮不淺了！」

老方丈哈哈大笑，看了看眾人又道：「高居士看見善簿上，還有梁施主、馬施主、謝施主、魏施主四位，都是常施的善士。行善結緣，不在多少，持一花也可以見佛。這只在心田，只在永恆。」說著，笑嘻嘻湊近一步道：「高居士還要在小廟擺設素宴，普請你們五位施主，共做一樁大善舉。他還邀來兩位親友……」指一指那個黃面漢子和黑面漢子，道：「這一位古敬亭古施主，這一位范靜齋范施主，都是跟高施主一塊發財回來的。高施主把他們二位邀來，這一湊恰好八位，高施主打算湊成八大護法。高施主的意思，要給咱們這小廟，重建三間大殿，重塑八尊佛像，另築一座貯經寶塔。高施主願意獨擔這三間大殿和一座寶塔的工費。至於八尊佛像，願與各位施主，每人施塑一尊。」老方丈賠著笑，把緣簿拿過來。另外一張單子是興工的估單，雙手遞給凌伯萍道：「凌施主請看吧，別位都看過了。」

凌伯萍耐著煩，一面看估單，一面與這些善士們應酬。高明軒這位善士，非常豪爽健談，那位名叫古敬亭的施主也很能說，那名叫范靜齋的似乎不大善辯。那高明軒旋向梁、馬、謝、魏四位施主，談起他當年不正幹，受窮，被人恥笑的舊話來，以至於連老婆都看不起他。後來他被逼得無奈，才逃債投軍，流落北方。十年苦掙，改業經商。他說道：「好像倒楣到家，就會轉運似的。由打三十一歲起，老天爺保佑著我，一步一個順，一走一個巧。拿著我一個外行，十年之間，雖然短不了為難著急，可是到底混整了，我居然混出這麼一番小小的事業來。」又指著古、范二人道：「他二人和我一塊創業，也受了不少苦處。我們三個就是桃園三弟兄，不過他們二位全比我有身分罷了。」面對眾人道：「老鄉，我可不是敗子回頭金不換，我是個歪打正著，走邪運的窮光蛋罷了，實在是老天爺給我飯緣！」說罷，哈哈大笑起來。眾人聽了，一齊說道：「高二爺太自謙了。」

高明軒笑道：「不是自謙，是實話。」隨又說道，「我在外面鬼混這些年，連咱們本地口音都忘了。我如今越想越覺著憑我這樣人，只有餓死才對。我不但沒有餓死，還混好了，說實在的……」雙拳一抱，向佛堂拱手道：「這是佛爺保佑我高明軒。我高明軒沒什麼說的，我總覺得應該報答佛天上神。還有，我高明軒倒運的時候，不怕諸位恥笑，我在這裡，坑、崩、拐、騙，把老鄰騷擾得可以。現在我高明軒有這半碗飯吃了，無論如何，我也該報答報答，我打算借這廟施捨三天。」

扭頭對老方丈道：「老當家的，你不知道，我當年在你們這清涼寺尋過宿，還偷過你們的東西哩。現在我抖起來了，我得把欠的帳還上，省得下輩變狗變貓。」說得眾人哄然大笑道：「高二爺越說越逗笑了。」

高明軒是江南人，卻說得一口北方話。長得高顴闊口，紫面短髯，很似川陝地方人。這些善紳聽高明軒這一篇毫不掩飾的自述，有的拱手頌揚，稱他是爽直有骨氣的漢子，是大丈夫氣概；有的就竊笑他言語粗鄙，簡直是光棍榮歸，自鳴得意。

獨有凌伯萍，素常沉默寡言，此時只用冷眼打量高明軒，口頭上也稱讚幾句，因係初會，並不曾與他深談。但這高明軒與他那個拜義弟兄姓古的，似乎很敬仰凌伯萍的學問、人品；跟別的紳士隨便敷衍著，得空就湊著凌伯萍，向他攀談。凌伯萍不即不離，淡淡地酬對罷了。

當下，在方丈室裡估計工程，籌議題捐。高明軒向凌伯萍拱手道：「凌先生，你老的學問品性，我是最尊敬的。這一回捐修佛殿，出錢是我，出名出頭還得讓你老兄。我在下只有幾個臭錢，肚子裡太窄，品性更壞。這個事情一定請凌先生賞臉，領銜首善。還有佛殿上的匾，也得請你賜題。」老方丈也這麼說，古、范二人也這麼說，其餘的人自然而然也都順著口氣這麼說了。凌伯萍尚欲辭謝，已經推辭不開，沒法子，也就含含糊糊答應下了。

又談了一陣，高明軒向諸位施主，逐一請問住處，順口詢問他們的職業，有功名沒有。他說他客子倦遊，心慕鄉賢。打聽好住處，還要挨門拜訪，獻贄修敬。又挨到凌伯萍身旁，指東說西，虛心交談。他這人是這麼熱腸，好交。

隨後小沙彌來報，素齋備齊。老方丈站起來，敬請八大護法，到齋堂用膳。飯後，八位善紳參觀坐關，隨又到了方丈室。高明軒面向著方丈，眼看著凌伯萍，說道：「我聽說凌施主的圍棋很好，這可真湊巧，我也最喜歡下棋，只是下不好；我雖然下不好，可是最喜歡看人下棋。我說老當家的，看人下棋，最能學高招。凌先生要是不累，可以領教一盤麼？」那個姓古的善士也賠笑插言道：「在下也好看人下棋，我們家裡的五舍弟，他的棋就很高。凌先生如果不嫌棄，我把他領來，請你指教指教他。」

凌伯萍漸覺厭煩，信口說道：「我哪裡會下棋？不過閒來無事，到這裡和老方丈閒談，高興時就擺一盤。這位靜澄師父他的棋更高，棋品也好，我倒常常同他手談。」高明軒道：「手談有意思極了，我也最好跟朋友守著閒談。」原來他把「手談」二字誤解了。凌伯萍忍不住一笑。老方丈立刻打岔道：「是的，是的，凌檀越圍棋手談，實在可稱高手，貧僧哪裡是他的對手？我有時一輸，竟會輸給他一二十個子。」高明軒道：「嚇，輸這些子！我聽說過輸一百多個子的呢。」凌伯萍又微微笑了，把頭扭到一邊。

各位善紳一齊慫恿弈戰。老方丈年齡已大，應酬施主，早感力疲，哪堪下棋，重勞心神。心想不下，又怕掃了施主的高興，只得捨命陪君子，吩咐小沙彌把棋盤擺上來，他卻極力讓別人。這八個善紳中，很有三四個人懂得圍棋的，讓來讓去，由凌伯萍和馬紳對弈。老方丈倖免棋戰，忙著招待善紳，照應茶水。那個高明軒就坐在棋桌旁邊，孜孜地看人下棋，眼睛不時看看別處。

馬紳不是凌伯萍的對手，僅走了二十幾招，便形勢不利；再走幾步，越發的擺佈不開。這一盤棋工夫不長，便見勝負，馬紳竟輸了三十多個子。高明軒在旁，不住口地稱讚凌伯萍棋高。卻是凌伯萍看他那神情，並不懂，微笑著，把棋盤一推道：「天很晚了，我要回去了。」老方丈挽留了一陣，眾人也一齊留駕；淩伯萍勉強又坐了一會兒，跟著高明軒談起塞外情形，淩伯萍倒很願聽。直到夕陽將落，這些善紳方才下山。

自此，高明軒解囊施善，捐資塑佛。為了修造佛殿，不時到清涼寺來。高明軒一來到寺內，便向老方丈打聽：「淩先生來了沒有？」如果沒有來，高明軒便慫恿老方丈打發小沙彌，到淩宅去請。倘或請不來，高明軒便說：「沒人談談，很沒有意思。」立刻離廟下山，回家去了。高明軒好像非常欽佩淩伯萍的學問，極願和他接談。他自稱是個俗物，願與風雅人物親近，可以脫脫俗氣。老方丈也覺出這一點，似乎高明軒只見著淩伯萍，方肯欣施香資，毫不吝惜。但凡淩伯萍不在廟，高明軒就分文也不布施，連坐都坐不住。

老方丈也是有閱歷的老和尚了。他心想：這高明軒的舉動，大約有意和淩伯萍競富；再不然，就是要和淩伯萍締交。

老方丈只盼望善紳們多多布施，怎麼著都好。既覺出此點，便也變著法子，請淩伯萍上廟裡來。但淩伯萍是個儒雅書生樣的人，和粗豪闊氣的高明軒，好像並不十分投緣。起初聽高明軒和古、范二人暢談北方的風土人情，很覺有味。但談來談去，高明軒沒說的了，淩伯萍也就沒得聽頭了。淩伯萍好下棋，高明軒也冒冒失失要跟他下棋，一天偶然擺了一盤。嚇，竟真個輸了多半盤子。依淩伯萍看來，高明軒簡直算是個圍棋的門外漢，剛會走子兒罷了。高明軒的把弟那個古敬亭，也陪淩伯萍下過棋，卻也大非對手，相差過甚。因此，淩伯萍、高明軒，怎麼也談不到一塊。

而且他們兩個人，禮佛的意念也很不同。淩伯萍時到山寺盤桓，第一，好像是習靜；第二，好像是談禪。至於禮佛以求神佑，誦經以求善果，這種小乘見解，老實說，凌伯萍並不很信，還有點瞧不起。高明軒卻不然，他到清涼寺來，據他自稱，是為還願。他開口閉口，佛天保佑：「這輩子信佛，下輩子托生福地。」這是他的理解。凌伯萍曾經笑對老方丈說：「這位高居士，身上一根雅骨也沒有。」老方丈笑答道：「高檀越好像俗氣一點，不過他這個人倒很熱誠信佛，交友對人也很熱腸。」凌伯萍點點頭，笑道：「這倒是的。他雖然俗，的確還沒有市儈氣，不過粗粗魯魯，很像個當兵的。」方丈道：「是的，他年輕時，本來當過兵，並且還當了不少年。他在綠營做過什長，後來才改業經商，發了大財。這個人大說大笑，倒真是直爽漢子。」

凌伯萍道：「他和那姓古的盟弟，總願湊合著和我說話。老實說，我也不是討厭他，只苦於和他們沒話可說。」方丈笑了，忙替高明軒幫話道：「高施主委實敬重你老，他自己說，從小失學，自知是個粗人，起心眼佩服有學問的儒流。他很誇你老年輕穩重，談吐高雅。他說恨不得拜你做老師哩。」凌伯萍笑道：「笑話，笑話，他比我還大哩。」

這時高明軒已將布施的銀子派人送來，清涼寺立刻興工，造大殿，塑佛像，築寶塔，修藏經閣，請凌伯萍題匾。善紳們時時來監工，一來二往，這八大佛像將次塑成，這八大善紳也交往得漸漸熟悉了。

凌伯萍這人依然那麼冷。他和高明軒不大親近，也不十分嫌惡。不過在一起初，凌伯萍嫌高明軒滿口頌揚自己，諛辭太過，有點聽不入耳。並且高明軒的故意掉文，喬飾風雅，也很可笑。有一次，凌伯萍皺著眉躲過他。高明軒立刻覺出來，立刻把諛辭收起，以後對待凌伯萍，不諛不卑，態度很自然了。除了他那粗豪之氣時時流露外，一切倒比乍見時率真，凌伯萍以此又處之淡然了。

高明軒曾有一次稍露敬慕高賢，願結金蘭之意。凌伯萍登時峻拒，向老方丈說：「朋友相交，貴在知心。呼兄喚弟，俗氣不過，我一向最討厭人們拜把子、換帖……」說得高明軒臉上很窘，他和古、范二人就是結盟弟兄。凌伯萍公然說出這話，也自覺失言，把話嗻回去了。

又有一次，高明軒要登門拜訪凌伯萍，問候凌娘子，嫂夫人。凌伯萍立刻謝絕，向老方丈說：「老師父頗知小弟的脾性，小弟閉戶讀書，務農自守，一向不好交往的。窄房淺屋，連個客廳也沒有。」高明軒又一紅臉。那古敬亭忙說：「我們高大哥的住宅，房子很寬綽，凌先生哪一天有空，請賞臉去玩玩。」高明軒道：「我備一個小酌，請凌先生和老方丈，還有馬二爺、梁大爺，一塊兒去。我們家釀的酒，口味還不壞。」凌伯萍淡淡地說道：「對不起，不怕二位過意，小兄實在是除了好下棋，常到這廟來談談，別的應酬一點也沒有，經年也不進縣城。小弟的賤脾氣自知太壞，還望二位原諒，或者改日再奉陪吧。」談了幾句，就要告辭。高明軒把個紫臉窘成紅布一樣。

凌伯萍最好下棋，但自從棋伴靜閒和尚坐關以後，便不大往清涼寺去了。修殿工竣之後，蹤跡益疏。他還是在家裡，澆花看書，陶然自樂。這天午間，凌伯萍正在閨房和愛妻春芳娘子，看著愛女小桐玩耍。幹僕忽持進名帖來，到堂屋階下一站，輕輕咳了一聲。通房丫鬟寶芬忙進來通報：「大爺，凌安回事來了。」凌伯萍道：「叫他進來。」站起身來，由內室來到堂屋坐下。

凌安掀簾進了堂屋，往門旁一站，很恭敬地稟道：「回大爺，有個高明軒，同著朋友，來拜訪你老來了。」凌伯萍愕然道：「同著朋友？一共幾個人？都是幹什麼的？」

凌安把名帖遞上來，凌伯萍一看，是三張名帖，一張高明軒，一張古敬亭，一張是盧問岐。這高、古二人正是清涼寺的新施主。這盧問岐卻不知何人，更不知為何事來的。幹僕凌安不待詢問，便回稟道：「三張名帖，一共來了兩位客人。」

凌伯萍道：「噢，可是姓高的、姓古的二位？」凌安道：「是姓高的和姓盧的，姓古的沒來。」

凌伯萍道：「他們做什麼來找我？步行來的嗎？」

凌安答道：「是坐小轎來的。兩乘小轎，跟著兩個長隨。那姓高的說，是專誠拜訪你老，給你引見一位新朋友。」

凌伯萍眉峰微蹙，道：「唔？」凌安回答道：「大爺見他不見他？剛才下人倒對他說了，說你老多半沒在家，一清早出門去了，不知回來沒有？這名帖，我對他們說，拿進來給奶奶看看。你老不願見，可以把名帖退給他，下人就把他支走了。」

凌伯萍想了想，把帖一揚道：「不見他。你好歹把他們打發走，就說我還沒回來呢。」凌安道：「喳！」接帖掀簾。

凌伯萍道：「回來！你可以問問他們的來意，找我到底有什麼事。你對他們說，我往清涼寺去了。他要找我，可以到清涼寺去。」凌安道：「喳！」掀簾越階，走出門口去了。

春芳娘子抱著小桐出來，問道：「伯萍，是誰找你？」凌伯萍道：「不相干的人，我也不認識他。」春芳道：「不認識怎麼會拜訪你來？」伯萍道：「那誰知道呢，他也是清涼寺的施主，只在廟裡見過幾回罷了。」春芳娘子道：「怎麼樣，你又擋駕了吧？」凌伯萍道：「這些無味的應酬，我沒工夫敷衍，我又和他們沒有交情。」春芳笑道：「你也太冷了，人家大遠地拜訪你來，你好意思地端架子不見嗎？咱們這裡很僻遠，但凡來尋你的，一定是專誠求見的，你何必這樣？」

正說著，凌安進來回報導：「回稟大爺，下人把帖子繳回去了。下人說你老沒在家，大概上清涼寺去了。姓高的不大信。他說，『不能吧，我們是剛從清涼寺來的。』小的就問他，拜訪你老有什麼事？他說，『倒沒有什麼事。不過給您引見一位棋友。同來的那位姓盧的，說是江南有名的圍棋國手，和姓古的是朋友。因為久聞你老好下棋，古、高二位特意給你老薦來，要請教你老的手談』。」

凌伯萍道：「哦，原來是這個事情。」臉上的表情鬆緩下來，又問道：「他們都走了沒有？」凌安道：「都上轎走了。」凌伯萍道：「他們沒說再來的話嗎？」凌安道：「說了，小的已經給您老攔住了。那姓高的好像不大高興，他說，『請你老有工夫，到清涼寺去。』小的說，等家主回來，一定轉達。他們就上轎走了。」

凌伯萍眼望凌安，又重複一句道：「原來是這個事情！我當是告幫的又來麻煩我呢。那個姓盧的是什麼模樣？多大年歲？聽口音是哪裡人？像個做什麼的？」

凌安道：「有四十多歲，大概是浙江人，像個，像個，像個……」

凌安可就形容不出來了，半晌方說：「像是個穿長衫的吧。」凌伯萍嗤地笑道：「他像是個商人，還是像個唸書的？像個幕友，還是像個做官的？」凌安揣摩不出來，搖著頭道：「看不出來，穿得很闊。哦，對了，像是個當醫生的。」

凌伯萍笑道：「我明白了，這個人大概像個清客吧？」凌安笑道：「對了，還是你老有眼力。」這一句話，頓忘了主僕的身分，把嗓門也放大了，幸而春芳娘子不曾留神。

凌伯萍瞪了他一眼，道：「哼，你這是怎麼說話？出去吧。」凌安笑道：「嘛！」轉身便退出去。凌伯萍追著問道：「這個姓盧的可是跟姓高的，同往清涼寺去了嗎？」凌安道：「是的。下人聽見那個叫高明軒的吩咐轎伕了，他們一準是往清涼寺去了。」

人千萬不能有嗜好，一有嗜好，便為嗜好所累。凌伯萍性嗜圍棋，一聽說高明軒邀來圍棋國手盧問岐，他可就在家裡坐不住了。他對春芳娘子說：「喂，我說，我上清涼寺玩耍一會兒去。」便命丫鬟到外面，告訴門房，傳轎伕備轎。春芳娘子也笑了，說道：「你是要下棋去，對不對？」凌伯萍笑而不答，換上長衣服，對春芳娘子道：「開飯的時候，你不必等我了。」

凌伯萍上了小轎，徑往清涼寺。將到方丈室，便聽見高明軒大說大笑的聲音。凌伯萍微微搖頭，意似不屑，卻又忍不住走進去了。果見靜澄上人和一個四十多歲的生客，正在對弈。

高明軒和古敬亭坐在一旁觀戰。凌伯萍才一掀簾，高明軒首先站起來，笑道：「凌先生來了！好久沒見，剛才我到你府上去了。這有一位朋友，我給你引見引見。這一位是四明的圍棋國手盧問岐大夫。」古敬亭也欠身起來，向凌伯萍施禮。正在下棋的一僧一俗也都停弈，和凌伯萍周旋。

小做寒暄，一齊歸座。凌伯萍啜了一口茶，閒閒地把這個盧問岐的長相、穿彰，打量了一番。果然自己猜思不錯，此人外表很像個清客。問起來，據他自稱，是名醫葉天士的再傳弟子，在鄞郡懸壺有年，但是素性好弈。近因應診，來到木瀆。

聽說七子山麓，有位凌伯萍秀才，棋法甚高。恰巧他和古敬亭認識，便由古敬亭引見，專誠特來拜會。現時盧問岐就住在高明軒家裡。高明軒道：「不瞞凌先生，我的小妾最近患病，正在訪求名醫不得。現在盧問岐大夫來了，小妾只吃他兩劑藥，病就好了許多。現在我還是請盧大夫給醫治著。不過盧大夫這次來到這裡，不專為給人治病出診，乃是給他自己治棋癖的；他教我們古賢弟和我，硬給留住了。」說罷大笑。

古敬亭也搭腔道：「凌先生，這盧大夫棋法高得很，我恐怕老方丈年高力衰，不是他的對手，我說還是請凌先生和盧大夫對一盤吧。」

此時老方丈正起身獻茶，聞言笑道：「好極了！凌檀越，你先給我解圍吧。老衲力衰，真不是盧大夫的對手。凌先生，來，來，你看我這盤殘棋，還有解救沒有？」那盧大夫也合手含笑道：「晚生盧鳳鳴，飽食終日，性耽棋局，久仰凌先生手談高明，渴欲識荊。剛才晚生專誠造府，意欲請教；可惜緣淺，沒得會面。聽貴價說，凌先生往廟裡來了。晚生才又煩高二爺引領著，追隨到這裡。沒想到我們後來的，倒先登了。凌先生請你和老方丈對一盤；晚生末學，可以旁觀譎祕，偷學妙招。」說著，呵呵地笑了。

凌伯萍也微微一笑。聽此人的談吐，真像個清客，而且外表瀟灑，說的話不俗不卑，很不討人的厭，便拱拱手道：「豈敢，豈敢！小弟年輕，雖好弈道，沒得名師，也不常看譜。只是閒來無事，常陪著老方丈試擺一局。究竟不過是消遣，我恐怕連步眼還不懂呢。」

兩個人「豈敢豈敢」地說客氣話，高明軒只在旁邊含笑，不時幫兩句話。談到棋著，他插不進話去。古敬亭極力慫恿道：「凌先生不要客氣了，你的圍棋實在高妙。你來看，這盤殘棋，我們這位盧大哥手法真高，只走了三十八子，老方丈已經快遞子了。凌先生，你快來幫老方丈吧。」

老方丈要推棋另擺，請凌伯萍和盧問岐對弈，笑著說：「我輸了！棋走一步錯，恐怕凌檀越就有高著，也不能救我這矢棋，還是另走吧。」說著就要動手斂子。高明軒忙攔道：「不用，不用，老方丈不要把自己的高招藏起來吧。凌先生，你快來，你接著下吧。」

凌伯萍被勸不過，含笑過來一看。這局殘棋已到不可收拾之地，老方丈太不是盧問岐的對手了。凌伯萍看了半晌，抬頭又看了看盧問岐，道：「盧先生的手法真高，恐怕我也是不行。」當下將殘棋斂過，兩個人說了些閒話，便對戰起來。

直下了半晌，凌伯萍看看要輸。忽然盧問岐走錯了一著，被凌伯萍打起劫來。結果又走了幾步，凌伯萍費了很大的力氣，終局贏了兩個子。盧問岐閒閒地推起棋盤，道：「凌先生的棋法果然精妙，晚生太不是對手了。」凌伯萍怔怔的，半晌方才說道：「哪裡，哪裡，還是盧先生。盧先生是讓著我，小弟的棋失之於太拘，哪能比得盧先生這麼變化不測。」心中非常的折服。於是續戰兩盤，互有勝負，凌秀才深佩盧問岐不愧國手。跟著兩人又談起棋譜、師承和當代弈人。盧問岐很客氣地說：「也沒有看過譜，也沒有經過師，不過自幼好弈，又不怕輸，時常跟高手對弈罷了。」又說起當時的南方國手，他都會過，自己也曾偷過他們的高著。

凌伯萍啜了一口茶，聽罷欣然笑道：「盧先生太謙了，你的手法一定經過名人指授。盧先生如不嫌棄，我倒要常常請教。不佞素好此道，可惜屏居僻鄉，沒有會過高手。」盧問岐忙道：「凌先生有意見教，那可是求之不得。凌先生的棋法，我看最富天才，倘肯賜教，晚生很願常陪末座的。」高明軒立刻接聲道：「好極了，盧先生現時就住在舍下。咱們明天上午，就到舍下聚聚。以棋會友，由小弟做東，請凌先生和這裡的老方丈全去。」

凌伯萍抬頭看了看高明軒，默然無語。盧問岐看了看高明軒，又看了看凌伯萍道：「凌先生以為如何？高二爺素來好交，晚生就住在他那裡。凌先生如果不嫌棄，就請明日正午，命駕光臨，晚生一準在高宅設枰恭候。」

凌伯萍遲疑不答，老方丈道：「好極了，高檀越好交，盧先生、凌檀越好弈，我貧僧也可以借這盛會，一飽口福。」

凌伯萍實在好弈，本來躍躍欲試，不知怎的，忽一看眾人，立刻謙謝道：「不敢當……只是明天，小弟還有一點瑣務，恐怕不能應高先生的寵召，這是很對不過的。」

眾人愕然，復又齊聲慫恿。凌伯萍倒不耐煩起來，極力地推辭不去。高明軒還在強勸，那古敬亭忙插言道：「既是凌先生不得暇，咱們改日再會。」高明軒道：「明天不行，後天怎樣？後天正午，就在舍下備個小酌。」凌伯萍皺眉道：「後天也怕……」古敬亭道：「那麼大後天……」剛剛說出口，忽看凌伯萍的意思怫然，急忙改口道：「喂，我說盧大夫，人家凌先生乃是高人，不甚喜好應酬，輕易不進城的。要不然，咱們還是明天在廟裡會吧。」凌伯萍道：「廟裡倒可以。不過明天小弟實在不得閒，盧先生如肯賜教，咱們後天正午，在這裡會。老師父，請你備份素席，由我做東。」

大家已經看出凌伯萍的意思來，他簡直不樂跟別人來往，尤不喜酒食徵逐。只有棋局，是他一好。當天訂了後會，凌伯萍首先告辭離廟。

高明軒臉紅脖子粗，對古敬亭說道：「這位凌先生也太高傲了，咱們請請他，就像求他似的，又好像宰他似的，簡直是看不起人。」靜澄方丈笑道：「這位凌施主別看年輕，倒有些怪脾氣，最不喜拉攏，更不好吃酒席。他絕不是看不起人，高施主不要錯怪了他。」

盧問岐在旁聽著，站起來，對高明軒道：「那麼我們後天再說吧。」高、古二人一齊起座，向老方丈告別。盧問岐跟高、古二人一路，三個人同乘小轎下山，回轉高宅。

高明軒把盧問岐單讓到客廳，命人陪著，他就邀古敬亭同入內宅，屏人商量了半晌，遂叫人預備上好的酒果。到後天清晨，高、古、范、盧四人老早地上了七子山清涼寺，老方丈竭誠招待。

到了巳牌時候，還不見凌伯萍到來。高明軒忍不住，又對古敬亭道：「怎麼樣？是時候了，咱們打發人去催請吧。」古敬亭道：「這個……等一等，還是煩老方丈打發小沙彌去請吧。」

靜澄方丈為了迎合這位大施主，怎麼說怎麼好：高施主要下交凌秀才，他就暗中幫忙。他把小沙彌叫到面前，由古敬亭囑咐了一套話：「見了凌秀才，他要問都是誰來了，你就說：只有盧大夫。」小沙彌領命下山，前赴凌宅。方丈室只留盧問岐，在那裡設棋枰靜候：高、古、范三人自去監工，看造佛塔。

將近午時，小沙彌同著凌宅的管家凌安來到，帶著食盒酒果，並傳主人之命，請老方丈預備素齋。又過了一會兒，凌伯萍才坐著二人小轎，從家裡來了。到了山門，一下轎便問：「那姓古的、姓高的二位來了沒有？」監院和知客僧迎出門口，說道：「他們二位沒來，盧大夫來了，正在候你下棋。他說還要報復前天的敗戰哩。」說著，側身含笑，往裡面讓。

凌伯萍且行且問：「怎麼，高、古二位全沒來嗎？」方丈出來接言道：「高施主、古施主、范施主，倒是都來了，他們三位很忙，監工去了。」

凌伯萍點了點頭，走進方丈室。盧問岐滿面含春，站立起來，道：「凌先生，咱們今天得好好地殺三盤。」

棋盤早已擺好，桌上雜陳果點，十分精美。凌伯萍看了看，卻不是自己預備的。盧問岐指著果點，殷勤相勸。凌伯萍坐下來，吃著茶問道：「這些東西是盧先生預備的嗎？這可就叨擾了。」回頭對靜澄方丈說：「今天本來是我做東，怎麼倒教盧先生花錢？」盧問岐急忙接過來說：「凌先生，我可沒錢做東。這是我給人看病，人家送給我謝醫的。我又吃不了這許多，莫如邀咱們棋友一同報銷了它。」說完又笑。卻不道這些精緻的果點，還是高明軒、古敬亭特買的。

盧問岐和凌伯萍開始下起棋來。一面下棋，盧問岐一面很懇摯地勸凌伯萍喫茶點。凌伯萍一點不用，反問方丈：「我那下人不是帶茶果來了嗎？叫他也擺上。」兩方面的點心、果品，都堆陳在棋盤旁邊兩張茶几上。盧問岐大笑道：「我們開了點心鋪了。吃吧，凌先生，我吃你的，你吃我的。」靜澄方丈笑道：「我就吃二位施主的。凌檀越，我知道你們二位今天賭棋，我也預備了一份茶點；這一來，共有三份了。當然我的那份苦茶粗點不用在這裡擺了，拿下去就讓凌檀越和高府的貴價用吧。」

凌伯萍笑了笑。圍棋剛開著，還閒閒地應酬，但只走了十數著，凌、盧的棋已走到緊要地步。兩個人不暇閒談，也顧不得吃點心喝茶了，都很沉默地、聚精會神地走起子來。下到深處，連高、古、范三人監工回來，立在旁邊觀戰，凌、盧二人也都沒有理會。

盧問岐的棋非常的高。頭一盤凌伯萍仍然費了很大的心思，才贏了三個子。第二盤，凌伯萍又贏了一個子。等到第三盤，雙方竟僵住了；各舉著棋子，沉思難下，只籌劃著數。

高明軒在旁看著，不由得誇讚凌先生的棋真高。但他和范靜齋一樣，都是假行家，一點看不出高低來，也不曉得妙著、險著，心上一點不感興趣。古敬亭卻懂得一點，孜孜觀戰，不時替凌伯萍指點一兩著。靜澄方丈本是個棋迷，更看得入神，連招待也忘了。這第三盤竟下了一個多時辰，還沒有下完。

凌伯萍自覺得手法不及盧問岐，可是盧問岐有時在緊要的時候，忽然走了錯步，便輸給凌伯萍了。凌伯萍雖然獲勝兩盤，行招很覺吃力；盧問岐頭兩盤雖然輸了，但毫未介意似的。等到這第三盤，盧問岐出奇制勝，得占先著；凌伯萍一下子死了好幾處，直到末後，才得救活，竟輸了一個子。盧問岐手法靈活，凌伯萍已經深深領略，越發地佩服他。並且他真像個儒醫，談吐高雅，舉止不俗，講起琴棋書畫，樣樣懂得。

並且這個人又很健談。可是他雖健談，又很識趣；和別人談起來，並不搶話，只是靜靜地很用心地聽著對方說話，臉上表情很顯著懇切。老實說，盧問岐這個人所以健談，並非他自己能說話，乃是他能聽話。對於別人的話都聽得懂，答得上來，善會迎合別人的心思，偶爾加上一兩句贊語，非常恰當而富於同情。凌伯萍只和盧問岐周旋了兩次，便覺這人十分有趣，比起高明軒的豪誇和古敬亭的假謙虛、范靜齋的真粗俗，可親多了。

三局既罷，老方丈擺上素齋來。凌伯萍、盧問岐、高明軒、古敬亭、范靜齋一同進餐，老方丈作陪。齋罷，大家齊誇凌伯萍的棋道高明。凌伯萍卻深贊盧問岐。盧問岐旋問凌伯萍：「凌先生，可有餘勇？和晚生夜戰三局嗎？」大家又一齊慫恿。凌伯萍搖頭笑道：「小弟實不是盧先生的對手，只這三盤，我已經輸得精疲力竭了。」眾人笑道：「凌先生太客氣了，你三盤兩勝，怎麼還說敵不過呢？得了，今天晚上，咱們大家全不用回去，就在清涼寺，通夜棋戰茗談如何？」

高明軒、范靜齋、靜澄方丈都這樣勸。盧問岐也捫著鬚，笑道：「我是敗軍之將，不足言勇；不過我還要背水一戰，撈一撈本呀。凌先生，怎麼樣？可敢和我這敗將夜戰一陣麼？我可是要拚命哩。」古敬亭道：「只怕凌先生累了吧，行嗎？」

凌伯萍很高興地笑著，已有允意。不想他那管家凌安忽然進來稟道：「大爺，今晚上還回去不回去？要是住在廟裡，小的就把轎伕先打發回去了。」高明軒忙一揮手道：「你把轎伕打發回去吧，你們主人還要下棋哩。」掏出一張票子來，要賞給凌安。凌伯萍連忙站起來擋住，向眾人賠笑道：「小弟今晚還有些瑣事，盧先生，你我明天見吧。」穿上長衫要走，他又不想夜戰了。古敬亭急向盧問岐遞了一個眼色，盧問岐忙道：「好，說實在的，我也輸累了，明天還是午時，晚生在這裡專誠候教，再輸給你三盤。」凌伯萍欣然道：「笑話，笑話，還是盧先生手下留情！我明天一定還來討教的。」且說且往外走，高、古等人一齊送出來。

盧問岐笑道：「凌先生，今天是你做東，明天讓晚生設個小酌，請你務必賞臉。」凌伯萍道：「不不不，那可絕不敢當。並且，明天小弟也許沒有工夫。」說話時已到山門，凌伯萍長揖告別，上了小轎，一徑下山回家。幹僕凌安留在後面，收拾食盒等物。高明軒直望小轎去遠，向古敬亭道：「這位凌爺，太了不得！」古敬亭忙使眼色，暗中一指凌安。高明軒自知失言，重將錢票子掏出來，遞給凌安道：「凌管家，我說……」

高明軒妄想給凌伯萍的家人一些小惠，卻不知看錯了人，這個凌安竟峻拒絕受，睜著一對圓眼，只看高明軒。高明軒強笑道：「這位凌先生真是高人，不但他這麼清高，連他的管家也這麼清高，真真難得。我說管家，你貴姓？叫什麼名字？」

凌安道：「小的叫凌安。」高明軒道：「哦，你也姓凌，你在宅裡不少年了吧？你可是凌秀才的家生子嗎？」凌安滿面通紅道：「不不不，我不是家生子。我在宅裡本是傭工，憑力氣賺錢，我們是同姓不同宗。」

古敬亭、高明軒面面相覷，眼含著古怪的笑意，道：「哦，你們原來是同姓不同宗？」凌安道：「是的，我是我們宅裡的舊人。」凌安也似不願深談，收拾好食具，腆著肚子，昂著頭，一徑出離清涼寺，走了。

古敬亭悄扯高明軒、范靜齋，三個人急進廟內，登上高閣，俯向山坡，往下眺望。這廟建在半山腰，林木掩映，磴道迂迴。一直下望，瞥見凌秀才那乘小轎，慢慢地往山麓盤下去，那幹僕凌安挑著食盒，大步如飛追趕。旋見凌安在山坎略一停頓，有意無意地回頭瞥了一眼，旋即追上小轎，主僕似有所談。然後一步一轉，順磴道而走，被山林掩住不見了。

高、古二人恍然道：「這個凌安腳下很夠快啊。」

在清涼寺流連半日，三人邀著盧問岐，一同回家。

到次日，盧問岐等預備上山下棋。古敬亭道：「我看凌伯萍今天未必準去。」只請盧問岐一人到清涼寺，勸高明軒可不必去。高明軒點頭照辦，遂由盧問岐乘著一頂二人小轎，獨自上山，仍由高家僕從代攜食盒。另遣一僕，到凌氏別墅一看。

這日果不出古敬亭所料，甫經過午，盧問岐竟然坐轎回來，凌伯萍當真沒去下棋。高家的僕人派往凌氏別墅的，也回來說：「今天凌伯萍沒有出門。」

高明軒未免惱然，拍桌子說道：「這位凌大爺，未免太顯得高不可攀了。」古敬亭忙道：「二哥，你可不能著急，急病還得當緩病醫。『鐵杵磨繡針，功到自然成』。你是最有耐性的，怎麼又忍不住了？」高明軒浩然長嘆道：「我一想起寡嫂的話，我就像刀絞一般。賢弟你看，咱們想什麼法子，再進一步呢？」

面對那個名叫范靜齋的盟弟，復道：「這個人脾氣太怪，套交情不行，迎合他的嗜好又這麼慢，我打算用一種市儈的法子，用財色誘他……」古敬亭道：「那可使不得。咱們這麼淡淡地跟他拉攏，他還遠著咱們哩；咱們要是向他賣好，恐怕他更不吃。」

高明軒、古敬亭、范靜齋屏人商議，皺眉不得良策。忽然，黑矮漢范靜齋說道：「我倒想出一招來。套交情，投嗜好，全都不行，賣好又不行，我們要是反來一下子，向他賣恩呢？」

高明軒道：「怎麼叫賣恩？」

古敬亭突然跳起來道：「對，賣恩太好了！我們要是拿他當恩人看待，他絕不會把報恩的人推出門外！老黑，你這一招真想絕了。」范靜齋欣然得意道：「張飛粗中有細，你別瞧不起我老蔡。」

高明軒急問賣恩的法子，古敬亭道：「這得由二哥你先施苦肉計！」高明軒道：「怎麼施苦肉計？」古敬亭叩額凝思，良久得計，躍然說：「二哥，你得試著拚一回死，叫他對你有救命之恩。」高明軒拍案道：「幹！」

第三章　賣恩計捨身投湖

這七子山，下臨七子湖，山色波光，相映成趣。清涼寺就建在山坎，小小屋巒，區區鏡水，倒也頗擅林泉之勝。凌伯萍卜居山麓，闔門靜好，陶然自樂，不愧是山居隱士。高興時，到清涼寺下棋，更覺歲月悠閒。自從儒醫盧問岐，薄游木瀆，以弈道和凌伯萍會面之後，兩人下過了十幾局棋，竟很投緣。

一個月來，兩人不時在清涼寺聚會手談。盧問岐更要在木瀆懸壺，為的是可以常和凌伯萍、靜澄方丈來往，凌伯萍也引他為同道。不過高明軒、古敬亭、范靜齋這三位暴發戶財主，雖然很羨慕凌伯萍，可伯萍總似乎嫌他三人粗俗，不甚願意跟他們親近。也因這三個人動不動就是請客、送禮，登門拜訪，具柬邀宴。凌伯萍一個隱居的人，素怕酬酢，自然不願同他三人交接了。

這三個人也很識相，起初總想拜訪凌伯萍，又屢次設宴請過他。自經他屢次謝絕之後，三個人便好多了，已不再相強。

時光如箭，匆復兩月有餘。高明軒、古敬亭、范靜齋三人，布施清涼寺，已將佛殿蓋好，佛像塑成。由老方丈下請柬，敬求凌伯萍給佛像開光。凌伯萍極力避謝，只推讓高明軒。當不得別位善紳一齊推重，凌伯萍也只得勉強答應下。到了這一天，本廟所有的善紳無一不到，附近的善男信女，前來燒香隨喜的，成千成萬，把一座清涼寺變作了熱鬧場。

眾善紳聚在禪堂，人多氣悶，都有些不耐煩。高明軒忽然皺眉道：「我最好清靜，最怕熱鬧，這如何受得了！」對古敬亭說：「咱們找個地方躲躲吧！」古敬亭道：「山根下湖岔子，現在荷花開得正旺。我說靜齋，咱們一塊兒逛逛去，好不好？回頭這裡擺齋，咱們再回來。」幾個人說著，站起來，搖扇徐步，信口向凌伯萍邀了一句，道：「凌大哥，去不去？」

凌伯萍拱手道：「諸位先行，小弟還有點瑣事，這就回家。」說話時，高、古、范三施主已經徜徉而行，出了廟門。

這時候那盧問岐大夫剛剛到來，手搖團扇，向凌伯萍道：「凌先生你聽，這裡真和鬧市一樣了，真吵得凶。」凌伯萍道：「可不是，大夫才來？」盧問岐笑道：「本想早來，和你老兄戰一盤，偏偏臨上轎，又來了一個瞧病的，耽誤了下來。我看今天這個清涼寺，一塊清靜的地方也未必有。莫如溜出去逛逛山景，等著他們擺齋的時候，咱們再回來，把一場善舉應付過去。回頭我還打算同你老研究研究棋法哩。我最近得到一本抄本棋譜……」

正說著，門簾一動，又進來幾位善紳，這禪堂有點容不下了。盧問岐把凌伯萍一招，道：「凌先生，小弟來得日子淺，煩你做個嚮導，逛一逛這七子山。七子湖的水，也可以把我這俗氣去一去。」說著笑了笑，拉著凌伯萍的手，往外就走。

凌伯萍也正想出去，盧問岐倒「先獲我心」地邀他，他便欣然跟出來了。順山道走了不遠，滿山的野山花，紅紫紛披。

盧問岐拭汗說道：「下山容易上山難，就是太陽曬得難受。凌先生，我聽說山麓下的湖岔子，有一道瀑布，可是真的嗎？」

凌伯萍笑道：「哪裡是瀑布，不過這湖岔子來源的地勢很高，又多石崖，往湖裡傾瀉得很猛，激起水花很大罷了。」盧問岐道：「七子湖，七子山，湖山相銜，可稱勝景。我小弟自到木瀆，還沒得機會好好遊覽一回。凌先生，可以領我看看瀑布去嗎？」凌伯萍笑道：「可以，那只是一脈急流，叫礁石阻住，激起浪花罷了，其實沒有什麼看頭。」盧問岐忽問道：「凌先生，這七子山為什麼叫這個名字呢？裡面一定也有個講究吧？」凌伯萍笑著點頭道：「不錯，有點講究。」

凌伯萍前行，盧問岐隨後，兩人信步下趨，竟往山麓湖岔走去。一面走，一面講究這七子山的典故。這七子山山坎，有七塊巨石，矗立如人。據鄉老傳言，昔年有同胞兄弟八個人，一同修道，內中七人在這山坎坐化，遺蛻不朽，幻成石形。只有那最小的弟弟，身獲大道，獨得肉身成佛。後來有一年，他這小弟還要來度化這七位兄長哩。那時七尊石佛立可平地飛昇。有這古蹟，後人敬法禮佛，建了這座清涼寺。山本不高，寺院就建在山腰。緊靠下面，只兩三箭地，便到山麓。山麓下的七子湖，也就因山得名了。盧問岐聽凌伯萍說出這段神話，欣然問道：「這七座石佛在哪裡？倒不可不瞻仰一下。」凌伯萍道：「就在廟後，大夫要看，我領你去。」

兩人此時順著磴道往下走，眼看走近平地，凌伯萍便要轉身，重上山坎。盧問岐回頭望瞭望，不禁失笑道：「哦，這就是廟後那七塊大青石嗎？」

凌伯萍笑道：「正是，你看著不像吧？」盧問岐搖頭道：「太不像了，哪裡像石佛？不過是直立的七塊頑石罷了。」凌伯萍道：「凡是名勝，都是如此。儘管傳說得如何神奇，親眼一看，立刻索然了。這七子佛的故事尤其荒謬，傳說的人不懂內典，把道家羽化，和佛家涅槃，混為一談，實是見笑大方了。」

盧問岐道：「算了算了，咱們還是逛七子湖的瀑布吧。」

兩人且談且行。沿途上善男信女，不斷地到山上趕善會。

又走出一段路，轉過一帶疏林竹徑，路上才見清靜。凌伯萍襟懷一暢，指點著湖光山色，向盧問岐說道：「問歧兄，你看這一帶層巒疊翠，襯著湖內煙波，真個是人在畫圖中了。」盧問岐悠悠然答道：「這一帶倒是清幽勝景，只是那瀑布在哪裡？」

伯萍遙向西面一指道：「你看那邊長堤阻波，就是湖岔子，假瀑布就在堤後面。可是望景不如聽景，你只一入目，恐怕又以為不值一道了。」

兩人從山麓往西轉，耳中聽得一片水花激石之聲。湖岔子一道急流，盤繞山腳土崗而下，再轉往下遊湖心，水路已成了居高臨下之勢。又被波心一塊塊礁石一阻，激得萬點水花飛濺出三四尺去，又落在礁石上，倒也很像瀑布。盧問岐欣然說道：「凌先生，這裡的幾塊礁石，造得景緻很不壞呀！我們若能渡過急流，到那大礁石上站一站，豈不更有趣？」說著話，走近假瀑布，登在水畔石崖上，俯視水花飛瀉，一時流連忘返。只有一點美中不足，水氣雖然噴薄生涼，此處偏沒有竹樹遮陰，頭面很是曬得慌。

盧問岐持扇遮面，引目四望，向凌伯萍問道：「凌先生，旁邊這道橫堤，一定是通行的要路吧！沒有它一擋，水怕不能東流了。這堤是誰修的？」凌伯萍道：「這堤名叫魯公堤，過堤往西，就是魯家坨，是個很大的鄉村。首戶姓魯，掛過千頃牌。在先，從魯家坨往七子山前來，必得從七子山的北山坡繞過去，走十幾里的山路。據說魯老翁獨自出資，興修了這道堤埝。既可防阻山洪，又便利了附近各村鎮的行旅，所以這道堤就以魯氏為名。這也是一樁善舉哩。」

盧問岐道：「哦！可惜這堤短少樹木，要是再種些桑槐榆柳，真像西湖十景之一的蘇堤春曉了。」凌伯萍點了點頭，道：「堤北倒有些林木，面山沿水，景緻比這裡還好些。」盧問岐伸手捫著頭臉，笑道：「瀑布可看，就是曬得難受。既然有這麼好的地方，凌先生，煩你領路，索性咱們逛夠了。」

凌伯萍有點不大耐煩道：「天可是不早了。」盧問岐道：「凌先生，從北歧走，不是可以繞過來嗎？」伯萍道：「繞倒是繞得過去，那一來可就多走六七里地了。」盧問岐道：「走吧！六七里地，小弟一個文弱的人還不怕，憑凌兄這種人，難道還怕走不動嗎？」凌伯萍微微一愣道：「我怎麼就走得動呢？」盧問岐忙道：「凌兄不是比我年輕嗎？」

於是，兩個人離開假瀑布，趨向山根，往西北走去。此時七子山上的盛會笙鈸齊奏，正在熱鬧。正面山麓，行人潮湧蜂集。凌、盧二人卻閒行在西北面山根邊上，貼著湖岔子，趨奔魯公堤。

這西北一帶，竹林叢草，一片濃綠。極目望去，只堤頭還有幾個走道的人，近處竟連個人影也罕見。盧問岐歡然笑道：「山行疑無路，只見日當頭，這裡倒真清靜。」凌伯萍也笑道：「那是自然，正當晌午頭上，太陽這麼高照，誰會這麼高興，挨著曬遊山逛水呢？」盧問岐也被說得笑了，又擦了擦頭上的汗，說道：「咱們快走吧，趁早到堤頭涼快涼快去。」拔步當先，不再那麼徐踱，很快地走起來。

逛山遊湖，拔起腿來急走，真是少有的事。盧問岐也自覺好笑。凌伯萍也笑著，且行且說：「我們為躲熱鬧，反倒跑到這裡挨曬。這裡真是清靜，可是暑氣噎人，陽光太毒。」

正說著，突聽得山坳北邊，一聲高喊道：「救命啦！」隱隱又聽得連喊：「截住他！救人哪！救人哪！」立刻衝破了清靜的空氣，應聲起了一片喧譁。

凌伯萍心中一動，道：「唔，什麼聲音？」

那盧問岐大夫走在前面，也突然止步，回頭道：「咦！凌先生，你聽是怎麼的了？」臉上帶著驚疑之色。

「救命哪！壞了，沉底了！」一陣風過處，字字聽得真切，卻看不分明。一片片蔓草崖石，遮住了視線。

兩個人緊行幾步，搶上魯公堤。堤上有些行人，也正張皇傾耳。陡從堤頭轉角處，塵土飛揚，奔來了一匹馬。騎馬的人，驚慌失措，揚鞭連打，沒命地飛跑。一面飛跑，一面不住地回頭看。跟著見一個穿長衫的人，沒命地追趕過來！雙手高揚，連喊：「快截住他！過路大哥，快截住他，殺了人了！」

這「殺了人」三個字喊出口來，堤頭上本有三三兩兩的行人，反倒登時嚇得四面散開。那個騎馬的人啪啪地揚鞭打馬，那馬四蹄翻飛，越發地奔騰起來。

堤上行人亂躲，前面馬奔命飛駛，後面人高呼殺人。忽有一行人剛跑開，又迎過來，抄取一根扁擔，當頭一晃。那馬猛然地直立起來，騎馬的人咕噔仰翻下來，摔在地上，一滾身爬起來。那馬往斜刺裡跑去，騎馬的人拚命地狂追那馬。想是摔壞了哪裡，走得一瘸一拐，竟被後面人追上，兩個人對抓起來。後趕的人把騎馬的抓住，下死力往回拖，且拖且罵：「好東西，把人碰到湖裡，你還想跑？小子償命吧！」

盧問岐目瞪口呆，向凌伯萍叫道：「凌大哥，凌先生，這是怎的？這可是路劫？」忽然大詫地叫了一聲，「不好，不好！凌大哥，你看，那不是古二爺嗎？哎呀，真是古二爺？」把凌伯萍的衣袖一扯，驚慌喊道，「咱們快去看看，是怎的了！」

凌伯萍只說了一聲：「奇怪！」不覺得將長衫一撩，如飛地竄上前堤。

那後趕的果然是古敬亭，和那騎馬的一個追，一個逃，對撕對打起來。古敬亭打不過騎馬的，連聲大喊。

忽又從那邊奔來一人，岔著聲大叫道：「救命啊！你們誰會水，把人給撈上來，我們賞五十兩銀子！快呀，快呀，行好積德吧。誰撈上來，給一百兩。要多少錢，給多少錢。哎呀，古二爺，你怎麼忙這個？還不快想法子撈人，我們大爺都快淹死了！」這個人正是高明軒的管家，名叫高升的。

凌伯萍吃了一驚。那盧問岐驚慌得更甚，一個文弱的醫生，竟飛跑著，跟從凌伯萍，一齊奔上魯公堤。那古敬亭還在與騎馬的人揪扯對打。

盧問岐搶到頭裡，忙著問古敬亭和長隨，只幾句話，便問明白。原來高明軒和古敬亭、范靜齋三人，也為搭伴避囂，走下山來。不想行經魯公堤，方在堤邊看小魚戲萍，後面忽然竄來一匹驚恐的馬，把高明軒擠墜湖中。地當假瀑布的上游半里以外，水勢極衝，浪打甚猛。據說高明軒又不會水，經堤上會水的農夫下水撈救，不意高明軒昏迷掙命，倒把個救他的人，雙臂一張，緊緊一抱，也生生拖入水中去了。

高明軒、古敬亭、范靜齋三人，本是患難的同盟弟兄。高明軒忽遇意外飛禍，范靜齋竟捨生忘死，以一個不會水的人，也跳下水去，妄想撈救。結果，沒有把高明軒救出來，反倒又饒上一個。現在范靜齋和那下水撈人的農夫，也正在水濱掙命哩。

那古敬亭驚恐急怒，竟丟下救人，反奔來追擒這肇禍的騎馬人，抓住他，向他拚命。只一味狂喊狂叫，一句話也說不出。多虧管家高升，一字一板，把這場飛災說明。盧問岐、凌伯萍不由得一齊驚詫。見古敬亭還同騎馬人拚命，立刻喚著管家高升，一同上前，把騎馬的人捉住，捆上，連馬也捉住。

盧問岐大夫很著急地催古敬亭、凌伯萍，一齊撲奔高、范和農夫落水處一看。急流浪花，三個人載沉載浮，逐浪翻滾。

大概肚裡都已灌滿了水。那范靜齋還好些，只在堤邊掙扎，僥倖未當中流急湍，沒被水浪打走。高明軒和那個撈救他的農人，竟彼此扭作一團，忽然沉下水去，忽然又漂上來，互相牽制，半晌浮不上來。高明軒的長袍肥衫，已成了水袋。

堤上站著十幾個看熱鬧的人，沒有一個人敢再下去撈救。

都說這個被淹的人情急拚命，力量極大。這裡水流又猛，弄不好，被他抓住了，一準淹死在一塊。又有一個老頭兒，在旁邊皺眉說：「這裡的湖岔子很凶，常常有淹死鬼，捉替生，哪一年都淹死三個兩個的。掉下去，咳，準了不得！」這樣說法，更嚇得沒有人敢下水救人了。

堤上還有高宅一個長隨，哭喊著懸賞求救，價錢越遞越高：「誰撈出我們主人，賞銀五十五兩，賞銀一百兩、二百兩、三百兩！」一時仍沒人敢去。又叫了幾次，忽來了一少年，乃是個趕佛會、看熱鬧的漁戶，見賞心動，把渾身衣服脫光，求眾人做證，答應他：「救出人就給現錢。」然後他一縱身，跳下水去。伸臂分水，浮得很好。卻先浮到近岸淺水處，把范靜齋撈救出來。古敬亭忙叫著高宅長隨，一齊上前拖救。然後，那漁戶二番下水，浮奔高明軒。

一陣浪花，高明軒和那個農夫，被激出數丈。高明軒似已說不出話來，兩眼翻白，一雙手爪兀自破死命抓住農夫，大概已失知覺了。這二番泅水救人的少年漁戶，一直破浪浮過去。

無奈水力太大，竟斜衝出數丈以外，好半晌才浮近高明軒和農夫。

堤上的人連忙吆喝：「快從後面拖他！喂，先拖那個撈人的農夫，後拖那位姓高的紳士。」高家的長隨忙說：「喂喂，先撈我們主人吧！先撈出我們主人，我們重賞。」又有人喊：「千萬別迎面截，看把你也抓住了，可要了命了！」

岸上人紛紛出主意亂喊，這少年漁戶竟很在行，不敢先撈高明軒，打算先救會水的農夫。哪知這個農夫竟被昏惘失心的高明軒下死力抓得展不開手腳。這農夫倉促下水，又沒有脫淨衣服。這工夫他竟和高明軒你抓我，我抓你，各使出死力，扭做一團，在浪中翻滾，三起三落，都似淹得大腹膨脹，昏惘失知了。這個漁戶直浮到二人跟前，踏著水，覺得沒有下手處，看這樣子，要拖救，便須把兩人同時拖出來。可是兩個人幾乎有三四百斤重，少年漁戶固知在水中，可以運用巧勁。但才剛一作勢，高明軒已伸出一隻手，沒命地亂抓。嚇得漁戶一踏水，唰的浮出數丈以外。浪花翻滾，眨眼間，兩個溺人又被水流衝出十餘丈以外。

此時，古敬亭望著盧問岐，哭聲叫道：「盧大夫，你你你行行好，你看看我們范賢弟還活得了不?你你你怎麼給救一救?」盧問岐忙過來施手術，往外推水，一再安慰道：「不要緊，救得早，還有氣呢。」

古敬亭這才放了一半心，又對著浪心，著急地喊起來。分明看見這少年漁戶繞著高明軒和農夫，浮過來，浮過去，只不敢下手。那高明軒不知怎的，又沉了底，忽又浮上來，那個農夫也漂上來。兩個人不知何時，已鬆了手，分做兩下了。岸上人大喊道：「不好，一定有一個淹死了。」古敬亭越發的悲痛、焦灼。

但是這一來，漁戶倒得了手，立刻很輕巧地往中流浮。斜浮到農夫身旁，一伸手，抓著小辮，踏著水，往岸上拖來。不一時到岸，眾人忙將二人拖上岸頭。那個農夫已淹得人事不省，死過去了。眾人七言八語道：「咳，救人沒救了，把自己的命饒上了。」

盧問岐忙道：「我看看。」捫一捫胸口，搖頭道：「不好……還許有救！」這麼一說，古敬亭眼望浪心，跳腳心急，轉身催少年漁戶，快快再下水。少年漁戶已覺力盡，要喘一口氣。

古敬亭登時紅了眼，大喊道：「你們誰會水？咳呀呀，活的賞五百，死的賞三百，救命行好的事呀！你們看他已經淹死過去了，斷不會抓人了。盧大夫，凌先生，你們知道哪裡有會水的人？哪裡有小船，借一隻來！」抓耳搔腮，又跳又叫道：「我就不會水！我的天，可憐我高二哥，一輩子行善！」

正在急鬧，那漁戶緩了一口氣，道：「這位大爺，你準給我五百兩銀子嗎？」盧問岐忙道：「我們做見證，一準給。」漁戶還在叮嚀講價，古敬亭拍掌跺腳道：「你還不緊不慢的，說給錢，一定給錢，你看人又沉底了！」急得往水邊連推那漁戶，自己又要往下跳，又要給漁戶下跪。那漁戶赤身露體，水淋淋的，這才一攢勁，又一頭泅入水中。

這時，高明軒又被水浪打得一翻一滾，乍沉乍浮。漁夫游了過去，比上一次慢多了。好半晌，才挨近高明軒，剛要伸手撈救，忽然高明軒又沉下去了。漁夫踏著水，等他再漂上來。

哪知再翻上來時，已在數丈以外了。漁戶拚命浮過去，居然繞到高明軒的前頭。岸上古、盧二人，和高家的家丁，人人興奮，攥拳瞪眼地替漁戶使力氣，亂喊：「夠著了，快，快揪辮子！哎喲，又要沉！」

漁戶斜衝急流，不敢橫阻被淹人的身體，更不敢挨近被淹人的胳臂，相隔只三五丈遠，正在踏水作勢。高明軒被浪頭激得忽仰忽俯。漁夫看準了高明軒的辮子，腳一蹬，陡然伸手去抓。倏地被浪頭一裹，高明軒身軀仰翻，辮子又看不見了。漁戶往前連湊了兩次，全都撲空。岸上的人急怪叫道：「抓頭皮呀！」

直到第三次，漁戶才覷準了，運足氣力，猛然斜身踹水，衝到高明軒左肩頭，竟一把抓住了辮梢。岸上人譁然叫好。就在這時，急流一卷，高明軒的身子隨流翻覆，一條右臂正搭在漁戶的左肩上。嚇得漁戶急鬆手，往下一坐水，想沉下去避開。哪裡還來得及？一聲驚叫，竟被久溺昏迷的高明軒撈著左臂，忽地一同沉沒下去。岸上古、盧二人齊聲驚呼：「完了！」

水面上浪花浮泡，眼見得兩人翻翻滾滾，亂撕亂抓，被急流衝出去好幾丈遠。忽往上一冒，見那漁戶拚命掙躲，但是高明軒的手竟有出人意外的死力，任憑怎樣撕捋，只是掰不開。

兩人此沉彼浮，眼看牽扯著要漂近那飛湍瀑布。水勢越來越疾，那漁戶似已力盡筋疲，肚中定也灌進了水。驀然間兩人都沉入水底。瀑布浪花噴薄，岸上已看不甚真切了。

古敬亭、盧問岐和看熱鬧的沿著湖邊追看、著急，不時偷看凌伯萍。凌伯萍雙眉微蹙，欲言又止。古敬亭大聲悲呼道：「完了，這可活不了嘍！天啊，誰積德行好救人啊！我們家業全不要了，誰能把人救了，我們全捨給他！」他號哭著，向看熱鬧的人作揖打躬道：「哪位能下水，想法子救救吧，這是積德行好的事。哪位把人救上來，死的活的全給一千兩銀子！」

這次重賞之下，竟沒有一個搭茬的。眼睜睜救不了，反倒有兩人被牽同溺。就有會水的人，也不敢下水撈救了。人人搖頭吐舌，都說水裡一定有拿替生的水鬼作祟。

眾人往水中再看，不知何時，那漁戶和高明軒分拆開。兩人一樣地隨流翻滾，這漁戶尚能在水面漂浮著，高明軒可是只在水中浮起沉下，沉下浮起。偶然一冒，已看出高明軒面色死白，一定快淹死了，工夫已經很久了。

盧、古二人淚流滿面。范靜齋吐出許多清水，已經緩過來，面色蒼白，呼吸低微，扶著一個長隨，蹭到湖邊問道：「高二哥怎樣了，救出來沒有？」古敬亭含淚把撈救無功的話說出，一指湖波道：「二哥毀了，你看，眼下漂到瀑布那邊，沒救了！」

范靜齋呻吟一聲，往四面一看，失聲痛哭起來，道：「我高二哥一生沒做損陰喪德的事，怎的這麼寬的湖面，竟會沒有一隻船？這麼些人沒有一個會水的？高二哥活活淹死，我也不能偷活了！高二哥呀，你救過我的性命，我可看著你死，我我我……」說著一推僕人又要往湖中跳，古、盧二人連忙攔阻勸解，不住地偷看凌伯萍。

猛聽盧問岐驚呼道：「哎呀，壞了！」古、盧二人跺著腳，抓住范靜齋，一齊哭起來。原來高明軒跟著捲入飛湍中去了。

凌伯萍再忍不住，奮然扼腕道：「咳，三位不要悲痛。我小時候略通水性，現時不定行不行。救得了高大哥，托天之幸。救不了，也只好……」忽地把長衫脫下，往地下一扔，把髮辮往頭頂上一盤，靴襪也全脫下來。急急伸手，將褲腿下截都撕了一個長口子。古敬亭、范靜齋、盧問岐一聲驚喜道：「凌先生，你會水？你可救命吧！」三個人不約而同，都給凌伯萍磕頭。

凌伯萍早已結束停當，隨口答了聲：「不要緊，我這水性多年沒試了，不準行，且試試看！」邊說邊走，到湖邊一塊岩石上，閃目往湖心一瞥，用手先按了按盤著的頭髮辮，兩臂往上一伸，身形往起一躥，嗖的一個燕子掠波式，猛向水裡扎去。立刻波面上水紋盪開，人的蹤影不見，只清波底裡看見一條黑影。眨眼間，如同大魚一般，竄出十數丈。那古敬亭在這時緊跑了兩步，隨即高聲喊道：「高二哥呀，你命不該死，可等著凌先生來救你呀。凌先生可是不顧死活地救你去了……」

古敬亭嚷到這裡，猛見凌伯萍從水中七八丈以外，往上一冒。古敬亭立刻把底下的話頓住。凌伯萍哧哧地一蹬水，破浪凌波，直赴急湍。距離著高明軒還有六七丈遠，倏地往下一沉。眾人驚愕，凌伯萍突然沉沒水底，咕嚕嚕的，湖面起了水泡，接著凌伯萍忽從波心翻起，瀑布急流居然打不動他。那漁戶還在水面漂浮，高明軒在這一剎那，順流往飛湍沉沒下去，形勢危迫，岸上大喊。

凌伯萍蜉蝣戲水式，在水面上一個盤旋，猛然又往下一沉。在急流飛湍七八丈外，水面上浪花一滾，唰啦一聲，高明軒的身體突然被托出水面。凌伯萍探首出水，居然把肩頭露出水面，立刻踩著水，托定高明軒，逆流浮出來。眾人驚喜交集，全站在湖邊張著手，譁然大叫：「快送上來！」

高明軒起初張牙舞爪，掙命亂抓。此時魁梧的身形酥軟如綿，手腳有時也亂動彈。凌伯萍舉重若輕，施展巧妙的手法，被淹的人一點也撈不著他。並且踏水而行，不趨水岸，一手托著高明軒，反倒浮水奔向漁戶，一換把，左手托高明軒，右手一抓，抓住漁戶的小辮。一個人竟抓住兩個被淹的人，凌波前進。岸上登時起了一陣陣驚幸歡讚的喝彩聲。

喝彩聲中，凌伯萍秀才踏水遊行，活似一條大蟒，抓著兩個團魚，毫不費力地游向魯公堤岸來了。古敬亭、盧問岐、范靜齋似乎喜極，竟不住口喊叫：「凌大哥，凌大哥，你真是救命的活菩薩。」眨眼間，凌伯萍浮到湖邊。這裡近堤水淺，但還不能蹬著湖底立起，凌伯萍忽然沒入水中，把兩個被淹的人擺佈到一處，自己竟從水底，托起二人。波紋分成人字形，兩個被淹的人，像浮屍一樣，仰面漂游過來。岸上眾人哄然，全都湊到這邊。

有人找來撓鉤，要往水面撈人，被古敬亭一把奪過來，呼喊道：「凌先生，凌大哥，快把高二哥托到這邊來吧！」撓鉤直探到水面上，要鉤高明軒的頭髮衣襟，卻又遲疑未下。浪花陡然激起，凌伯萍露出頭來。高明軒忽往下一沉，那漁戶猛往上一冒，呼嚕的一聲，被凌伯萍掐著漁戶的脖頸和一條大腿，躍上岸來。輕輕地把漁戶放在堤沿上，恍如一條白魚，拉著一條死豬。凌伯萍道：「你們快給他控水。」嗤的一聲，又劈下水去，把沉了底的高明軒伸手擒住，往水面一托，也掐脖揪腿，掠空往上一躥。浪花如雨，波紋如環，呼嚕又一響，水淋淋的凌伯萍，抓住魁梧胖大的高明軒，半挾半抱，飛身往下一落。

堤陡地滑，凌伯萍左腳一蹬，赤足一滑，哧溜一下，高明軒頭下腳上，倒栽蓮花，重墜入水底。凌伯萍也凝立不住，翻身沉入波間。

古敬亭譁然大叫，看熱鬧的人也跟著大叫道：「凌秀才，凌先生，你快把高二爺拉到岸邊來吧。喂喂，他個兒大，身子重，水底泥太滑，你拖著他，躥不上來。」

高明軒從水底往上一翻，又仰面橫漂在水面上了。那凌伯萍從水面上，探出半個頭來，往岸頭一望，臉上含著怒容。此時，古敬亭大叫著，又一伸撓鉤，竟要照高明軒的髮辮抓來。

凌伯萍探手一把，將撓鉤捋住，又一帶，古敬亭往前一栽，失聲道：「哎呀！」凌伯萍抗聲道：「你不要亂動撓鉤，那一定傷了他。來，你們湊幾個人，抓牢了撓鉤，往上一拉，我往懷裡扯。這麼樣，就可以拔上岸了。」

古敬亭、范靜齋、盧問岐及高宅家丁一齊動手，拔河似的往上扯這撓鉤。凌伯萍一手拖定高明軒，一手抓住撓鉤，慢慢漂浮過來。直臨岸下，這才輕輕挾起高明軒，往上一長身，借這撓鉤竹竿做跳板，赤裸的腳只輕輕一點。眾人驚喊道：「不行，鉤竿要踩斷了！」唰的一聲，凌伯萍左肋挾著胖大的高明軒，右腕一揮，輕如飛燕，飄然躍上平地，把高明軒輕輕放在地上。

古、范二人先不救高明軒，上前一把將凌伯萍拖住道：「我的爺，你是我們的恩人！」又似哭，又似笑，呵呵不已。凌伯萍髮際往下滴水，雖然穿著褲衩，究嫌赤露，忙道：「你們快看高大哥，大概他不要緊，沒有喝多少水，我看他也許會水的。」對高宅家人說：「喂，請你把我的長衣服拿來。」家人答應著取來。范靜齋哭喪著臉說道：「他哪裡會水，會水還挨淹？你看他肚子都那麼高了，七竅都往外流水了，人都沒氣了。不行了，我的高二哥呀！」放聲大哭起來。

三人被溺，那農夫早已救活，由他家裡人領賞攙走。現在只有二人。高明軒的臥處汪著一片水。那漁戶臥在一旁，也流了一地水。看熱鬧的說：「這不行，這得臉朝下控水。」古、范二人這才齊趨至高明軒身旁，跪下來，哭叫著，拭捫口鼻，從口鼻一個勁地往外流清水。范靜齋號叫道：「完了，我的鄧……高二哥呀，人可不行了！」指著古敬亭怨恨道：「都是你呀，把二哥害了！」古敬亭忙推他一把，叫道：「你別瞎抱怨了，這有啥法子？意外橫禍，誰想得到啊！二哥本來也懂點水性，要不是被那馬一撞，也不至於淹到這樣。你別瞎鬧了，救人要緊。空埋怨我，有什麼用啊？」兩人你推我搡，亂作一團。

高宅的家人，一個取手巾，給凌伯萍拭汗擦水，侍候更衣。另一個就跪在高明軒身旁，也忙著拭水，且拭且哭道：「盧大夫，我們大爺不行了，身上一點也不熱了。」盧問岐慌忙走過來，把家人推開道：「你先不要擦水了。這總得先推水，他在水裡泡了這麼半晌，身上怎能熱？」

一個看熱鬧的老頭子，走過來，指著那撈人被溺的漁戶道：「還有這一位，你們也得救救人家呀！這兩位全得叫他趴臥著，墊起肚子來。你們再給他推一推，叫他把水吐出來。這麼仰面朝天的，可要壞了！」原來這老頭子也是個船戶，懂得救溺的，把煙袋一插，過來就要動手。高宅家人道：「你懂得救法嗎？我們這裡現有大夫。」老頭子哼了聲，面含不悅道：「你們可得快救啊！」

古敬亭忙道：「盧大哥，你快看看，想什麼法子，把我們高二爺救過來？」盧問岐俯下腰，給高明軒切了切脈，又摸了摸胸口，暗吃一驚，仰面搖頭道：「不好，高二哥灌得真不輕，這位老爺子說得很對，這必得先控水。」古、范、盧三人一齊忙著給高明軒救治。旁人看著不忿，目視仰臥的漁戶，竊竊私議。那老頭子更忍不住，又發話道：「你們看看這小夥子，好心好意救了一會子人，白賣了性命。誰費心也給人家推救推救呀，別這麼乾瞪眼啊！」說著，偌大年紀，竟自己下手，把漁戶翻轉過來。只這麼一翻，立刻有數股清水，從少年漁戶的七竅咕嘟嘟地冒出來，口鼻裡尤多，竟似往外倒水一般，眨眼間吐出一大盆。可是眼角已經大開，鼻孔出血了，雙拳緊握，掌心無泥，面色慘白，心不跳，氣不出了。

凌伯萍此時將上身下身的泥水，全擦乾了，頭髮也已拆開拭淨。衣服穿好，緩步走過來一看，心中不悅。盧問岐正用手法，給高明軒推水，竟也推出一大盆清水來。又將漁戶看了看，這兩人被淹的工夫久暫不同，吐出來的水竟一樣多。許多人竟忙著拯救高明軒，只有老頭子一個人，忙著來救漁戶。

凌伯萍眉峰愈蹙，俯下身來，試一摸漁戶的口、鼻、前胸和寸關尺，又試一摸高明軒的口、鼻、前胸和寸關尺，對眾人道：「高大哥灌了不少水，但是性命決可無慮。反是這救人的漁戶，怎麼倒脈散氣微，鼻孔出血了呢？」老頭子道：「他準是叫這位高大爺掐住脖頸了。要不然，我們幹船戶的輕易不敢下水撈人呢，就怕的是這一手。人要快淹死，掙命瞎抓，救他的人只要叫他抓住，準死沒活。不過，這位漁戶還不要緊。你聽，這不是肚皮裡已有響動了，咕嚕嚕直響。剛才我看見他眼珠好像動了，大概救得活。你們誰費心幫幫忙，把他的兩條腿給提起來，倒控一下看看。」凌伯萍忙道：「我來！」

范靜齋在那邊聽見了，一跳站起來道：「我來控。凌大哥，你真個是我們高二哥救命恩人。你不但救了他，你還救了這位恩人。」古敬亭也從那邊站起來，走到這邊道：「可不是，這位恩人別看是懸賞應募來的，究竟捨命救人，也很難得。想不到竟叫我們高二哥連累了，咱們快救救他吧！」

凌伯萍跟范靜齋，兩人一齊動手，幫著老頭子，也忙了一陣。水既控淨，少年漁戶漸漸眼皮閃動了，跟著胸口跳動了，低聲呻吟了。

凌伯萍籲一口氣道：「這一位大概不要緊了。救人的事真不容易，無怪人們袖手不管，這一位救人不成，惹火燒身，險些毀了自己的性命！」話風微帶不滿。古敬亭忙過來敷衍，解說：「這一位我們一定好好酬謝人家！」

那一邊，高明軒在盧問岐大夫盡力救治下，還沒有救醒。

盧問岐、古敬亭一齊著急，連說不好。但是高明軒胸頭不住起伏，肚皮也咕嚕嚕發響，並且不時嘔吐，唯有眼皮總睜不開。

又過了好久，直到凌伯萍走過來察看，高明軒才能微微睜眼。古、盧二人一齊大喜道：「凌先生你看，我們高二哥不要緊了吧？」

凌伯萍重伸手一試，覺得高明軒被淹雖久，可是現在竟比漁戶好多了，不但兩鼻吁吁喘氣，胸口也溫暖過來了。凌伯萍道：「不要緊，高大哥比這漁戶強多了，一點危險也沒有了。」

重又問道：「高大哥從前一定會水吧？」

圍觀的人群中，有一位趕廟的中年漢子，嘖嘖稱異道：「真是人不該死，五行有救。要說這位高大爺，入水這麼大的工夫，居然能救活了，真是想不到的事。我們守著湖邊，這些年看見淹死的人也多了，像高大爺這麼大的氣脈，真是少有。」

盧問岐抬頭看了看說話的人，點點頭說道：「你說得一點也不錯，真能緩過來，就算僥倖。不過讓我看，就是好了，也得大病一場。沒有十天半月，休想復原。」說到這裡，向古、范二人道：「高二爺和這位漁戶雖然得救，只是他們二位這時一定周身發冷。你看，這不是都凍起雞皮疙瘩了。趕緊找個避風的地方才好，還要用熱薑湯提提氣。要是耽誤時間大了，只怕他們中了寒，治著更費事了。他府上離這裡又遠，我想先把高二哥和這漁戶送到清涼寺去，比較快當，用什麼也應手。你看怎麼樣？」

凌伯萍道：「救溺的第二步法子，本該這樣的。」古敬亭目視凌伯萍道：「高二哥還是呻吟不出聲來，那個漁戶倒能說話了，也還起不來。可巧近處沒有熟人，若有熟人，把他倆搭過去最好。還有那個惹禍的小子，該怎麼辦呢？是把他送官，還是捆打一頓，叫他找保？」盧問岐問凌伯萍道：「凌先生，請給拿個主意吧。」

凌伯萍道：「送官找保的話，請問古、范二位。小弟是外人，不敢做主。不過現在無論如何，也得先找個地方，把兩位被淹的人抬了去。要緊的是先給他們發汗。小弟的身上也得洗個熱水澡，這麼髒太不像樣子了。」說時皺眉，很不高興。

古敬亭看了范靜齋一眼，說道：「真是的，凌先生一身泥水，好歹擦乾的，哪可怎能受得？叫我們太抱歉了。范賢弟，咱們趕快先奔清涼寺，比較還近便一點。那個騎馬的小子現在還沒工夫把他送官，也不能叫他走了。我看索性將這個小子押到高二哥家裡。候著二哥緩醒過來，再發落他，免得受埋怨。范賢弟，你看怎麼樣？」

范靜齋點頭答道：「這麼辦也對。」立刻打發高宅家人，到附近民家，尋找兩副寬鋪板和棉被、繩槓，又雇來四名莊稼漢。由范靜齋、盧問岐督促僕傭，把高明軒跟漁戶搭到木板上，同時押著那騎馬的小子，牽著那匹闖禍的馬，徑奔清涼寺。古敬亭陪伴凌伯萍，也要往山寺走。凌伯萍堅辭告退，欲歸自己家，沐浴更衣。古敬亭這回竟發起急來，又扯胳臂，又要下拜，一迭聲苦求凌伯萍，同往山上。他說：「你是我們高二哥的救命恩人，我不能把你放走！你你你不能隨便告退了！」

居然用起強來。

凌伯萍急不得，惱不得。人家是好意，人家要報恩！

第四章　伏蛇陰謀布網羅

凌伯萍從水中救出高明軒之後，便要回家。高明軒的盟弟范靜齋、古敬亭卻一再強留，不讓他走。人家要報恩，凌伯萍急不得，惱不得，最終只得把面色一整，又微微笑道：「古先生，對不住，你看我渾身濕汙，褲腳直豁到腳跟。廟中這時正做盛會，盡多婦女，我去了像什麼樣子？」

古敬亭道：「盛會怕什麼？大哥這是做了救人一命的好事，人家看見你，更要佩服。」說時看出凌伯萍不愛聽，忙又道：「咱們從後門繞進去，人也看不見。就是衣履不整，老方丈那裡還不給我找一套衣服換上嗎？」

凌伯萍笑道：「我哪能穿和尚的衣裳？」

古敬亭也笑道：「大哥這麼爽亮的人，還在乎這個？要不然，你不嫌髒，就穿我的，我脫給你。大哥很懂得救溺的方法，你走了，我們真不放心。別看盧大夫是名醫，他可是不會水。」又賠笑道：「我知道大哥很有潔癖。那也不要緊，一回廟，我就打發人，到府上取衣裳去。真是的，剛才忘了，倒不如早打發一個人，到您宅裡去一趟，也給凌大嫂送一個信。」

凌伯萍道：「那又何必！」

忽然，古敬亭想起了妙辭，手指凌伯萍道：「大哥，你真回去不得。您看您，渾身這麼濕，褲子又扯成這樣，轎子又在廟裡呢。您這樣走回去，還不把大嫂嚇一跳嗎？」

凌伯萍低頭自視，小衣全濕，長衫雖乾，卻被高家僕人拿得皺褶了，真像個落湯雞，外面包著綢衫一樣。古敬亭見他遲疑，立即說道：「大哥，你真回去不得，回去會嚇著大嫂。」遂走過來，扯了一把。

凌伯萍心中做想，幹僕凌安現在廟中，小轎轎伕也在廟中。自己這樣子步行回家，似乎不妥，春芳娘子一定要窮詰自己的，咳了一聲道：「我真不願這般模樣回廟。古仁兄，我們繞走後廟門吧。」兩個人這才往清涼寺走去。

不一刻行近廟旁，幹僕凌安已聞訊迎出來，道：「大爺下水救人了嗎？」剛才高明軒被抬進廟，已鬧得通廟皆知了。

凌伯萍臉含不安道：「沒有法子，擠住了。」古敬亭搶答道：「我們高二哥叫驚馬撞到湖裡去了，多虧你們大爺。」凌安不答，面向著凌伯萍。

伯萍道：「你趕快回去，給我拿一整套衣服來，你看我這身上。長衫已皺，褲腳已撕，雙履也沾滿濕泥。」

凌安一聲不響，抽身下山。伯萍忙追叫道：「你把……外書房的衣服找出來，趕快送來。不必驚動大奶奶，看她曉得了，又要擔驚。」凌安道：「我知道。」大步走下山去了。凌伯萍意不自得，范靜齋暗暗含笑。

這時清涼寺內正值盛會。高明軒和那漁人，先一步從後門抬入禪舍。老方丈慌忙過來照看，搓手慰問，連說：「這這這怎麼說的？」先把高明軒安置在三間精舍內，又把漁人另搭到別間禪房，忙著給二人更衣，加被，煎湯，發汗，按摩。

凌伯萍一步走進去，只見精舍禪榻圍滿了人。高明軒擁被圍在榻上，二目不開，喘息轉急，從被中露出一隻手，盧問岐大夫坐在面前凳上，正給切脈。在病人腳下嚶嚶啜泣的，還有一個少婦，旁邊侍立一女，使婢打扮。這少婦綠鬢纖腰，盛裝長裙，姿容彷彿豔冶，原來是高明軒的如夫人到了。她守在丈夫腳下，哭得抽抽噎噎，如梨花帶雨，好不傷心。吳娃嬌喉，哭得盡慟，哭聲柔媚動聽。

范靜齋站在對面，正在勸解，忽見凌伯萍來到，范靜齋忙道：「二嫂子別哭了，你看咱們二哥的大恩人凌秀才來了，就是這位。」

哭聲頓住，那少婦拿一條紅手絹，正掩著臉，聞聲立刻微露半面，睜著一對清澈的眸子，向凌伯萍一瞥。忽然面籠嬌羞，把頭低下，把身子一扭，似乎自家忘情悲泣，被生人看見，未免覺得可愧。那紅手絹才放下，重拿起來掩住嘴，又低頭拭眼。然後一整身，抬頭，嫣然一笑，先喲一聲，道：「剛才救我們二爺的，就是這位啊？」

古敬亭從伯萍背後應聲道：「二嫂子，就是這位凌大哥，多虧他冒著險，把二哥撈救出來的。二哥這回飛災，真叫人想不到。二嫂都聽說了嗎？」

少婦暫不答古敬亭的話，雙目偷看凌伯萍。微斂羞容，婷婷站起來，向使女遞過眼色，使女忙把拜氈取來。少婦徐徐說道：「古賢弟，范賢弟，你替我請這位凌相公里邊坐。」

凌伯萍一看這樣子，忙縮身後退，翻身欲出。古敬亭道：「凌大哥別走！」從後面攔住。范靜齋也趕過來，兩人一邊一個，把凌伯萍架住，推讓到椅子上。

那少婦羞慚慚道：「凌相公，您真是我們的大恩人。我們明軒若不是您……今天只怕是性命難保！」拜氈鋪好，她插花燭似的拜下去。

凌伯萍急避不開，還禮不得，窘得面似蒙了紅布，竟側立著受了三個頭。

少婦起初含羞，等到拜罷，見伯萍侷促不安，便拿出主婦的體貌來，又扶了扶，側身站著，伸出尖尖的手指，讓座道：「凌相公，請坐下說話兒。」

少婦又道：「凌相公，這救命之恩不比別的，您就是我們的重生父母。」向病榻看了一眼，雙眉緊鎖，如不勝情道：「您把明軒救了，免得叫他落個淹死鬼，也給他洗去醜名。若不然，人家說了，他上廟還願行善，當時淹死，想必生前沒做好事，才遭這惡報！您這一來，在我們身上積大德了。」伯萍道：「嫂夫人太客氣了。」

少婦道：「不是客氣，是實話。凌相公，您會游水，您一定懂得救溺的法兒。我說，盧大夫，您跟凌相公合著斷一斷，到底我們明軒要緊不要緊？怎麼他還不能說話呀？剛才我乍一來，把我嚇酥了，只當人沒了氣兒呢。」手撫胸口，籲一口氣道：「你聽，我這當兒，心裡頭還撲通撲通地跳呢！」

凌伯萍說道：「嫂夫人無須恚慮，我看尊夫早沒危險了。」

少婦道：「既然不礙事了，可是的，凌相公，明軒在這裡休養，究竟不便。」又一紅臉道：「我一個女人家，也不好服侍他，何況這兒又是個寺廟哩。凌相公您替我拿個準主意，要是真不礙事，莫如就叫一乘馱轎，趁天色還早，把他抬回家去。您看行嗎？」

凌伯萍到病榻重加診視，對著盧大夫說：「若坐馱轎，路上只不見風，料也無礙。還是回家靜養的好。」

盧問岐也道：「是的，按脈象說，坐轎回去是可以的。在家裡，自然比在這裡便當多了。」

這如夫人便做主張，命使女傳話，叫僕從覓轎。要一乘馱轎、一乘小轎，連原來的幾乘，恰好高明軒一乘，如夫人一乘，范、古、盧三人各一乘，凌伯萍一乘。意思之間，要把恩公接到自家。

僕人領命出去。如夫人剛到病榻前，摸了摸高明軒的頭，又切了切脈，轉臉來，坐下，便一掃羞怯，親親熱熱，和恩公攀談，申謝。由感恩說到遇救，由遇救說到肇禍，如夫人緊咬銀牙，發狠道：「這騎馬的人實在萬惡，怎麼碰著人，丟下了就跑呢？如今把他捉住，就該送官治罪。」說著轉問凌伯萍道：「送官對吧？可是這究竟是誤傷，我倒有心嚇他一頓，把他放了。又怕我們明軒萬一有個好歹，那人就是兇手了，輕放了，心上不甘心。」將一雙點水青瞳，望著凌伯萍，似要討個主見。

凌伯萍便道：「高大哥實已脫險，決無性命之憂。我看把那人放了吧。」

如夫人滿臉堆歡道：「那麼說，我們明軒真不要緊了。我本打算等明軒好俐落，再把惹禍的連人連馬放走，省得等他緩過來以後生氣，不答應我。恩公既然這麼說，放就放了吧。放了也好，省得明軒甦醒過來發脾氣，拷打人家。您想他好心好意來行善事，無端被逸馬擠墜湖裡，他一定懊惱，怎麼行善倒遭惡報呢？他一定恨極了這個騎馬的，必不能輕輕饒過。既然這樣，恩公說得對，還是早早把人放走。這也是件善舉，到底凌相公心腸好。」回顧使女道：「你去告訴他們，就說我說的，衝著凌相公的面子，那個騎馬的不用押著了，放他逃生了吧。也免得大爺緩過來，拿他泄憤。真算便宜他了，免去一頓好打！」

這樣，把整個人情送給凌伯萍了。她卻又用紅手絹，一掩櫻嘴，嗤地笑了一聲，赧顏向伯萍道：

「凌相公，我們明軒別看心腸慈，好行善，他的脾氣可夠暴的。回頭等緩過來，只怕找我們要人。他若是聽說是我做主放的，他一定不答應我。凌相公，那時候，我就往您身上推，我就說恩公叫放的。人家救了你，連討這點情面，還不行嗎？他就沒的說了。凌相公，到那時候，他要問，您可替我擔著點呀。回頭別叫我挨他的罵，說我女人家胡出主意。」

凌伯萍道：「既是覺得不便，不放也可以，等尊夫自己發落也好。」

如夫人喲了一聲道：「那是什麼話呀！您說的話，我們兩口子一定照辦。您不是救命恩人嗎，況且您這份用心，又是行好。我拙嘴笨舌，凌相公可不要笑我啊。」

這少婦居然健談，姑蘇女兒嬌喉自佳，這女子又很灑脫，乍見是怯生，如今把凌伯萍當恩人看待，既不再見外，遂更覺親切。一時問問高明軒遇險的經過，替那救人幾致殞生的漁夫、農人連抱惋惜。一時問問凌伯萍浮水救人的詳情，把感恩的話講了又講。一時又問問救溺以後的保養方法，該怎樣服侍，才不致誘發他症。跟著又和凌伯萍，商量起酬謝漁夫、農人的辦法，該怎樣給人家家中送信，該怎樣加意治療，該拿多少錢犒謝。把凌伯萍看成弟兄一樣，一口一個凌相公，叫得這麼親近。

隨後，又敘起家常來，問凌伯萍家中都有什麼人，凌娘子多大歲數，是哪裡人，有小孩沒有。她笑著說：「趕明兒我看看凌嫂子去，把凌嫂子接到我們舍下住兩天。」

凌伯萍勉強答對，就要告辭。外面傳話說：「轎子叫來了。」

少婦忙站起來說：「凌相公，您別走，這不是轎子都來了嗎？」堅邀伯萍隨她進城。她又說：「您怎麼著也得到舍下盤桓兩天。」

凌伯萍不肯，峻辭謝絕說：「舍下還有瑣事。」臉上頗露出不耐煩。

古敬亭、范靜齋恐怕鬧僵，忙說：「二嫂子，我們凌大哥總得回家看看，怕他家裡也不放心。」

少婦道：「喲，我就忘了這個了。可不是，凌嫂子一聽凌相公下湖救人，自然也很掛念的。我們做女人的就知道往一面想，凌相公，您別笑我不通人情！」又說了許多感謝的話，吩咐僕役，把轎舁入，先送凌相公回家。

凌伯萍很不高興地等著凌安取來衣服，更換好了，方才坐自己的小轎回去。這裡古、范二友和盧大夫、家僕等忙把高明軒和漁人全攙架上轎。他們陸續下山了，老方丈親送出很遠，方才回轉。山上的盛會依然做著。

被溺的施主高明軒坐轎進城，回家。將漁夫安置在下房，將盧問岐大夫安置在客廳。高明軒面色慘白，呻吟不已，由古、范二人挽著他的手臂，直踱入內宅暗室。他那如夫人和小丫鬟跟隨在後。

一入內室，悉屏僕役，小丫鬟也留在外間，如夫人回手掩上內室的門。高明軒踉蹌倒在床上，古、范給他蓋上棉被。高明軒呻吟聲頓住，精神十分疲殆，一語不發，眼角滴下淚來。

古敬亭忙低聲道：「二哥怎麼了？這一來大功告成了，你別難過呀！」高明軒掩面不語，兀自嗚咽，似勾起傷心事來。

那如夫人目視古、范，又看了看高明軒，錯愕不解，發話道：「我看二哥神氣不大好，別是弄假成真，真淹著了吧？」

高明軒長嘆一聲。古敬亭、范靜齋在室內走來走去，咳了一聲道：「可不是，淹了個不輕。若不是這麼一來，怎能騙得過小白龍？人家是行家啊。二哥，這工夫覺得怎麼樣？還難受嗎？」

高明軒搖了搖手，道：「求人真難哪！我恨我自己太不爭氣，下多大苦心，還是憑自己本領，鬥不過獅子林，擠得沒法，出這等下策，真夠丟人了，還險些送了性命，還不知將來結果如何。」

那個如夫人道：「二哥真淹著了嗎？喝了幾口水？」

高明軒擁被坐起來，又嘆了口氣道：「渾身筋骨疼！六妹，我簡直是死裡逃生。還喝多少水？只喝了一口半，就灌滿一肚皮。這還是小事，我心裡沒有迷糊，我自己有把握。只是我久沒下水了，乍一沉，又穿著衣裳，又泡得這麼久……六妹你不知道，我在水裡足足泡了半個時辰，那位凌大爺才肯下來！我只當是沒指望了呢。好容易才盼他跑過來，他又猶豫著不肯下水，誰想我這條腿忽然抽起筋來……」

古、范一齊大驚道：「真的嗎？」

高明軒眼含著淚，苦笑一聲道：「你看，就這麼巧嘛！這條腿直轉筋，腳跟差點橫過來。簡直說，小白龍再晚到一會兒，那真淹死了。那時我心裡只禱告，亡兄亡嫂多多保佑我，你夫妻倆要想報仇，可別叫我糊里糊塗死在這裡。這條腿還是直轉拗，我連忙沉下水去，狠狠地掰了掰，又蹬了蹬，偏偏那個漁夫又來搗蛋，他要救人！把我恨極了，我就掐了他一下子。」

古敬亭道：「不好，你收拾這個漁夫，差點叫人看出來，好在快淹死的人都是亂抓人，可是你那手『黃鶯托嗉』用得太明顯了，只是小白龍沒看見罷了。」

高明軒道：「是嗎？你們在岸上看出假來了嗎？你們看，把小白龍騙住了沒有？我在水裡掙命，他們都說了些什麼？」

范靜齋道：「還好，騙住他了。不過，他只問二哥從前會泅水不會，也許動了疑，看出二哥踏水的功夫來了。」

那如夫人道：「呀！那不露餡了？」

古敬亭道：「我們給掩飾過去了。我們說二哥小時會水，不過叫馬猛一撞，水流又急，支持不住了。他只看見二哥淹得翻白眼，大口吐清水，決想不到有假，更想不到騎馬的乃是我們自己人。」

高明軒矍然道：「這一點很要緊，胡賢弟，你快叫馬老臺離開這裡吧。倘叫小白龍看見他，在咱們這裡出入，那就滿盤皆輸，露出假來了。他現在哪裡呢？」

如夫人道：「給他一百兩銀子，叫他回去就完了。」

范靜齋道：「他現在在店中呢！回頭去打發他。」

如夫人道：「你們這條計，真想絕了。小白龍縱詭，也絕猜想不到。從來只有賣好，沒有倒賣恩的。現在第二步該怎麼樣呢？是不是明天就去登門拜謝救命之恩呢？」

范靜齋道：「越快越好！」古敬亭道：「不行！二哥好得太快，顯出假來了。」

高明軒頹然躺倒道：「情實我也是渾身疼痛，真掙扎不動。回頭叫盧醫生給我診診，我得吃幾劑藥。還有這盧醫生，咱們綁票似的把他架來。我看如今用不著他了，把他打發回去吧。」

轉顧少婦道：「六妹妹，明天就煩你到小白龍家，登門拜謝他去，就說我淹得很重，大夫治不好，務必把他請來。小白龍的女人，你可以設法跟她套套交情。」

少婦道：「我去，我帶著禮物，去到他家道勞叩謝。這是救命的大恩嘛。」說時笑了，又道：「我求見他的太太，跟她拜盟，結乾姊妹，這個我都弄得來，二哥放心，我準裝得像。我再帶著小梅妮子去。小妮子長得很媚氣，一定會誘人。反正小白龍年紀輕輕的，不貪財，必貪色。不好交朋友，一定好女人……」

說著咯咯地笑起來，道：「好色的必然輕友，這小白龍不受這套，受那套。我們安排好了，就拿報恩為名，一步一步跟他湊，酒色財氣四個字，好什麼，給他什麼。只要他拿二哥當朋友，一來二往……」

高明軒精神一振，霍地又坐起來，道：「對！六妹多受累。皇天不負有心人，這一回我險些弄假成真，命喪湖底。我這回再打不動小白龍，我就真真沒招了！」

古敬亭道：「這一招準行！就由二哥和六妹，你們二位假裝夫妻，天天去親近，內線外線同時打通，他小白龍不管怎樣乖僻，你感激他，天天給他高帽戴，他也不能把你推出門外。那個僕人叫凌安的，也得想法子勾引勾引。這交給老黑辦。奴才交奴才，主人交主人。六妹就認準了龍娘子凌夫人，你們拜乾姐妹，這招很對。小白龍大概怕太太。」

那如夫人道：「聽說龍娘子不是我們道裡人，只是個外行，尋常女人。」古敬亭道：「尋常女子更好哄騙，她必然貪小便宜，喜好珍寶首飾。」

幾個人掩門議論一陣。高明軒躺倒歇息，他真個害起病來，心上更浮躁萬分。他淹得太甚了。

由次日起，那個豔冶的如夫人，高明軒背地稱為六妹的，備了許多禮物，珍寶、首飾、錦繡綢緞、果點，抬了好幾抬，攜帶一個俊婢，名叫小梅的，坐小轎，親赴七子山麓凌伯萍秀才的住宅，登門謝恩。

高明軒偃臥病榻，和古、范二友低聲私議，聽候「如夫人」怎樣進凌家門，怎樣見凌氏夫婦。假如可能，預囑好了如夫人，不妨留在凌宅住一兩夜。仍囑咐僕從，只要凌家收禮延賓，便速奔回送信。

但是，凌伯萍竟古怪得很，而且乖覺得很。「如夫人」早晨去，晌午回來了，禮物整盒提回。凌伯萍竟沒在家，凌娘子也出了門。只剩那個幹僕凌安，司閽待客，說主人和主婦兩口兒住丈人家去了，今早剛剛動身。「如夫人」失望而歸。

但是鐵杵磨繡針，高明軒不久病癒，拉開長工夫，日登龍門，凌、高二姓終於不久成為朋友。或者依照凌伯萍的口氣說，不算朋友，也成了很要好的「熟人」了。

在高明軒溺水遇救的四個月後，有一天，高明軒夫婦竟在凌伯萍的客廳上，座談了好久。因為來客是夫妻倆雙登堂，凌夫人楊春芳娘子也就抱著愛女小桐，出來陪伴女客，終於把高氏如夫人讓到內廳去了。高明軒在外客廳坐了一會子，凌伯萍到底沒往內書房讓。

這一回登堂拜訪乃是頭一次，竟周旋了兩個時辰。男客在客廳已經辭窮，女客在內宅卻歡笑親熱異常，而且一同用過午飯，才告辭回家。

飯後，高氏夫妻坐轎回去，范靜齋、古敬亭見了面，齊給高明軒道賀。高明軒也欣然得意，目視他的那位如夫人道：「還多虧了她。若不是她，我還是被人家趕出來了。」

原來高氏如夫人把凌伯萍的愛女小桐，抱在懷內，愛得不得了，一定要認為義女，拜乾親。小桐剛剛四歲，居然和如夫人不認生。

這如夫人乍到內宅，看出春芳娘子是個美而秀的聰慧女子，就打疊精神，和她攀談。對春芳娘子一口一個大嫂叫著說：「大嫂，您不知道這事嗎？凌大哥是我們明軒的救命恩人，若不是凌大哥，我們明軒早成了淹死鬼了。我們老早地想看望大嫂來，明軒總攔住我，說凌大哥是書香人家，高門雅士，我們本是暴發戶，渾身俗氣，怕大嫂見笑。」

春芳娘子道：「您太客氣了，我們本是寒酸人家，我也從來沒出過門的，沒準倒叫您笑我呢。您說我們伯萍怎麼救過高二爺來？這是多早晚的事呀？」

如夫人微微一笑道：「這還是頭幾個月，春天的事哩。那一回我們明軒在七子湖，叫一匹驚馬撞到湖裡了，多虧了凌大哥，捨生忘死，把他撈上來。這才是救命的大恩哩。怎麼凌大哥沒對您念叨過嗎？」

春芳娘子面皮一紅道：「這個，也許他忘了說了。」

如夫人道：「上次我還到您府上道謝來呢，可惜沒見著您。聽說那天您住娘家去了！」

春芳道：「是嗎？又叫您見笑了，我們伯萍什麼事也不告訴家裡的。他外頭的事，我一點也不知道。您這是來了，您若不來，我還不知道高二爺和他是朋友呢。」

如夫人說道：「我可不信。我早聽說過，凌大哥和您感情好著的呢，他會瞞著您嗎？別是他怕您，管他太嚴了吧？」

春芳含羞笑道：「二嫂子乍見面就取笑我了？」

如夫人笑道：「我該打嘴，我可不敢跟您取笑。我告訴您吧，您大概全不知道，我們明軒感激大哥的大恩，恨不得請他到舍下，哪怕敬一杯水酒呢，也算盡盡心，誰知總請不來。我們明軒後來才聽人說，凌大哥是很戀家的，輕易不好應酬。大嫂，別看咱們是初見，我早就猜出來，您一定生得夠漂亮的，若不然，也配不上凌大哥那一表人物。人們都說凌大哥的夫人比天仙還美，真是頭是頭腳是腳。今天一見，果然不虛，大嫂，您真俊哪，怪不得凌大哥那麼戀家。您今年二十幾了？我看您至多也就是二十，再不然是十九歲了，對嗎？」

春芳赧赧說道：「我二十五了。」

如夫人道：「是嗎？可不像，您瞧著只像十八九歲、二十來歲的人，您真生得少相啊。」

春芳道：「看您說得也太玄了，我們小桐都四歲了。我怎麼會是十八九歲？」

如夫人仍嘻嘻哈哈笑了起來道：「人家真有十六歲開懷的，那不算稀罕。」說著，湊到小桐面前，道：「大嫂，這是您跟前的嗎？這真跟小天仙似的，怎麼才四歲，看著像小大人似的，又活潑，又穩重，真是大家小姐。小嘴多好，多紅，簡直跟您一樣，就是眼睛和臉蛋像她爹爹。」把手一張道：「桐小姐來，叫嬸子抱抱。」

小桐咬著指甲，往丫鬟懷中一躲。這如夫人很會哄小孩，搭訕著把小桐抱了起來，偎腮，親嘴，叫小寶寶。春芳娘子抿著嘴看著，心中喜悅。

如夫人把備下的珠串、手鐲，給小桐戴上，引逗著小桐玩耍。面對春芳娘子說：「嫂子是有福氣的，年輕輕的有這麼水蔥似的一個小寶寶，多麼開心！」

春芳目視小桐道：「一個丫頭子家，有她又算得了什麼？怎麼大嫂跟前，一個小孩也沒有嗎？」

如夫人咳道：「沒有呢！妹子老早老早地就盼個孩子，就是盼不來。前年好容易有了，誰想又小月了。您還嫌丫頭子，我連丫頭也落不著呢。要不然，大嫂就把小桐認給我做個乾女兒吧。桐姑娘，你願意要這個乾娘不？乾娘給你做花鞋穿，領你進城看戲。」

這樣說著，下趟再來，果然給小桐裁了許多小衣裳，定打許多玲瓏首飾，還有長命鎖、避邪符、四雙四季花鞋。就這麼模模糊糊，她自稱是小桐的乾娘，小桐也就算是乾女兒。乾親走動得越發勤近了。

不過，春芳娘子那天聽了救溺的話，當晚又向凌伯萍窮致盤詰，問他：「你是下水救人了嗎？這是多咱的事？怎麼我一點影子也不知道？」

伯萍曉得愛妻又犯惡了，滿臉賠笑地掩飾道：「這是老早的事了。」

春芳道：「老早的事了？你怎麼老早不告訴我？你還是老早就瞞著我？」

伯萍笑道：「下水救人是冒險的事，我怕你聽見了，又擔驚害怕。」

春芳道：「對了！你既知我擔驚害怕，所以就把我蒙在鼓裡！所以任什麼事也不叫我知道！多謝你的好心，無奈這一來，叫人瞧著，好像我又成了外人。剛才人家劈頭一謝，弄得我張口結舌，想謙辭幾句，都不知道說什麼好。叫人拿眼盯著我，很詫異地問我，大嫂不知道大哥救了我們明軒嗎？你想我難為情不？我有什麼法子呢？我只好跟人家說，『我的這個男人可是與眾不同，人家身上的事向來不告訴我。』我們本來不般配，差著大半截呢。我也知道，我不能跟人家高姨奶奶比。可人家別看是夫妾，可是兩口子雙雙出門拜客。老爺有什麼事，姨太太全干預得著。人都說至近莫過於夫妻，只有我是例外，我比什麼人都不如。我想起來，就要痛哭一場，怨我死去的爹糊塗！」

春芳娘子很磨煩了一陣子。她說的話，又酸又澀，並拿一種極受委屈的腔調講。可是她臉上的表情隱隱透出「拿斜道歪」的樣來，口角還是帶著嬌笑。

但是凌伯萍自覺歉然。忙湊過來，哄慰道：「芳姐，你別過意。這實在怪我粗心。我因你是個細心人，叫你曉得了，又替我擔心。客人進門時，我應該先告訴你一聲，就好了。你別難過，往後我什麼事都告訴你。不過你可別攔我，也不要害怕。」

春芳娘子把身子一扭道：「我攔過你什麼來？你又不會殺人放火，我又害什麼怕呢？說實在的，你肯下水撈人，救人一命，也是好事。只是我想你身子骨也夠單薄的，你就是會水吧，很涼的天，叫湖水一泡，倘或把你激病了呢？」

伯萍忙道：「不是現在救的，是今年春天，快到夏天了。」

春芳道：「是啊，就是夏天怎麼著，冷水也會激著人的。況且我常聽人說，撈救快淹死的人最險，亂抓亂搔的，弄不好叫他撈上一把，就許一塊全淹死呢。那就叫下阱救人，我說是不是，伯萍，你也太不保重了，還怪人家擔心？」

凌伯萍賠笑道：「你說得很對，不過這已經是過去的事了，我不是沒有淹死嗎？」隨在床邊並肩坐下來，拉著春芳的手道，「我不敢告訴你，就是為這個，怕你管教我。我自然會泗水，能救人，我才敢下阱呢。你想你我結成夫妻，不就是『水中緣』嗎？我若不是遇難會浮水，早淹死在大江了，我焉能遇見恩公娘子你？」說著把頭一側，壓著春芳娘子的肩頭，輕聲說道，「恩公！」

春芳娘子聽了，把星眸一瞪，嘴一噘道：「我說不過你，你反正有理！」雙手捧著伯萍的頭一推，身子往後閃了閃，扯枕頭躺下了。

凌伯萍道：「不談這個了，咱們說點別的吧。我說芳姐，你看這位高公的如夫人怎麼樣？我看她一舉一動，不像個良家女子似的。」

春芳道：「這位高公也不像個大財主，看著倒像個……戲臺上的大花臉似的。拿著那根長桿煙袋，指指劃劃，說話嗓門那麼高，我在二門還沒出來，就聽見他大喝大嚷了。他那位如君又那麼樣，用鼻子說話。這兩口子叫人看著，總像不很般配。興許高公還怕著如君呢。剛才我瞧他總拿眼睛掃著姨奶奶，老是順著姨奶奶的口氣說話。估摸這一位必是高公最寵愛的妾呢。」

凌伯萍想了想，笑了，因道：「你也看出來了？人家還說我懼內呢。」春芳白他一眼道：「你是怕我嗎？」伯萍忙道：「別生氣，我是說笑話，芳娘子絕不是河東獅。」

春芳笑道：「這句笑話下回也不許你再說，因為我不愛聽。」凌伯萍一歪身子道：「是是，下次我知過必改。」

春芳嗤地笑了，又道：「可是的，這高家夫婦，你從多咱才認識他們的？」

凌伯萍道：「近半年才認識的。據說他是本地人，暴發戶，最近才從北方發財還家。他這人很怪，我本不願和他來往。不知怎的，他總想和我親近，又似乎要跟我比富似的。我在清涼寺題捐，他也比著題捐。我無意中救了他，這一來不要緊，他跟我黏上了。我救他是在春天，我總躲著他，他總嚷著報恩。那大年紀，在我面前裝小弟弟。不過他這人骨子裡似乎很熱，見了我，總那麼無可無不可地感激，我實在沒法再拒絕他。官不打送禮的，人家滿臉賠笑，在我面前轉，我綳不起臉來了。」

春芳笑道：「得了吧，凌相公，你還綳不起臉來？你自己是不覺。就說剛才在客廳那一會兒吧，我冷眼看著，人家兩口子好心好意，一口一個大哥叫道，跟你親親熱熱地講話，你倒好，活像債主子，十問不一答，十叫不一哼。談了那大工夫，我沒聽你說別的，半晌一個『哦』字，半晌一個『是的』。你真是貴人語音遲，我在旁陪著，都怪替人家難堪的。你自己難道一點不理會？先生，我勸你也稍微隨和一點吧，不要端那麼大的架子，叫人家笑話你酸！」

凌伯萍失聲笑了，站起來說道：「我真是架子大嗎？」

春芳道：「小狗才哄弄你呢，你臉上的神氣又冷又傲，你真覺不出來嗎？」

伯萍笑道：「這個……但是別人說我冷傲還可以，你芳姑娘可不許說。我跟你講話，一口一個姐姐，你拍拍心口想一想，我拿你不當活菩薩一樣看待嗎？人家說起來，都笑我懼內，你截長補短地查考我，審問我。」

春芳滿面通紅躺在床上，伸腳踢伯萍道：「你胡說！誰說你懼內來？」

伯萍縱聲大笑道：「誰說，人人都這麼說。並且我自己也承認我是懼內。古時有一個懼內的人，別人問他，為什麼這樣怕老婆？他回答得很好，說是妻有三可怕。才娶進門時，年當少艾，端麗凝重，好比觀世音菩薩，人哪有不怕活菩薩的？過了些年，生兒育女，孩子越養越多，活似九子母魔君，人焉有不怕女魔的？等到年老，仍不忘修飾，搽脂抹粉，更增老醜，好比鳩盤荼一樣；這鳩盤荼乃是佛書上的女老妖，人哪有不怕妖精的？由此可見妻有三可怕，少幼老各具其妙。芳姑娘現在正當活菩薩之年，我凌伯萍一向佞佛，清涼寺還不斷題捐，怎能把家中的活菩薩，反倒忽略了？況且活菩薩又這麼親我以櫻唇，瞪我以白眼，恩威並濟，刑賞時加，我待罪虔敬之不暇，我還敢冷傲嗎？我不但不敢冷傲，我還熱，我還熱……」一直傾身逼迫過來，道：「在家敬活佛，何必遠燒香？」

春芳娘子慌得連連滾身退避道：「又涎臉，又涎臉！孩子都那麼大了，還跟人家這麼起膩，你們唸書的人真沒出息！」

凌伯萍仍然頑皮，每逢春芳娘子盤詰他時，他就跟她胡鬧，歪纏。現在春芳躲無可躲，她的底襟竟被伯萍壓在身底了。春芳含嗔一指窗外，斥道：「你聽，大白天價，寶芬進來了！」伯萍笑道：「她這時不會來的。她不是看著小桐了嗎？」

春芳道：「咳，你一點正形也沒有。還提小桐呢，我告訴你……」低下聲音，說道，「你一點也不知檢點，你不知道小桐跟寶芬說些什麼哩。」伯萍道：「她說什麼？」

春芳臉色羞紅，輕聲說：「也不知哪一天，叫她看見了。她竟大著個舌頭，對奶姆和寶芬說，爹爹跟我好，也跟媽媽好。」伯萍笑了，說道：「這也不犯歹呀！」

春芳娘子道：「咳！你聽啊，跟著她就歪著腦袋，告訴寶芬說，爹爹親親我，爹爹也親親媽媽。爹爹跟我們倆好。我願意爹爹親親，媽媽不願意，媽媽說爹爹的嘴扎人。爹爹的嘴不扎人，爹爹拿刀子刮臉。她的話多著呢，都是你不管不顧，叫她小孩子家看見了！」

伯萍失聲大笑起來，手捫下頦道：「刮臉是很要緊的事情，由此可見……人生在世，刮臉蓋可忽乎？」

春芳乘機一抽衣襟，坐了起來，並且躲了出去，用斥責的口吻道：「那麼大人，一點正形也沒有！」

閨門調笑，把這場過節混過去了。高明軒的如夫人既認小桐為義女，他們女眷們越走越近。輾轉半載過去了，只有凌伯萍和高明軒，性情嗜好隔離太遠，總有些格格不投。凌伯萍性耽風雅，又嗜好書畫，喜收藏金石古董，並精辨別。高明軒費了一番心思，發現了凌伯萍的嗜好，他大喜道：「原來凌大哥還是個賞鑒家，這可好極了。大哥，我告訴你，我半生苦幹，如今混整了，總想去去身上的俗氣。古玩金石我倒是一點不懂，可是我很喜歡。」遂拿出許多古玩來，請伯萍品鑒。

過了些日，高明軒欣然登門，說是新得了幾十塊古硯：「有人告訴我，內有幾塊秦磚，還有楊繼盛參奏嚴嵩時用的一塊刻銘的硯臺，據說頂珍貴。是什麼『雞三號，鼓五點，今日拜疏參大閹，事成獎汝功，不成同汝貶』。唸著倒很好玩的。大哥既精鑒辨，請你哪天得閒，到舍下看看，這好幾十塊硯臺，到底內中也有值錢的沒有？」

凌伯萍道：「那不是楊繼盛的銘硯吧？」高明軒道：「參嚴嵩的不是楊繼盛嗎？我記得是他，雪杯園那齣戲不就是楊繼盛嗎？」

伯萍微微一笑，但是高明軒既很有錢，想必好的歹的胡亂收藏些古物，也許裡面真有秦磚。遂欣然命駕，到了高明軒的書齋。高明軒忙前忙後，把僕役叫得山響，給凌伯萍預備這個，預備那個。那范靜齋恰也在座，一同忙著款待。高明軒把自己「保藏」的古董全數拿出來，一件一件請凌秀才鑒賞。

凌伯萍看了，內中贗鼎居多，甚至像趙子昂畫的金瓶梅，柳公權寫的蘇詩集聯也有。然後高明軒把那些古硯從內宅搬出來，方的，圓的，石的，陶的，大的，小的，壘壘六七十塊。

凌伯萍一見大驚道：「這不是百硯齋的藏珍嗎？明軒兄，你從哪裡得來的？」高明軒看出伯萍驚訝的樣子，淡淡說道：「我還有別的妙法子嗎？不過是花錢買的。」

伯萍細細察看著說道：「這東西不儘是花錢可買到的。這兩方古磚，我渴求一見，懷之數年。百硯齋主寵愛此物，尋常賞鑒家再見不到的。」

高明軒大笑道：「原來這都是真的嗎？那太便宜我了。這是我們敬亭盟弟給我買來的，花錢不多，大概是小道貨。」

伯萍道：「小道貨？但不知花了多少錢？」

高明軒把得意的神氣透出眉梢道：「花的錢很有限。伯萍大哥，這些東西我一點不懂，一點不愛，擺著又累贅，又不好看。大哥既然愛，你全拿了去吧。」

伯萍看了他一眼，道：「這幾十方古硯，塊塊都是奇珍，尤難得的是多有銘刻。怎麼明軒兄不喜愛呢？」

明軒笑道：「我本來是個俗人。我好古玩，不瞞大哥說，無非是裝點門面罷了。我說來呀！」一個僕人應聲進來，高明軒道：「回頭你們雇兩個腳伕，把這些硯臺送到凌大爺宅裡去。你們可先包好了，別磕了，摔了。」

凌伯萍道：「這怎麼講？高兄請我來鑑別，怎麼整份地送給我？」高明軒搓手笑道：「寶劍贈予壯士，紅粉贈予佳人。凌大哥識貨，自然該歸你，咱們弟兄交情過得多。」

凌伯萍力拒道：「不行，不行！這是無價的珍物，我不能強人割愛。」

高明軒大笑道：「你看我愛嗎？我愛的玩意兒，我全擺出來了。」遂一指四壁和桌幾，道：「像這些字畫、鼻煙壺、玉獅子，這才是我高明軒心愛的呢。我們敬亭盟弟給我弄來這些石頭，我還抱怨了他一頓。後來才聽人說，硯臺也是古玩，也很值錢，這才回過味來。可是若叫我擺，我還是覺得討厭。況且這東西又是小道貨，在我這裡擺著，人來人往，也差一點。凌大哥，你就不用推辭，我一定送給你。你真不要，我全摔了它！我賣給你怎麼樣？這是三百七十五兩銀子買的，我正嫌貴呢。」

到底這數十方硯臺贈給凌伯萍了。高明軒贈硯的態度，倒惹得凌伯萍十分好笑，回來學說給春芳娘子聽，伉儷很笑了一陣。夫妻倆全明白，這高明軒欠著救命之恩，特意拿這個來補情。

過了幾天，高明軒又帶了一盒古錢，求伯萍代為鑑別。問起來時，是有個古董商，新得此物，特給高爺送來，索價五百金，不知是貴是賤。請伯萍代估一下。高明軒從中揀出一把綠鏽斑駁的泉刀和一枚貝形的古錢道：「這一把小銅刀，許是古人割東西的，這銅貝有什麼用呢？」

伯萍笑道：「周時泉法，本分刀布泉圜幾個樣式，後代才一律改圓，這銅貝也是古錢。古人用貝玉做交易，後來才改用銅鑄，仍舊模擬貝形。只是這種銅貝假的多，真的少。」明軒道：「我說呢，我只是當玩物呢。」

高明軒仍然是要把這盒古錢贈給凌伯萍。擺弄著，做出賞鑒的模樣，卻暗暗窺察凌伯萍愛憎的神氣。凌伯萍只是淡淡的，並不表出愛否來，並且他也看出高明軒有心移贈。

高明軒借這古錢，和凌伯萍暢談了一陣，末後伯萍執意不要，便把古錢盒帶起來，告辭回去。過了幾天，他又拿來兩軸古畫，請伯萍賞鑒，並且要求道：「凌大哥乃是書香世家，你也把你的傳家之寶拿出來，給小弟這個粗人開開眼界呀。」凌伯萍微笑不答。

但是，凌伯萍確有不少愛玩的古器字畫。在他的客廳，尤其書齋中，雜陳著書史字帖，以及金石古物。依照高明軒這個暴發戶的眼光來看，伯萍客廳中，掛有一橫幅古畫，特別惹人注目。書題著「萬馬千溪圖」五字，不著畫者姓氏款題，卻鈐了許多賞鑒家的印章。這畫橫幅長有兩丈多，非大客廳不能張掛。在遠山近水、清蒼的畫景中，畫著許多匹駿馬。或仰或俯，或臥或立，或飲或渡，或側首旁睨，或仰天長嘶，或有騎士跨而疾馳，人馬振奮，似試馬的樣子，或由牧童牽而徐步，似遛馬的神氣，人馬都懶洋洋的，驪黃綠耳，千奇百態。題名萬馬，實際自不到萬匹。可是高明軒、范靜齋立在面前，仔細數了又數，到底沒有數清確數，看來至少也有七八百匹。

高明軒指著這個巨幅，詢問伯萍：「這是誰畫的？到底有多少匹馬？有準數嗎？」

伯萍笑道：「整兩千五百二十匹。」高明軒道：「不到吧？」

凌伯萍笑指中間一段道：「你看山腰林木籠罩處，那裡還有一隊馬群哩。前漢卜軾以牧畜起家，賣馬不計匹數，以谷計，這畫就是從這點取意。」

高明軒搖頭道：「可真不容易，得畫多少天，才畫成啊，況且又是工筆。可是的，是哪朝人畫的呢？」

凌伯萍道：「古畫多不題款，從題跋印章看來，既有宋徽宗的文翰之寶，恐怕是唐人手筆。趙子昂的跋語說是吳道子畫的，只是於書史無考。」

高明軒立在畫前嘖嘖稱嘆。畫掛在東壁，壁旁有一小几，几上有一紫檀座，座上擺著一件古玩，是一棵碧綠的白菜，玉色瑩然，刻鏤如真，並且棲有真的蟈蟈兒、金鐘兒，是用銅絲縛在上面的。高明軒不脫豪氣，信手拿起來，看了一眼道：「這玩意兒做得精緻。比大哥那座碾玉觀音還好。」說著，把那棵碧色白菜仍放下了。

在對面幾上，也有一紫檀座，上擺一隻古銅蛙，綠繡斑駁，獨雙眼突出，黝然呈紫色。高明軒道：「這別是三腳金蟾吧？」

凌伯萍用一種漠然的口吻答道：「是的，古書叫蟾蜍。」高明軒談了一會兒，告別回去了。

這樣一來二往，一晃又過了半年。

忽一日，高明軒又來拜訪，幹僕凌安這次很客氣地回答：「我們大爺沒在家，出門了，高二爺進來坐坐嗎？」高明軒道：「是嗎？你們大爺多咱走的？上哪裡去了？」凌安道：「昨天走的，回老家收租子去了。」

明軒微微一愣道：「昨天走的，前天我還和他見面，竟沒聽他談到。他自己走的嗎？管家，你不是常陪你們大爺出門，這回你沒跟去呀？」

凌安笑道：「我們大爺倒是常帶我出門，不過這一回是凌祥跟去的。」又重複一句道：「你老不到客廳坐坐去嗎？」

明軒道：「這個……」

凌安忙道：「大爺走後，客廳門鎖了，我給你老要鑰匙去。」

高明軒看他一眼，笑道：「不了，我改日再來。你們大爺什麼時候回來？」

淩安道：「那可沒準，也許十天半月，也許兩月一月。」

高明軒沉吟著說道：「那麼，煩你費心，到內宅替我回一聲吧，我也不留名帖了。」遂上了轎，回轉自家。在內宅把范靜齋、古敬亭找來，三個人密議一陣。次日，由如夫人到淩府去了一趟。

第五章　二縣吏訪賢窺盜

兩個月過去，凌伯萍率凌祥回來，帶回不少東西，裝了兩口大皮箱，一隻小皮箱，一直抬入內宅。自從春芳娘子發過話，不再在書房存放東西了。凌伯萍含笑對春芳娘子道：「娘子多寂寞，多辛苦了！」春芳笑道：「大爺路上多辛苦了！」笑著，他遂將小皮箱打開，內有一千二百兩銀子。伯萍對春芳說：「你收起來吧，這是今冬的用度，足夠了吧。」問起來，乃是從故鄉收進來的租子，也有一部分鋪帳，說是透支。

那兩只大皮箱沒有當時打開，只叫凌祥抬到內室套間放著。春芳娘子道：「這裡頭裝的是什麼？」凌伯萍道：「有些布匹頭，還有幾卷子字畫兒。」

春芳好畫花卉，就要拿出來看。伯萍道：「是山水，還沒有裝潢呢。」

又過了幾天。忽一日，幹僕凌安進內宅回話，匆匆數語，轉身退出。凌伯萍不知怎的，盯了他一眼。凌安轉身退出來，進入外書房小院。凌伯萍在內宅踱了一個圈，忽然順腳往外走，在廳心往來散步，抬頭看天，跟著，乾咳一聲，又順腳踱到外書房。

外書房門已開，凌安正在裡面，手拿一把撣子，忽坐忽站，眼看外面，樣子很浮躁。那一個幹僕凌祥也從後園急急匆匆地穿院過來，到書房院內。

凌伯萍負手閒踱，向內宅瞥了一眼，邁步直入書房內。坐定，大聲問話：「凌安，你掃地了沒有？」

「掃過了。」凌安答了一句，臉對著凌伯萍，主僕相看，忽說道，「院子還沒掃完呢。」抽身退出，向凌祥說了幾句話。凌祥點點頭，俯身操起一把掃帚，站在小院門邊，用這掃帚輕一下重一下掃地。掃一會兒，直起腰來，看看內宅。

伯萍坐在書房椅子上，聽凌安回事。聽罷，仰臉想一想，沉吟，啜茶，又囑咐了一些話。主僕一坐一立，一問一答，聲音低微，只聽見外面凌祥掃地的聲音。

直到午飯時，凌祥方才掃完了地，凌安也出離書房，來到門房。主人凌伯萍這才從椅子上站起來，扶著桌子，低頭尋思，從書架上信手拿起一套書，慢慢走進內宅。書僮寶文正在屏門徘徊。春芳娘子正在繡榻上裁剪衣服，聽伯萍進來了，也沒有抬頭，只信口問道：「你上哪裡去了？」

伯萍道：「沒上哪裡去。」順手把書放在桌上。春芳娘子道：「我叫寶文請你吃飯，這孩子跑到哪兒去了？」說話時，那書僮寶文溜到門房去了。使女寶芬卻從廚房走來，回稟道：「奶奶，這就開飯嗎？」

春芳娘子徐徐疊起衣料，伸足下地，向凌伯萍一笑道，「人家等你吃飯呢，你又溜了。估摸是又上書房發呆去了吧？走吧，吃飯去，你聽，這不是小桐叫你了？」

飯開在中堂，使女寶芬帶著小桐姑娘，已然早早地坐在椅子上等候，一見面，小桐就叫道：「爹爹，我吃那個，寶芬不給我夾。」寶芬道：「那個辣，吃不得。」

夫妻倆坐下，和這愛女一同用飯。小桐這小孩子很嘮叨，吃著飯總問話。平時伯萍必引逗她說笑，今天伯萍沒有言語，低頭忙忙地吃飯。

飯後茶罷，凌伯萍在上房榻邊，倚著被堆，半躺半坐，低頭看自己的指甲。春芳娘子要接著剪裁衣裳，說道：「大爺，借借光，你上這邊來，別礙事。」伯萍就一欠身，挪了挪窩。

小桐湊在他跟前說話。

春芳娘子忽然說道：「伯萍，你怎麼了？」

伯萍道：「唔？我不怎麼著。你怎麼忽然問起我這個來？」

春芳道：「我看你悶咕嘟的，好像很膩，你心上不好受嗎？」凌伯萍把精神一提道：「我膩什麼？你這是胡猜呢。」

春芳道：「哄，你連孩子都不搭理了。你也不看書，你瞧你像泥塑似的……」

伯萍忙一捫胸口道：「不是，許是剛才吃飯吃急了一點，胸口有點膨悶。」春芳道：「你喝點四消飲吧。小桐起來，別跟你爹爹起膩了，聽見了沒有？你爹爹胸口不舒服……要不，你就出去遛遛呢？好久沒上清涼寺了，你找他們下棋去吧。寶芬，你告訴前邊……」

凌伯萍笑著搖頭道：「怎麼今天芳娘子直往外趕我呢。我吃飽了飯，犯食睏，實在不願動，躺一會兒就好了。」信手把桌上那套書拿來，打開布套，抽取一卷，往榻上一倒，閒翻起來。

春芳娘子命寶芬把小桐領到花園去玩。她自己也不裁衣了，收拾起來，偎著伯萍坐著，低頭賠笑道：「我給你揉揉呢？」柔情似水，恩愛良深。

伯萍笑道：「嚇，我又不怎的！我說，你也倒下來，陪我躺一會兒吧。」笑拍鴛枕，要並頭畫眠。雖在深閨，究當白晝，春芳娘子不禁紅了臉，道：「你又來了！」

當此時，幹僕凌安正忙著進城。

這一天，凌伯萍白晝整天沒有出門。一到夜晚，凌伯萍老早地睡了，並獨寢在內書房。

到了第二天，凌伯萍起得很遲，漱洗之後，似乎更沒精神，很帶倦容，又像熬了夜。春芳娘子看著他的面色，問道：「昨夜你沒睡好吧？」伯萍淡然一笑，沒有作聲。

午後，凌安從外面進來回話。凌伯萍揮手道：「知道了。」

過了兩天，凌伯萍又精神起來。春芳娘子只道他一時發煩，現在必是把個煩勁過去了。

但是，突然這一天，幹僕凌安很匆遽地進來回稟：「縣裡的二老爺來拜，還同著縣裡的陸文案陸師爺。」

凌伯萍愕然，他素來不與官府往還，二衙驀然來見，有什麼事情呢？目視凌安，面現遲疑道：「你替我擋駕。」

不過縣尉絕非閒來訪賢，擋駕無效。凌伯萍終於無法，皺眉道：「我就見見他，可是往哪裡讓呢？」忙穿衣冠，走到客廳，忽又停步，對凌安說：「往外書房讓吧。」

凌安搖頭不以為然，早把客廳門開了。主僕急入廳內，看了看，也還罷了，就命凌祥拂塵，命寶芬備茶。凌伯萍扣好衣鈕，徐步迎接。那二老爺和陸師爺已經下了小轎。

二衙是個幹員，姓宋，三十多歲，南京人。陸師爺很瘦，浙江餘杭人，四十多歲了，留著短鬍鬚，樣子很酸。此外還有長隨兩名，持帖隨轎。凌伯萍把長隨看了一眼，以生員見父臺之禮，上前拜見。

宋老爺早抱拳大笑，口稱：「凌仁兄，凌先生！」又轉身介紹與陸文案相見。二客笑容可掬地說道：「久仰閣下是縣境的隱士高人，我久仰得很！」幾人遂進了客廳。

凌伯萍疑心二衙此來，必有所為。等到寒暄了幾句，宋老爺竟開門見山，直陳來意，不過是半公半私兩件公益的事情：

其一是編撰縣誌，求凌秀才入志局。其二是修築文廟，請凌財主題捐。凌伯萍心上一塊石頭落地。

宋老爺從長隨手上，把捐冊取來打開，懇請伯萍捐題。陸文案也從長隨手上，把志局編纂條例討來，遞給伯萍，懇請他擔任一席。

凌伯萍看了看，只允捐錢修廟，不肯應徵修志，賠笑說道：「治生粗識之無，不懂志例，實在不敢濫竽。」取過捐冊，拈筆題捐紋銀二百兩，將撰志條例重遞給陸文案道：「實在對不起，老大人多多原諒！」

陸文案笑道：「凌先生，你就不要推辭了。我們是奉縣裡太爺諄命，前來拜請的。太爺說了，小弟們如果請不出來，太爺還要親來致聘的。」

宋老爺又說：「關書和聘禮，縣裡也備下了，連同謝桐老、蔡范翁、顧鶴生……和閣下你，一共十三位，本月初一，一準同時奉上。由初一起，就算開局。太爺還要出宴諸位。這是本縣公議的事，伯萍兄你推辭不掉的。況且這是桑梓要公，為了表彰鄉賢，你更不該推辭的。」

凌伯萍為了難，這有兩件難處，其一纂志書須有真文學、真史才；其二，入志局須與官紳共事。凌伯萍站起身來，很趑趄、很焦灼地說：「治生實在不敢應命！治生一來年幼；二來寡學。治生不過是略知八股試帖詩，但是撰縣誌須有真才實學。治生區區幸竊一芹，躬耕自守，近來連歲試都不敢赴，我怎麼敢秉筆呢？」

陸文案笑道：「我們全曉得凌先生的古作是好的。你的詩頗近晚唐，你的古文也頗得半山神髓，你不用推辭了。」

凌伯萍峻辭卻聘，二縣吏堅辭勸駕。一促一拘，僵持良久。那兩個同來的長隨，在客廳門旁侍立不動，兩對眼賊眉鼠相，東張西望，不時偷看凌伯萍的臉。凌安、凌祥忙走進來，往門房裡讓。這兩個長隨衝著宋老爺、陸文案一努嘴，好像有吩咐，不能離開。凌安不管那些，扯衣襟，低聲硬往外請：「門房泡好茶了，二位下來歇歇，喝一碗。」倆長隨笑而搖頭，越勸越不動，凌安話聲越大。

凌伯萍眼光一掃，立刻站起來，道：「兩位上差太辛苦了！請到外邊坐吧。凌安，給兩位上差泡茶，拿點酒錢。」

兩個長隨看了一眼，不動。凌伯萍板著面孔還在說，陸文案忙道：「你們下去吧。」

長隨這才嚥了一聲，很規矩地退身倒步，出了會客廳，悄對凌安說：「你不知道，這位陸師爺脾氣太大，沒他的話，我們不敢離開。」遂在門房坐下喝茶，跟凌安互談主人，偷偷地罵陸師爺。

陸文案和凌伯萍談話，仍然勸駕修志，也隨意閒談到別的話頭上。宋老爺談著話，坐久了，就站起來，在屋中走遛。

「千溪萬馬圖」也引起宋老爺的注目，連聲誇好，湊了過去看，且賞鑒，且問：「誰畫的？從哪裡買的？值多少錢？」

凌伯萍答說：「朋友祖傳的。折價贈送的，說不清誰畫的。」

宋老爺順手把那「古銅蛙」、「玉觀音」兩件古玩拿起來，觀賞不已。這古銅蛙是前些日子陳設的，玉觀音是最近才擺在几上的。這地方原本擺著那棵碧綠色的白菜，如今綠白菜改放在內宅了，卻將玉觀音換在此處。

宋老爺和陸師爺一個坐談，一個走來走去看古玩。凌伯萍口裡答對談話，眼睛是追著看古玩的。

這兩個新客，談起來沒完，屁股好黏，過了很久時候，都無倦容。敦聘修志的事仍未解決，縣衙定要致聘，秀才決計不幹。因為這個緣故，兩個客人想必是受命諄切，不得一諾，不肯輕回。

這時候內宅也曉得了，現在飯時已過，客不言別，主不留饌，做主人的還在餓著肚皮奉陪。做主婦的心上擱不下了，打發婢女，來問聽差，怎麼還不請示宅主，到底備飯不備飯呢？

凌安命凌祥陪著長隨，自己抽身進內，回稟主婦：「這來的人是縣衙門的師爺，要請咱們大爺寫什麼，咱們大爺不寫。他們一死麻煩。剛才下人上去站了兩次，大爺始終沒叫預備飯，想必是交情過不著，不能留飯的。」

春芳娘子聽了，咬著指甲想：你們大爺從一清早，任什麼也沒吃，直陪到這早晚。怎麼的，這客人也太沒眼色了。其實就留他們吃頓便飯，也不要緊呀。凌安道：「許是大爺不願跟他們套近乎。」

春芳娘子道：「就為這個，甘心挨餓麼？凌安，你再上去看看。索性你說，上邊開飯了，把客人催走也就罷了。」

凌安道：「只怕催不走，下人剛才也這麼說，大爺只拿眼盯我，我沒敢說。」春芳娘子道：「不要緊，他要不答應，你就說是我的主意。真是的，老這麼餓著，人不受傷嗎？凌安，你就去說吧。」

凌安喳的一聲答應，退出內宅。但是他並不進客廳，卻在客廳外，附窗竊聽。此時廳中二客也沒再談修志，只泛開來講今說古，和凌伯萍閒扯。凌伯萍耐住性子諾諾奉陪。

又耗了一會兒，凌安心中焦灼、猜疑，忽然屏門有人叫他。回頭一看，是使女寶芬。春芳娘子等不得，又催下來了。

凌安咳了一聲，道：「這位大奶奶也真難辦，大爺就餓這麼一會兒，大爺沒急，她倒急了。」寶芬抿嘴一笑道：「你瞧不慣嗎？告訴你，只小桐先吃了，大奶奶也陪著挨餓呢。大爺要不陪著，大奶奶一個人吃不飽。」

婢僕竊議，剛走進屏門，凌伯萍秀才招呼送客了。凌安、凌祥急忙出來。那兩個長隨也就出了門房。

陸師爺和宋老爺先後上轎，向凌伯萍舉手告別走了。凌安、凌祥掩上大門，忙問宅主，究竟怎麼回事。凌伯萍搖頭揮手，進了內宅。剛走進屏門，又抽身轉奔客廳。二僕跟到客廳。

凌伯萍站在客廳屋心，環顧四壁，看到萬馬圖和古銅蛙，不禁自語道：「唔，不會呀！」眼光一落，落到桌上，還放著那份修志條例，凌伯萍又不禁搖了搖頭。二僕全湊過來，請問。

凌伯萍一臉懊惱，不肯回答，只說：「回頭告訴你們。」兩眼凝定，陷入深思。然而使女寶芬進來了，說：「大爺，大奶奶請您呢。」同時，春芳娘子聽見客去，也尋出來了。

夫妻見面，凌伯萍忙站起身來，把精神一提，道：「怎麼，你吃了飯沒有？」春芳娘子道：「誰吃飯啦，我這不是等著你了。來的是誰呀？怎麼這麼老半天才走？你看都快到未刻了。我叫老馮把菜都熱了，快進去吃飯吧。越等你，越不來，把我餓死了。」

凌伯萍臉上猶帶迷惘之態，春芳娘子情不自禁，要過來拽伯萍。忽覺忘情，又把手垂下來。

這時二僕已退，只有使女寶芬還在旁伺候。凌伯萍默默地跟著妻子，進內宅開飯。春芳娘子且吃飯且問：「是什麼人，為了什麼事？」凌伯萍只說是縣裡人，要找自己捐候。春芳道：「捐多少？」伯萍道：「二百兩。」

春芳道：「好在是公益的事，捐就讓他們捐吧，怎麼麻煩了這大工夫？可是爭執多少嗎？」伯萍道：「可不是，他們不但捐錢，還叫我做文章。」

一時吃罷飯，喝了茶。凌伯萍對春芳說：「我還得趕緊給他們做文章去。」春芳道：「做什麼文章？」伯萍信口答道：「是縣誌的序間篇罷了。」說著，站起來，到書房去了。

春芳信以為真，就沒到書房打攪，並且囑告小桐：「你爹爹做文章了，你在後院玩吧，別去起膩了。」

凌伯萍在書房，沒有作序，修志的事到底被他拒絕了。現在他捧頭深思，只揣摸二縣吏和兩長隨的態度、神情和用意：「到底他們幹什麼來的呢？」

凌伯萍潛起了戒心。跟著二縣吏各自來了兩三趟。幹僕凌安也連進了兩次城，跟宅主夜談過三次。

這一天下午，凌伯萍忽對春芳娘子說，「芳姐，等著過兩天，我打算帶你和小桐，回老家去一趟。自從娶你進門，始終沒有回去過。現在孩子這麼大了，姑母屢次提到你和小桐，很想見見你們。」

春芳娘子嫁雞隨雞，欣然承諾，毫無難色。並且她又私心竊喜，她早想到夫家故鄉去看看。不過現在時令不大好，出門未免不相宜。她就問道：「咱們哪天動身呢？」

伯萍道：「這個，我想三天以內，收拾收拾就走。只帶凌安和寶芬，留下凌祥和章媽看家。」

春芳一聽，不由得呆了一呆。起初聽丈夫說「過兩天回鄉」，只道這「過兩天」只是過些日子的意思，哪知伯萍竟真是立刻要起程。春芳忍不住重問道：「三天以裡就走嗎？」

伯萍臉神稍露不安，遲疑答道：「因為……這兩天天氣還好，恰巧有同路的伴，道上走著方便。我帶著你母女回老家，自然要走穩路。跟人搭伴，比較保重些。今天二十一，明天二十二，隨便歸置歸置，咱們二十三動身。」

春芳噘嘴道：「你這個人想起一齣，就是一齣。你瞧我連衣服還沒做齊呢，就穿這個回家嗎？」說時一指自己身上，身上的衣服一點也不舊，不過花樣老些。女人總好穿，又好時髦的花樣，她丈夫新給她買來的衣料，她還沒有剪裁完呢。無奈伯萍打定主意，非此不可。三天以內就走，彷彿不能展期。

春芳咳了一聲，口吐怨言，一雙水靈靈的眸子瞟著伯萍，只嗔他任性。伯萍瞠目不答，只賠著笑臉。愛女小桐恰在面前，春芳就說：「小桐，你爹爹要帶你出遠門呢，你願意去嗎？」小桐很喜歡，要坐車。小孩子不知旅行苦，又打開話簍子，「爹爹、爹爹」的叫著，問伯萍可是坐她那小藤車走。

凌伯萍凝眸看定小桐，又偷看春芳，忽然雙眉一擰，開口欲言，終復默然了。

可是，「意外時刻不容緩」，哪容到三天以裡！就在這議行的當天晚上，凌伯萍新交的好朋友高明軒，突然來訪。而且神頭鬼臉的，扯著伯萍的胳臂，倉皇失色，只叫大哥：「大哥，我有幾句機密的話，要對你談談！」

凌伯萍和高明軒同進外書房。

高明軒兩眼如燈，眼看著凌伯萍把僕役屏退，又親自攀門探頭，看了看房門外無人竊聽，這才抽身回來，掩上內扇，搬過椅子，湊到凌伯萍身邊坐下，啞著喉嚨說話。

凌伯萍臉色驟變，忽一整容，又洋洋如平時了。於是徐徐說道：「高仁兄，你有什麼事，要告訴小弟？我看你氣色不好，你這是怎的了？」

高明軒兩眼離離即即地盯著凌伯萍，又盯著窗戶，低聲說：「大哥！」叫了一聲，搖著頭又不言語。

凌伯萍微微冷笑，並不追問，只看著高明軒的嘴，順手端起茶杯道：「高仁兄請喫茶！」

高明軒掏出手巾，抹抹額角，突然，側著身子，附耳低聲道：「大哥，你可知道……縣裡要拿你嗎？」

凌伯萍皺眉道：「什麼？高仁兄，你說的這是什麼意思？」

高明軒拍著凌伯萍的胳臂，悄然續道：「大哥，我剛才得到密信，省裡有一個委員派到縣裡來，指名要剿拿大哥。縣裡何知縣聽說擔著失察大盜的處分哩，這委員說是奉密諭來的。何縣官已經撥派全班捕快，楚守備也點了一百多防兵。文武兩個官都慌得不得了，聽說要在今明夜三更以後，包圍本村，兩個官要親來拿你，還要抄家起贓！大哥，你，你救過我的命，現在我冒著死罪，給你送信。你你你，趕快走吧！」

凌伯萍起初聳動，現在，陡轉夷然了。眉峰微蹙，縱聲大笑道：「高仁兄，你這是在哪裡聽來的？我一個書呆子，犯了什麼叛逆大罪，要來剿拿我？還要抄我的家？還來這麼多人，文武官又都親到？到底我犯的什麼罪名？你聽誰講的呢？」

高明軒側睨不答，突從椅子上站起來，對燈下跪，仰面盟誓道：「我高明軒生受凌大哥救命之恩，我今探得地方官要拿殺人大盜的消息，來剿拿恩人，我捨生忘死，偷來送信。我若有半點不實不盡，叫我死在刀劍之下！」誓罷重站起來，面對凌伯萍，急急講道：「大哥，案由我已經探出來。我是聽范賢弟說的，他剛才急頭暴臉地跑來，給我送信，他是從縣衙得來的。」

伯萍搖了搖頭。

高明軒仍很焦灼地往下說道：「省裡委員奉著公文，指名要拿的是江洋大盜小白龍。公文說，小白龍化名凌伯萍，喬裝富戶書生，在七子山麓潛蹤有年，還說什麼謬托善紳，娶妻生子，恣行劫掠，動傷官吏……大哥，你聽，這罪名就夠重了。後面還分條列著案件贓款，什麼曾經盜取過肅王府的古畫藏珍，又是什麼以假易真，抵盜過七公主府的長江萬里圖。……內有兩款情節最重，說小白龍曾經喬裝女子，刺殺原任糧道福康佑，又劫去福道臺傳家之寶『碧玉菘』、『青銅古蟾』。又曾詐騙江南製造的『八鳳金鈴古鐙』，因而砍傷事主蒙門客一名。詳情我說不出來，是我們古敬亭古賢弟從一個當案師爺口中得來的。他們說……他們說因為這一案，本縣文武全都擔著很大的處分，說是失察大盜，至少也得丟官罷職。若再緝拿不到，他們文武官還要擔賄放的罪名哩。他們竟說小白龍乃是水旱獨行大盜，說小白龍就是大哥你的化名！」

高明軒驚驚惶惶，一口氣講出這駭人聽聞的話來。

凌伯萍夷然無動，微微一笑道：「他們說我是小白龍？小白龍又是何如人呢？這不是奇聞嗎？」

高明軒又道：「他們說，小白龍姓方，單名一個靖字。小弟倒也聽江湖上說過，不知官廳上怎麼鬧的，竟說小白龍是大哥。聽他們說起來，這小白龍武藝高強，水上旱地功夫絕頂，並且年輕貌美，善扮女子，有一手很高的劍術。還說他忽然假扮女子，忽然假扮文弱書生，說他裝什麼，像什麼。裝女子的時候，居然腳底下很小！裝書生的時候，手上留著很長的指甲，不是行家，再看不出他這雙手竟會刺劍。據說他作案用刺劍時，把指甲用熱水泡軟，四根長指甲，捲起來，套上指甲套，就可以隨意耍劍，攀牆，登高，往來如飛，兩三丈高的牆，他一抖手，連身子縱都不縱，就跳上去了。據說他在七公主府盜寶時，被十一二個護院保鏢圍住，他身上背著兩大包贓物，和鏢客動手，只幾下，便刺倒兩人，跳上房跑了。人們追得很緊，拿箭射他，他拿贓包擋箭，到底把原贓劫走。饒是跟得那麼緊，到底也沒有把他追上。」

高明軒接著說：「這小白龍輕易不會犯案，因為他暗偷時多，明搶時少。並且他手頭很巧，他不只一味偷，他專好用抵盜的法子，偷換人家的藏珍。往往人家藏的重寶，被他一眼看上，他先不偷，必定先仿製。把假的制好了，他再趁夜往盜。偷去了真的，給失主留下假的，因此案情不易敗露。往往失盜多年，方才發覺，那時他早把原贓變賣了。」

凌伯萍傾耳聽著，眉峰忽皺忽舒，卒然失笑，發問道：「如此說來，小白龍是個巨騙大盜了。他有這樣本領，怎會被人訪出底細來呢？」他說話的口氣，就好像局外人閒談一樣。

高明軒卻驚擾不寧，又匆匆說道：「大哥，這事情太緊，掛誤官司萬打不得，大哥不要把事看小了啊！這回事還是因為七公主府那一案，惹得官廳沒法子遮蓋，才嚴加尋緝，懸出很重的賞格，勒出很嚴的期限，一定要破案才罷。據說小白龍總有點盜俠派頭，他作了案，固然不願破案，可是他總留下一點痕跡，似乎給做公的留一點下手的憑藉，省得誣陷好人，又似乎是故意惡作劇，有點伸量捕快似的。他每次作了案，必定留下暗記。他若明偷，就在竊贓的原地方，畫下一條粉龍。他若是製造偽物，抵盜真品，他必在贗鼎上，留下很小很小的一點筆跡，也是畫一條龍。他在七公主府盜寶，竟畫了九條龍，自然是盜走九樣贓物了。可是官家只勘出六樣來，其餘那三樣，到底不知偷去的是什麼。」

凌伯萍道：「奇聞，奇聞！小白龍還有什麼奇行奇事沒有？」

高明軒道：「多得很呢！古賢弟跟我談了好些。不過，小白龍真如神龍，見首不見尾一樣，官廳枉自大驚小怪。東捕西搜，搜不著他的下落。只是，現在，大哥，他們竟疑到大哥你老人家的身上。大哥，你是我的恩人，我既知道了信，我也知道涉嫌重大。但是憑天理良心，我就是踏油鍋，我也得給大哥送信來。大哥，今天縣城老早就關了城門，現在城中正在點兵派役。古賢弟本聽說明天夜裡，要有二三百號兵捕，會同前來圍剿你這府上。也不知怎的，今夜忽然提早點起兵來，也許要早動手。大哥，你要曉得縣城城門從來沒有關得這麼早的，只有前些年鬧兵變，早關過三天。現在，今天剛起更，上邊就傳下諭來，抽冷子把四門一關。官面明著說要移獄，這分明是騙人，移獄哪有在夜間的？」

高明軒接著道：「大哥，我一聽這信，嚇得半死！大哥是我救命恩人，你救下我一條性命。我雖是粗人，還懂得『知恩不報非君子』，趕快冒險送信來。大哥你是不曉得，我起初年輕時，也在這裡混過，這裡的事我都懂得一點，我如今算是改邪歸正。大哥，你千萬不要過疑，你要信我的話。大哥你還不知道我。」

高明軒說到這裡，凌伯萍秀才突然縱聲狂笑道：「我怎麼不知道你！朋友，我早就知道你了，你我是你知、我知、心知。」說著一指心口，道：「你如今是求仁得仁了！你是報答我，你給我報信來了！」

凌伯萍這話含而不露，高明軒毛骨悚然，忙看凌伯萍的臉色。凌伯萍的面色又很迷離難測，但他的一雙眼直盯著書房東壁，東壁掛著一把劍。高明軒一欠身，手在桌子下，暗摸衣底。

高明軒不敢接茬，不敢反詰，心內甚怯，忙說道：「伯萍大哥，你既知道我，信得起我，大哥，你真看得起我。大哥，你如今事急了，官兵怕眼下來到，不管小白龍跟大哥有沒有關係，這案情太重，絲毫沾染不得。君子要全身遠禍，大哥應該趕緊先躲一躲，先躲開您這家！」

凌伯萍冷笑搖頭，慢慢站起身來，說：「你叫我走嗎？可是，朋友……」他不稱高明軒為高大哥了，一口一個朋友。高明軒只可裝不懂。凌伯萍道：「朋友你忘了，我有家眷啊！」

高明軒忙告奮勇，說道：「大哥，你是豪傑，當斷不斷，反受其亂。你的家小，那不要緊。大哥，你只躲你的，你把你的家交給我。」

凌伯萍眼光一掃道：「什麼？」

高明軒忙起來道：「大哥你聽我說，大哥你先躲開，把大嫂、小侄女藏起來，我不是還有個家嗎？」

凌伯萍微露怒容道：「你的府上在城裡城外？」

高明軒連忙解釋：「大哥別心急，你聽我佈置。我早料到這層，但是城外我還有別的辦法。我是坐轎來的，我已經叫他們把轎抬進來了。轎伕是我的心腹人，絕不會泄露的。城外我有一個至親，我臨來已經祕密囑咐了他。大哥你聽，你就趕緊收拾一下，多帶珍寶，少帶零碎。值錢的東西、礙眼的東西，能帶就帶，不能帶快埋起來。你就悄悄地偷開後門，帶著大嫂、小侄女，悄悄地一走……」

凌伯萍坐下了，高明軒也跟著坐下，接著說道：「可有一節，你們三口可不能坐兩乘轎，只能對付著坐這一乘轎，轎多了扎眼，轎伕又不可靠。我只坐家裡一乘轎來的，你們三口擠著坐，我在步下跟著。你先到舍親處，藏這一晚上，趕明天，後天，看看風色。明天，後天，三五天之內，若是沒有事，喂，大哥你再一個人先回來看看。咳，何必叫大哥冒這險，簡直由我溜來瞧瞧就完了。咳，我真矇住了，我也用不著來，回頭囑咐你府上的聽差一聲，如果沒事，就叫他們給你送信。」

高明軒卻又吸口涼氣道：「我又繞住了，那一來，萬一出事，貴價教官面一刑訊，又把大哥的藏身處露出來了，還是由小弟我和古敬亭裝沒事人，隨時來探。但願沒事，大哥就重回家園，一點也不露痕跡。萬一糊塗官府，定要到你府上搜拿小白龍的話，大哥就趕緊躲到別處，咱們再設法告狀辯證。大嫂、小侄女盡可能住在舍親那裡，再穩當不過。大哥如不放心，就是攜眷乘夜遠走高飛，也是先這麼躲一下才對。大哥，這是小弟來時，坐在轎子裡一時匆忙想出來的拙主意，究竟這麼辦好不好，大哥快斟酌。一步遲，後悔晚了！」

還有許多話，翻來覆去地說，只看表面，真有點感恩知己，探虎口救恩公的氣概。

凌伯萍起來坐下地聽著，只看表面，還像拿著不當回事似的，臉上神色卻變了幾次。驚，疑，怒，慚，兼而有之。但是，他這個文弱書生，居然鎮靜過於常人，驚疑雖透，兇懼未形。高明軒又講出全身遠害、保家避罪之策，大意還是三十六計，走為上計。跟著又催伯萍，速回內宅收拾，速攜妻女，開後門上轎。凌伯萍不答，面對窗外。

突然院外一個驚惶破裂的喊聲道：「哎呀，誰把花盆摔了？摔了三個呀。東牆根的。」

凌伯萍渾身一哆嗦，他聽高明軒這驚人的告密，縱已禍迫燃眉，發覺只在眼下，居然能矜持。而現在，「花盆摔了」這一句話，他竟沉不住氣了，皓如冠玉的臉上倏變為死灰色，倏邁步當門，喝問：「外面是誰？是凌安嗎？」

凌安應聲啞著嗓子叫道：「大爺還不出來，花盆摔了三個啦。」微聞喘不成聲道：「客人走了沒有？還不打發了他！」

凌伯萍霍地推開書房門，院外又似一陣腳步，似奔進一個人，大叫道：「花盆摔碎了，全摔碎了！」這聲音好像凌祥。

高明軒駭然，詫然，兩眼緊盯住凌伯萍。凌伯萍如受傷的獅子般，呻吟了一聲，突又慘笑道：「好！全碎了？哪邊的？」

外面答道：「東邊來的。起亮子了，不知衝哪裡來的，碎的可是邪性，您快來吧。還不把那傢伙打發了，留著他，許耽誤了事呢。」這又是凌安。

那凌祥也道：「準是壞包，挑了他，再說別的！」

高明軒暗吃一驚，手探衣底，忙再看凌伯萍。凌伯萍喝道：「你們照看外面，盯著亮子。」只說了這一句，倏轉身，眼往東壁一掃，探身便要摘壁上之劍。到此時，他沉不住氣了，也不遑掩飾，倏又一轉身，到了書桌旁，一伸手，抄起一物，邁步就往外走。

高明軒忍不住叫了一聲：「大哥，怎麼樣了？可是有動靜了？」不覺站起，跟了過來。

伯萍猛回頭，厲聲道：「站住！」

高明軒登時站住，凌伯萍忽又警覺，面轉笑容道：「你請坐，你先別動！我謝謝你送信，我要到外面吩咐一句。」

高明軒身軀一晃蕩，忽見伯萍面色已然鐵青。高明軒很機警，知道此刻一步也錯不得，忙轉身就座道：「大哥快回來，大哥別忘了，小弟的命是大哥救過的。我是冒險特為大哥報信來的。」說話聲音一縱，連院中也可聽見，不似初來那麼恐懼了。

凌伯萍再顧不得這些細節，然而依舊矜持著紳士的樣子，推門出去，把門掩上，並向高明軒點了點頭。

凌伯萍趨至中庭，衝二僕發話，只問得幾句。答的是：「有三個點子前來窺探，沒有捉住，也沒有追上。看光景，絕非合字，實是鷹爪，身手捷便非常。」

凌伯萍更不多問，只衝二人分別一揮手。凌安、凌祥二僕立刻會意，不用細囑，早已分頭狂奔。一個去驚動宅中親信人，一個去到宅外，繞鄰牆急急重蹬了一圈。

凌伯萍站在庭心，由明至暗，急急地擺一擺眼光，又側耳聽了聽東方，便健步而行，走甬路，奔後園，忽地一躍，身在房上。

第六章　小白龍露跡傾巢

時當午夜，這七子山麓，小小山莊，為一片夜幕所籠罩，悄靜無聲，連犬吠聲也很孤寂而單調，只偶爾有一聲半聲散佈在曠野村落間，家家戶戶都入睡鄉。月匿光輪，星不眨眼，天空但有濕雲如墨，無形中似在鬆弛的空氣中，加上一層緊張。

那拂面的南風，一陣陣風吹草動，發出沙沙的聲音，徒令人沉悶不快。凌伯萍在房頂上，匆匆一瞬，伏身急竄，斜趨後園最高處，假山上的涼亭，是最適合的瞭臺，在這臺上，可以遠望出十數里外。只是今夜不行，夜色太黑了。凌伯萍心浮氣動，凝眸四顧，側身良久，一陣順風過去，東南似隱約聽見蹄聲凌亂。

伯萍出了一身燥汗，更跳上亭欄杆，尋聲眺望。「哦！」有兩行浮光閃爍，夾在林間，恰在東方，約在縣城東關外。更凝眸，側耳，已看出這光遠在十數里外，光竟這麼亮，猜想必是成排的火炬，哼，正一點一點往這邊遊走過來。越看越想越對，這兩行浮光初在黑林間，今在黑林前，而且乍起乍伏，確隨著蹄聲的俐落，乍升乍浮，確正遊走，確正向這邊疾馳！

凌伯萍回頭下望全宅，失聲咳了一聲道：「這可怎麼好！數年苦心，一旦敗露！」

凌安如箭似的追尋過來，也跟上假山。他已將書僮寶文、使女寶芬，連女僕章媽，全都喚醒了。然後忙著備兵刃、備弓箭、備縱火之物。寶文、寶芬也披著衣襟，且忙且問，驚驚惶惶搜文件，開箱籠，找東西，打包袱。章媽也將各屋裡查看，東抓一把，西摸一把，不住地唉聲嘆氣。可是悄沒聲的，不敢驚醒主婦。廚房老馮卻也驚醒了，揉著眼發呆，忽然赤臂出來，找鐵鍬，要掘坑。

全宅只剩下楊春芳娘子，依玉枕竹簟，香夢正酣。還有小桐姑娘，這個小女孩子，本同章媽睡在一處，現在竹榻紗籠中，小臉通紅，鼻尖微汗，也睡得很香甜。還有幾個傭僕，上半夜苦熱未眠，今到下半夜，都剛剛入睡，打起很重的鼾聲。

哪知宅中忽起了一陣旋風，鬧得翻天倒海。

凌安搶上涼亭來，叫了一聲：「大爺！」雖當危迫，稱呼如舊。那凌祥查勘外面，也跳牆進宅，尋到假山茅亭上，對宅主低聲道：「外面還好，近處沒有什麼，遠處不大對勁……也不知怎麼受了病，這兩天咱們莊前就不斷有生人窺探。你老不要顧慮了，趕快走吧。」

凌府上奴僕不少，二幹僕之外，尤其是使女寶芬，書僮寶文，和那四十多歲的女僕章媽，這都是心腹親信，如今全提著刀劍，背著包裹，很神速地打點好，很神速地找到宅主面前，請示：「怎麼辦？要走，怎麼走才俐落？」

這些奴僕都很焦灼，著急的不是大禍臨身，是怕主婦春芳娘子那麼一個文弱的女子，宅主又處處背著她，還有小姑娘小桐六七歲的小女孩子。「她娘倆可怎麼辦？」可是宅主對妻、女如此眷戀不捨，他們又不好借箸代籌，只一味咨嗟，不敢輕贊一辭。十數對眼盯著凌伯萍的嘴，聽他的吩咐。

凌伯萍巍然立在亭心，環視宅眾，點名計數。凌安、凌祥、寶文、寶芬、乳母章媽，五個人都在面前。只廚子老馮，猶在園中草地上，提鐵鍬拚命挖坑。凌安忙加喝止道：「老馮，你別犯呆氣了，那沒有一點用！你快過來吧。」

老馮提鍬進亭，哭喪著臉問道：「到底怎麼得的信？靠得住嗎？是誰給戳破的？」忙亂中沒人搭理他。凌祥指著東面的火光，叫他看。

凌伯萍叱命凌安多備弓箭，命凌祥預備火種，命寶文、寶芬、章媽，搜完匿贓，結伴外闖。然後目光如炬，厲聲道：「我要拒捕！」

二幹僕一齊驚惶，凌祥道：「少當家的，你老怎的這麼想！你老要明白，你就拒捕，我們也不能再在這裡住了。」

凌伯萍掉頭道：「不擋一陣，咱們這麼些人焉能走得俐落？況且還有腳步不俐落的人。」

寶文、寶芬、章媽一齊說道：「你老不用管我們，我們不要緊。」

章媽又道：「我就是走不快當，少當家的，你放心，從我這裡不能給您老留活口，吐露了咱們的底細。你老瞧……」一翻衣襟，抽出很短的一把利刃，說：「咱們試著走，走一步，算一步，萬不得已的時候，我還有這玩意呢，我就這麼一來，乾脆！」做出自刎的樣子。

然而凌伯萍搖搖頭，安慰章媽道：「你很叫我放心，你一定走得開的。不過有一樣，你們來看，太遲了，若不拒捕，決計走不開。有我擋一陣，他們也就把你們放寬了。」手指著東南面。宅眾順手看去，浮光遊走，好像離這裡依然很遠，蹄聲卻越聽越清楚了。

這些人個個面目改色，催宅主速做安排。凌伯萍毫不猶豫道：「凌安、凌祥，你二人幫我拒捕。寶芬、寶文，你二人保護章奶奶，你把老馮也帶著，一同開後門道地走。」底下的話含隱未言。

章媽和寶芬終於忍不住道：「大爺不用管我們，我們死活好歹都有法子。只是咱們大奶奶小腳小鞋的，還有小桐，大爺，事到生死關頭，你不能把她娘倆丟下不管呀！」

凌安、凌祥偷偷竊笑了一聲，被伯萍聽見了。

凌伯萍續娶春芳，大拂眾意，只是生米做成熟飯，顧全主奴的名分，宅中人也無法拆解，既然不同氣，當初本不該娶，既娶又何必瞞！偏偏凌伯萍動了真情，當著春芳娘子，為求摯愛，又種種飾詞，種種匿跡，宅中人都以為他似巧實拙，自尋苦惱，一個個早已目笑存之。現在雖逢禍患，異夢同床。他們雖不好勸他「割愛」、「滅口」，卻是他們口吻間不覺露出「看你怎麼擺佈」的聲氣來！而凌安尤甚，好像正在暗影中拿天秤稱量主人到底是「兒女情長」，還是「英雄氣衝」？

凌伯萍何等聰明，就如受傷的籠中餓獅一般，霍地一轉身，低聲厲斥道：「你們放心，我作的孽，我自己受。你當我就捨不得嗎？」奪過一把短劍，咬牙打戰，要奔回內宅。

群奴愕然。凌祥動了一動，要攔，他的衣襟被凌安悄扯了一把。二幹僕像釘子似的立地不動。

使女寶芬不忍，忽然一探身，扭住了主人的一臂，道：「三叔，您要幹什麼？」造次間竟改了稱呼：「三嬸子年紀輕，又是平常婦女，這個我們想不出道來，得由三叔自己想法子。但是，小桐小孩子家，很疼人的，又是個閨女，您打算怎麼著？」

凌伯萍一甩手，道：「打算怎麼著？我打算把她們娘倆全收拾了！我絕不能留下我自個的累贅，來累害你們大家。你們放心，走你們的吧。這宅子放火的事，你們也不用管了。凌安、凌祥，索性你們幾個人一塊開後門，走你們的。善後斷後全交我一人好了！」遂一甩手，寶芬咕咚跌倒在地。

章媽忙喊道：「那使不得！」這半老的女人托地一躥，橫阻在面前。寶芬拖住伯萍一隻腳。而鐵打的凌安、凌祥只臉皮一陣發熱，袖手旁觀，依然不動，不勸，不阻，一聲不哼。伯萍更惱。凌伯萍怒火如蛇，蓬騰在胸，在黑影中雙眸如一對寒星，冒出無焰的火，瞪住群奴。

午夜深沉，看不出他的面色變成了什麼顏色，但聞語聲破裂，從唇邊說出「割愛」二字，道：「割愛！我只有負恩割愛。為了大家的義氣，你們敬請放心，我一定這樣做！」抽身奪路，仍欲搶奔內宅。

章媽雙手把他抱住道：「三少，你不能胡鬧，他們渾人，這工夫可不是較勁慪氣的時候。小桐是你的骨血，小女孩子，不能隨便糟蹋。你幹你的，我來管她。我本來是她的看媽媽，把她交給我，活就一塊闖出去活，闖不出去，我娘倆死在一塊。你快把礙眼招事的東西，拾掇拾掇，就是躲，也不能叫來人趁願。」

女僕已經慨然任救幼主，獨於春芳娘子的安危，二僕和一童一婢，竟都漠視不救。而春芳娘子和伯萍，不但是八年夫妻，又是恩人的愛女，現在眾意難違。凌伯萍惱在心內，說不出口，勉強聽章媽說完，憤然重發命令，道：「好，你願意救這一個小肉蛋，隨你的便！上房屋裡那個女人，我不管她爹和她跟我有恩沒恩，我一定殺她滅口，我不能叫她死在官人手內，我也不能叫他們隨便檢驗她的死屍。凌安、凌祥，把火種給我，我把她打發了，我要親手放火，這宅子是我蓋的，我要自己燒掉。老婆我娶的，我送她終。」

二僕默應了。

第六章　小白龍露跡傾巢

凌伯萍透心發冷，好狠的一對奴才！但不這樣辦，勢必給自己加上貪色、忘患、不顧大義的譏評。

凌伯萍向眾一揮手，毅然往裡走，一個阻攔的人也沒有。

二僕直望著他決然入內，才突然發問道：「喂，三當家的，慢走！還有書房那個客人，可太不對路，怎麼打發他呢？」

伯萍回頭怒吼道：「隨你們的便。」

凌安悍然道：「也留不得活口，不管他是怎麼個來路，他今天來得反正不對勁。依我說……」

凌祥道：「別麻煩了，三當家快上裡邊收拾去吧。外邊的客，交給我們倆。」

凌伯萍哼了一聲道：「打定主意，趕緊動手。」

二僕這才提兵刃，翻身往外書房跑。

凌伯萍就仗劍直入寢室，殺妻滅口。

章媽叫著寶芬、寶文一婢一童，就到小姐寢房，負救那剛剛六歲的小桐姑娘。

小桐姑娘睡得很香，哪知今天已到生死關頭！章媽自覺手腳輕輕地將她一抱。哪知氣粗手重了，小桐突然驚醒，小眼惺忪，似辨出保姆童婢三人齊來，神色赳赳，氣象不對，就哇地哭起來，鬧著找娘。

章媽急哄，寶芬也幫著哄，越哄越縱聲大號。章媽大怒，急急地找出一包藥粉，調上清水，取一塊濕布，把藥水一沾，柔聲道：「好寶寶，別哭了，我給你擦擦鼻涕吧。」將藥布猛往小桐口鼻上一蒙，小桐驚怖掙扎，使女寶芬忙把小桐手腳按住。小手小腳只一陣抽搐，身子一仰，旋即挺然，僵臥在床上。章媽取一塊搭包，把小桐腰身攔住，要往身上背。

寶芬忙道：「大媽先等等。我說寶文，大媽上了年紀，背人逃走，怕不行。大媽，你怎麼沒換鐵尖鞋？寶文哥，我看還是你多受點苦吧。三叔待你不錯，你得把他的女兒救出虎口才對。還是你背著小桐，叫大媽和我左右夾保著你。你看行嗎？」

寶文是十七八歲的小孩，拿眼看了寶芬一眼，又看了章媽一眼，一聲不響，接過孩子。章媽感嘆道：「好小子，你有種！」忙替他繫好褡包，把一柄短刀、一筒袖箭，塞給他手內。

然後她自己也取了應手兵刃，寶文又衝寶芬看了一眼。使女寶芬今年十八歲，忽然臉色一紅，這一童一婢一老嫗，把僵挺的小桐姑娘背好，兩邊持刀保護，悄穿後院，走道地走黑影，繞出旁巷逃走，然而晚了！

章媽一出後門，突受暗箭。寶文一出後門，突受暗箭。

那一邊，凌安、凌祥二僕一溜煙先撲入內書房，潛開複壁，拿出救急之物，一桶油，十數束塗蠟的草做成的火炬，以及長繩、布匹、刀、箭、鐵鎖、鐵鏈等物都取出來，拿到內院中庭，是給凌伯萍預備的。那廚子老馮不再掘坑，猶自在那裡，捆柴草，沾脂油，左一束，右一束，做了許多，散放在宅中各處。然後凌安、凌祥二僕把前庭、內院、後院、跨院，小園各處的角門、屏門、正門，擇要一一加鎖。門戶雖多，這一來只留下可以通行的一條曲折之道。

二僕草草打點已畢，把各屋燈都熄滅。然後，突又握利刃，藏暗器，悄悄地，如飛的，奔向前庭外書房，要暗算那突來告密的不速之客，那受恩人高明軒。

然而也晚了！二僕沒有暗算了不速之客，突然受了不速客的暗算。

這不速客沒有老老實實坐在書房，當凌宅上下在假山茅亭瞭高密議時，這不速客蛇行而出，私開前門，溜到外面，仍把前門帶上。而他的夥伴范靜齋、古敬亭，也悄悄地密率多人，悄悄地摸黑來了。在暗處等著，等著。不速客潛發一個暗號，夥伴登時埋伏好了，預備妥了。

凌安、凌祥瘋狗似的撲到內書房，書房兩杯茶猶溫，可是客人不見了。凌祥大詫，凌安大怒，道：「不好，溜了！」

凌祥道：「這一定是奸細。」凌安道：「那還用說？」凌祥道：「搜！」第一個奔出來，只一繞來到大門道，伸手一摸，失聲一叫道：「壞了，大門開了！」

凌安咬牙罵道：「這是三當家交的朋友！」兩人急匆匆追到門外。

才出門口，巷前有一個人影。二人低叫：「高大爺！」

人影哼了一聲，像高，又不像高。二僕道：「這是誰？」忙追呼道：「高大爺，我們主人請你回去，有話！」前面不答。一轉身，似出巷口。二僕急奔過去，眼望前方，手中各端著一隻鏢。

二僕上當了！突從道邊土堆旁，兩人背後，躥出來一道寒風。二僕急急一閃，更不防路邊樹後，猛然爬起數條黑影，手疾招快，二僕失聲呻吟起來，而且搖搖欲倒。凌安肋下被深深地刺入一把匕首，凌祥的咽喉被直扎進一刀。瞻前不顧後，看高未看低，連敵影還沒辨準，便都殞命。二人臨死，竟誤認是官人已到。哪知這不是官人，乃是報恩人「報恩來了」！

兩具死屍要倒，被七手八腳架住，刀不拔出，血不外溢。

不速客藏在黑影裡叫道：「得了嗎？」

「得了。」

「拖開，遠遠地放。」

「當然。」

凌安、凌祥糊里糊塗地遇刺，糊里糊塗被拖遠，被放倒，用淺土亂草給埋上。然後不速客率同夥襲入凌宅，把洞開的大門重掩上，只閂不鎖。然後，重裝出講義氣，來幫忙，來禦敵，凌伯萍在裡面竟不曉得。

凌伯萍銜念殺妻，撲入內院，手裡拿了許多物件，一把劍，一把短刀，一袋甩箭和鏢，還有些火摺、繩索、鐵鎖、放火之物。已入內院，回眸四顧，獰笑了一聲，躡足一躍，躥進正房檐下，把繩索、柴火丟在階下，用手輕輕一推堂屋門，門扇吱地開了。未及倒拴，凌伯萍舉步入堂屋，屋中燈半明不亮。隨手把燈挑亮了，把利劍放在八仙桌上，手提短刃，躡足進門，進入內寢，往碧紗籠一瞧。

只見碧紗廚房，擺一小几，幾置銀燈，也籠著光，並不明亮。碧紗櫥內，擺著一副竹簟，一對涼枕，春芳娘子靠裡邊側臥著，穿著薄薄的粉色睡衣，大紅睡鞋，鬆鬆地挽著盤雲髻，臉上不施脂粉，雙眸緊合，朱唇微開，雙腿一伸一曲，曲的腿正把夾被壓在腿下，一隻手搭在外面那只涼枕上（這涼枕是伯萍的），好像香睡正酣。然而眼瞼微動，似乎睜眸欲醒。她今年二十五歲，依然有著處女的風度。凌伯萍惡狠狠地低頭看她，不禁兇猛地笑了，笑得這麼難看。跟著，他把身一探，伸手把銀燈剔亮，左手倒提的匕首換交在右手了，左手把紗櫥啟開。心中沸沸騰騰，百感交集。

他手腳輕輕，湊到床前。本已打定主意，一見面，就下手。是的，八年伉儷，恩情似海；何必把她驚醒，何必叫她臨死飽嘗受誅的恐怖！咳，就趁她睡熟，由我，由她的親丈夫，對準心窩一下……

然而，不對了！這一陣狂風暴雨似的急變，襲入凌宅，徵兆已見於前數日。合宅男女此刻都已驚醒，擾動，出來進去地埋贓，匿跡，堆柴，捆包，打點逃走，春芳娘子似乎也不能無動於衷。

凌伯萍低頭俯察，看她到底是沉睡，是微醒。似乎他的口氣吹著春芳娘子的面孔了。只見她俊眉一皺，眼瞼一動，忽然一翻身，兩隻睡眼惺忪地睜開了，用手伏枕支頤，抬頭往床外看。凌伯萍急忙直身，往後微退半步，春芳娘子竟坐起來了，仰著臉，很親暱地一笑，說道：「你才進來嗎？外頭是怎麼的，可是下雨了？」說時懶洋洋地打一呵欠，又側臥下了，嬌軀往後一挪，手拍旁邊的涼枕，意思是叫伯萍過來。

伯萍如殭屍般，立在床頭，嶌然不動。

春芳娘子又打一個呵欠，很柔媚地說：「多早晚了？你還不想睡嗎？」把丟在一邊的扇子抄起來，雙眸半睜不閉地說道：「我給你扇著……可是你要洗澡嗎？」然而語氣安閒，聲音顫顫的。

凌伯萍不語，突然，左手提匕首背在背後，右手當前一探，把春芳叩肩擒過來，喝道：「醒一醒，起來！」

春芳娘子哎喲了一聲，慌忙坐起來，道：「怎的了？」一雙盈盈的秀目突然睜開，抬起一隻手，把眼揉了揉，跟著凝視伯萍，似乎從直覺上，感覺出不祥之兆。她那微紅的雙靨，也驟變慘白。只見她右足一伸，似要下地。

凌伯萍很暴躁、很粗莽地又把春芳一推。春芳哪有力氣，登時隨手仰面而倒，橫陳在榻上了。穿著紅睡鞋的一雙腳，不由蹬空，幾乎踢著伯萍的肩頭，同時一滾身，呻吟道：「你你你，你怎的了？又要胡鬧！」同時探出一隻潔白如玉的手腕，要拉伯萍的手。

凌伯萍一伏腰，左手把春芳手臂一格，往下一按，按住她的胸和咽喉，右手背在背後，喝道：「你不要黏纏，你睜開眼，你知道我是誰嗎？你你，知道你今天到了日子嗎？」

春芳娘子渾身一震，雙眸大張，睡意全消，忽然她又把身軀輕輕外挪，往伯萍身邊一偎，雙臂虛向伯萍一張道：「萍哥，你哪來的這大的氣呀，是我惹著你了麼，黑更半夜的，又怎的了？」

伯萍喝道：「別打岔！我問你，你知道我是誰？」

春芳一片芳心登時一轉，顫聲道：「你是伯萍！伯萍哥，我不管你是誰，我不是跟了你了嗎，不是都養了孩子了。你就是外邊再弄個，家裡還有人，我也是嫁雞隨雞，嫁狗隨狗啊。你到底是怎麼的，莫非家裡出了什麼岔錯了，外頭出了是非了？萍哥，你放心，我不能叫你為難。」兩隻粉臂伸出又拳回，把伯萍那隻手抱住，就勢抬頭，把自己的腮往伯萍手背上一貼，口發昵聲道：「萍哥，你有甚難心的事，好哥哥，你只管告訴我，我絕不叫你為難受窄。」口說著，眼含淚點，面泛笑容。她把腮往伯萍手上貼了又貼，如不勝情地說道：「你不知道我心裡就有你一個人嗎？我不能讓你受一點委屈著半點急。」

這一脈柔情，伯萍有些禁受不住。伯萍不是平常的人，猛然喝道：「鬆手！」

春芳乖乖地鬆了手，一動也不敢動，像小鳥似的蜷伏在床邊。一握綠髮半散，兩隻秀目半恐半驚，睨著自己的丈夫。她是聰明女子，她好像覺出站在床邊的這書生，已非她的丈夫，而是一個手操著她的生死之權的煞神了。伯萍面騰殺氣，不但現於眉宇，一雙炯炯的眼早將平素儒雅之氣掃除。春芳抖抖地說：「你到底是怎回事，你可以告訴我嗎？」

伯萍一陣狂笑，道：「你真不知道我嗎？我告訴你，我不是什麼凌伯萍，我就是江湖上聞名的水旱獨行大盜小白龍方靖。告訴你，現在我犯案了。你父女沒睜眼，把我救了，又把你的身子給了我，算是做了八年夫妻。現在我的行蹤已被官人發覺。」翻身一指外面道：「你聽，城裡官兵已經前來拿我，大概已把宅子包圍了。現在我要拒捕，殺官，棄家，逃走。逃出去，我再做強盜；逃不出去，我就是死。楊小姐，你我夫妻一場，現在大禍臨頭，生死呼吸，你打算怎麼樣？」剛說到一半，春芳娘子沒了魂，眸開唇顫，噤不得聲。

凌伯萍鐵人般地接著往下說：「楊小姐，我玷辱了你的清白，我也是不得已。你父救了我，一定要我娶你。你總還記得我推辭不開，方才允婚。此刻官兵眼看就到，你要願逃活命，我把小桐交給你。你看這是一包金珠，你就拿了去。你就說是被我綁來的肉票，是良家婦女，被我霸占了，官兵必然放了你。再不然，趁此時還沒合圍，我把你背到外面，你自己再逃活命去。你要是還有別的活命法子，也快說出來。我是有名的大盜，今日事敗，有死沒活。你我夫妻一場，八年緣分到此已盡。你又是名宦後裔，我活著已經把你糟蹋了，臨死絕不能把你拖累了，落個賊盜之妻的名聲，還得拋頭露面，過堂受刑。到底怎麼樣，你快說，我好救你！」

春芳娘子似耳畔響雷，渾身皆酥，聲如裂帛，顫巍巍地叫了一聲：「我的娘，是真的嗎？」頓時想起她丈夫平時種種可疑，又想起她老父臨歿的悔嘆。她突然覺得自己墜入萬丈深淵，踏入萬丈火窟。她身上一點勁也沒有了，口張而不能言，身顫而不能動，只一雙恐怖的眸子微瞬。

她偷偷往丈夫臉上一看，今夜的他非復平日的他了，美如冠玉的臉全被暴戾籠罩，雙睛閃閃吐火，齒縫發出狺狺之聲，斬釘截鐵，句句凶悍，一隻手在前比比劃劃，另一隻手倒背在身後。她突然一閉眼，冒死力把伯萍抱住，渾身亂顫，道：「伯萍，你不要嚇我！真是有人要拿你？萍哥，你快跑吧！你你你，快帶著我們的小桐逃命，剩下我在這裡，我替你抵擋……」

伯萍道：「呸！鬆手，別發糊塗！你一個女人，能替我打強盜官司嗎？」

春芳應聲嚇得一哆嗦，可是越發把伯萍抱緊，而且把整個身子都偎向伯萍懷裡。悲聲道：「萍哥，萍哥，你不要看不起我，我不是沒有骨氣的女人，我情願替你死。我一個女人，我往哪裡逃？我離開你，一天也活不了。你離開我，照樣活得好好的。伯萍哥哥，你我夫妻一場。你要怕我落在官人手裡，拋頭露臉，給你丟醜，伯萍哥哥你不會把我……」

伯萍道：「啊，把你怎麼樣？」

春芳淚珠如斷線，簌簌下墜，將頭臉偎在伯萍懷內，雙手抱著伯萍。其實是一個站，一個臥，她的臉只偎著他的腿。她嗚咽道：「伯萍，你不能把我帶走嗎？唉，不能不能，我一個女人，寸步難移，給你添累贅，準叫官兵追上，沒的倒害得三口全活不了。天呀，我夫妻從此就永遠死離了嗎？伯萍，還是你帶小桐逃走，不用管我了。事難兩全，伯萍哥，你快打主意吧，沒有我的活路了。小桐呢？小桐呢？你叫他們把她抱來，叫我臨死也看她一眼。」

凌伯萍臉上神氣變了一變，把春芳的手摘開，道：「你不用管小桐，你先說你吧，到底打算怎麼樣？趕快說，再一遲延，官兵就圍上來了。」

春芳痛淚交流，一狠心坐起來，拉著伯萍的手，哭道：「我想只有一條道，伯萍，你莫如把我殺了！」

伯萍道：「我把你殺了？」

春芳道：「是的，最好你把我殺了，你把我的屍體埋藏起來，你父女立刻一走。我早已看出來你不是尋常人，我瞧你是個英雄，你不要兒女情重。你你你索性快下手，我死在你手，比死在官人手裡強得多。你逃出去，盡可以繼娶生子。你不要忘了我這苦命女子，叫他們拿我當嫡母，逢年過節，給我燒點紙。小桐是你的親女兒，你自然有安排，你能抱她逃去，也算你我夫妻留下這點骨血。倘若不好走，咳，這焉能好走呢？索性你叫他們給我抱來，我母女死在一塊。我娘兒倆都死在你手裡，比叫外人作踐強。」

春芳把自己的意思說完，哭著，將伯萍的脖頸一抱，櫻唇相親，低低叫了一聲。遂突然鬆手，往床上仰面一臥，把胸口一指，雙手掩臉，哀啼道：「伯萍，你不要猶豫，快吧！」

伯萍側身往床上一坐，忽然大笑，把春芳一拍。春芳嚇得一抖。伯萍道：「你倒聰明！我的確不願你落在官人手內，官人的酷刑，你一個嬌柔女子是受不了的。你是大盜之妻，逃是不易，活也更難，留在這裡更壞……」

春芳身心一齊狂跳起來，纖腰柔軀縮作一團，抖作一堆。

待誅的恐怖已在面前，她慘叫了一聲，撒手露面，大睜開眼，哀呼道：「伯萍，你快殺了我吧，你要下手，快下手吧，別叫我活受罪了！」

伯萍道：「下手不難，只是八年恩情，相親相愛，你父親又救過我，我實在不忍下手。」

春芳道：「哎喲，我的天爺，你還提那些舊話做什麼？你那時受傷求救，來路就很離奇，我父親不是不知。只是我父親喜歡你少年英俊，我也……咳，我臨死也不害羞了。我那時一見就愛你，是我願意嫁你。我認命了，八年夫妻，我已經心滿意足，死了也不冤，誰讓你太迷人了呢？你捨不得下手，你把你左手那刀給我，我自己來。你看看我這名門之女、強盜之妻，有骨頭沒有？」

伯萍面皮一紅，哈哈大笑道：「你怎麼知道我左手有刀？」

春芳娘子向他慘然一笑道：「我是大盜之妻，我還不懂這個嗎？你不用顧戀著我，你快給我吧！」

伯萍面現忸怩，一挺身把背後的刀亮在面前。春芳伸手要接，伯萍又把她一隔，道：「你一個弱女子，你能自刎嗎？看你嚇得這樣，你行嗎？」

春芳此時嬌容失色，柔軀瑟縮，懼死之情畢現。她仍強撐著，向伯萍索刀，她說：「我行！」

伯萍搔頭踟躕，猛然頓足道：「我只好這樣，管他們呢！春芳，你躺好了，把頭蒙上。」

春芳看出死在眼前，情知空言不如免說，雙手顫顫，把粉色睡衣的大襟全扯開，露出紅抹胸、金兜鏈和豐滿的雙乳，潔白的肌肉越顯得胸頭跳動。她將衣襟往頭臉一蒙，手指隔衣撫著眼，斷斷續續說：「萍哥，萍哥，我先走了！你快著！」已經語不成聲了。伯萍就虎似的往前一上步，又到床前，匕首往粉胸一比，春芳哼了一聲，昏迷了。

半晌不聞聲息，春芳延頸待誅，良久不見刀到，隱聞伯萍口氣咻咻，猶在身畔。她輕啟衣襟，露出雙眸，微睜開一看。

凌伯萍不言不動，提刀而立，似眼望前窗，側耳有所聽察。

突然見凌伯萍投刀在地，春芳的眸子急急跟到屋地。突然他又撲過來，一彎腰，叫了一聲：「芳姐！」雙手貼身下插，托脖頸，托雙腿，把春芳娘子整個抱起來，連連親腮，低聲叫道：「芳姐，芳姐，我真真對不住你！」

春芳如醉如痴，也傾身就抱，雙手攬著伯萍的脖頸，喘息低呻，喃喃地叫著伯萍的名字。

凌伯萍已覺出她心房怦怦狂跳，幾乎要跳破胸膛。伯萍把春芳的頭託過來，使她面對自己，說道：「你真是我的妻子！你肯為我一死，你不嫌我是賊嗎？」

春芳不答，只把身軀偎得更緊，口中低叫：「萍哥，萍哥我的……」

凌伯萍心中感動，道：「好，來來來，我拚著受人奚落，也要把你帶走。哪怕槍林箭雨，我也要闖。你放心，要死，你我死在一處。」緊緊一抱，狠狠一親，突然一鬆手，把春芳整個擲在床頭，他霍然立起。

春芳哎喲一聲，身上被伯萍的長指爪劃破了兩道血印，仰面跌在床裡了，忙又翻身爬起來，道：「你你你，打算怎麼樣？」

凌伯萍道：「我豁著背你跑！」

春芳忙道：「那那那你行嗎？」眼光不自禁地又往地上一掃，地上擲著那把短刀。

伯萍不答，把手指拳回來，往口中一放，叭的一聲，右手長指甲齊根咬斷，左手長指甲也咬斷，投在地上，拾起短刀。

春芳又不禁一抖。

春芳渾身像癱瘓了一樣，幸而心思快，口舌巧，死中求活，從伯萍刀下逃出性命來。她的一雙眸子跟著伯萍旋轉。伯萍往這邊一撲，她眼神往這邊一掃；伯萍往那邊撲，她的眼神往那邊一掃。伯萍是她的親丈夫，今天情形不同，伯萍每一挨近她，她便一抖。可是她能賈勇受抱，和伯萍相親相偎，並且和依人小鳥一樣，把整個身子交給了伯萍。伯萍到底受了感動。

伯萍很忙，矯若神龍般取刀取繩，傾耳遠聽，探頭外望，又彈額角深思。春芳睜著駭詫的眼，半跪在床上，看著他的舉動，一聲不敢響，不敢多問。他突然奔出去。一陣窗動門響，他又突然奔回來。眉峰緊皺，向春芳喝道：「下來！」

春芳忙伸足下地，手拄著床，身子直打晃。伯萍突然上前，春芳嚇得一縮道：「我就下去。」

伯萍不語，又抄脖頸，托腿腕，將春芳抱下床來，往椅子上一放，疾如電火，喝道：「別動！」立刻取過一床棉被，抖開來，平鋪開，攤在床上，繩子、刀子丟在床邊。春芳娘子一身粉紅的睡衣，腳下一雙軟紅睡鞋，頭上柔髮紛披，搭落到臉上，粉面慘白而黃，小雞似的瑟縮著身體，模樣很狼狽可憐。

伯萍不管，攤好了棉被，張目一看，突又把春芳抱起來，放在棉被上，把匕首交給春芳，春芳又一哆嗦。伯萍道：「你別動，我去去就來。」

凌伯萍大步闖出去，門扇亂響，又一陣風奔回來，將一杯水、一包藥拿來，對春芳說：「你喝了。」

春芳害怕道：「萍哥，你叫我死，你叫我死個明白吧。我不是怕死，你不能叫我糊糊塗塗地死呀。」

伯萍慘笑道：「咳，這是蒙藥。我既許你不死，我何必藥殺你？也罷，你不願意服蒙藥，我要把你卷在棉被裡，天這麼熱，你受得了嗎？你可不能叫喊！我是背著你奪路衝殺，還要上房。」

春芳不明白，但是她決然說道：「我受得了，怎麼著都行，你可叫我死個明白。」

伯萍居然依了她，自己另拿來一把劍和暗器，那把匕首仍插在鞘內，交給春芳說：「遇危機不能脫身時，你我夫妻好同時自刎。」春芳抖抖地聽一句，應一句。然後，凌伯萍奔出去放火。

此時官兵仍未圍宅，可是早已來到莊前了，正由縣守備會同省裡委員督兵熄燈，分四面遠遠布卡，捕快能手正在一步一探，往這邊攻剿。

伯萍要在宅內四處放火，要把全宅燒得片瓦無存。第一把火先燒文件贓物，第二把火再燒住宅。於是手提點著了的十數個火把，將各處堆置的火種油柴，一一引燃。

一縷黑煙首從柴棚冒起，焚宅的第二把火先燃著了，跟著煙冒起火蛇，跟著火蛇冒起了熊熊大火。四面埋伏的官兵捕快還沒有合圍，登時見火大驚道：「不好，走漏消息了！」登時吶喊一聲，急急地奔凌宅正門、後門，猛撲過來。燈籠火把登時已滅復燃。守備官和省裡委員忙策馬督攻。那省裡特派來的八名幹捕，武功精強，竟不趨正門、後門，另覓鄰院，從旁越牆入襲。

凌伯萍走晚了。可是官兵也來晚了，半路上遇上夜行人，被誘多走出數里地。

凌伯萍放完了火，眼看著要緊的文件贓證燒成了灰，他就急忙奔向上房，撲到春芳身旁。

這時候滿院充滿了濃煙焦氣，春芳娘子跪在床頭，像個死人，隻眼球隨著伯萍轉。伯萍把她一拍道：「官兵進來了！」春芳呻吟了一聲，癱倒床上。

伯萍一把將她抓起，並且說：「春芳，別怕！」

春芳掙扎著：「我我不怕……我跟你死在一塊兒，死一塊兒！」

伯萍將一件似皮甲非皮甲之物，給春芳披上，這樣就裹住了上身。春芳隨手俯仰，人已昏惘。伯萍把她的手腳一攏，輕輕放倒被上，叫她雙手蜷上，掩護著胸口，以免夾死悶死。叫她雙足伸直，以便夾抱。然後將被一卷，把春芳娘子卷在被中，緊了又緊，用繩捆上。春芳哼了一聲，通身浴汗。可是她忘了熱，只牙齒戰戰地錯響。

伯萍忙又取小手巾，叫春芳咬在口齒間。更取一物，往自己臉上一抹，臉色變成薑黃。然後把春芳抱起，連被捲試往肋下一夾，道：「行！」又道：「你忍住了，不要響，不要怕，我可要上高了！」

小白龍左肋夾春芳，右手拿起火把，就燈光一點，放在床帳上。床帳轟的起了火。他便輕輕一竄，出了屋，跳到院中。

那千溪萬馬圖，被他插在被捲上，那碧玉菘、古銅蛙，凡能帶之物，他居然盡可能帶走。那不能帶、不可留之物，他就一一連續投入火窟。火光照著他的臉，他滿臉獰笑，他自言道：「我不叫你們得意，我毀了它，也不留下！」強盜的本色暴露得十足。

他夾定春芳，右手提劍！急趨入花園，登茅亭，張目四望。官兵越逼越近，熄燈張刃，已然一步步圍上來了，把要道口全都把住。

那縣城守備騎著馬指揮，省城委員帶來的八名幹捕，一個個抖擻精神，已從鄰家越牆襲入。余兵設伏，極力不露聲響。

但是只能瞞常人，瞞不了行家。爬牆的捕快劈頭遇上了伏敵，一支暗箭，把頭一個捕快從牆頭射墜。群捕不禁大喊：「小白龍拒捕了！」登時外面大擾，黑影中陡起逐鬥之聲，官兵紛紛放箭。

第七章　凌伯萍折節懺情

小白龍方靖，也就是凌伯萍秀才，不慌不忙，登高外瞭，知道時機已危，他便提劍，挾妻，先下茅亭，要找他的黨羽。

待到廂房一看，章媽不見，小桐也無，屋中很凌亂，愛女料已逃走了。他稍稍放心，忙踱出來，口發低哨，再催叫黨羽合力同走。叫了幾聲，一個人影也不見了，料到他們或已先而行。

卻不知他的黨羽已遭人暗算。他又想：「他們許是拒敵官兵。那麼，我此時正好逃走。」嗖的往後退了幾步，眼望房頂，一努力，想往上拔。

這可不對了。他挾定春芳，春芳縱是個體段輕盈的女子，總也有八九十斤。他若背負而逃，還易用力。他為奪路外逃，深恐背遭箭射，把她改為左臂挾持，這就不好躥高了。伏腰擰力，往上一躥，也含著試驗可否的用意。結果不出所料，竟躍不上去，差著兩尺多，掉下來了。

他臉色一變，改從平地奪路硬闖。他毫不遲疑，斜著身軀，躡足急馳，出花園徑尋逃路。

突然迎面有人影一晃，小白龍一聲不響，急閃身，抬手一箭，嗖的一聲微響，迎面人影往前一跳，沒入黑影，看不見了。小白龍就連速前躥，如燕子抄水，闖到後院。院外聽見格鬥之聲。小白龍身有累贅物，不敢冒險。他就一轉身，趨奔西院，進入鄰街空房。就黑影中，把屋壁用力一推，豁然洞開，望見天上的星光。這是另一股道地。小白龍側耳一聽，唰的縱步穿道地，逃到外頭。

剛剛凝步，劈頭掠來兩三支箭。小白龍一閃，驀地燈光一亮，人聲大喊，數道孔明燈破暗照來。小白龍側目四睨，貼牆伏隅，皆是官兵。更有幾個兵在隔街鄰房上喊叫：「小白龍在這裡啦！小白龍出來啦！」

小白龍微微吃驚，剛要突圍，忽見燈火都往後街門那邊照去，同時也有許多火把倏然重明。伏兵突起，也齊奔後門。後門出現一條人影，揮刃奪路，身法很快。只聽一陣刀矛交觸聲，被這人且戰且走，往東闖下去了。

小白龍且愕且疑，這是何人？莫非是老馮？卻救了自己，自己正好乘隙而走，就急急忙忙把肋下累贅物一提，往西面飛逃。

將到巷口，被官兵卡住。唰的一箭，白龍急閃；數支長矛和撓鉤照小白龍下三路探來。小白龍抬手一箭，先射倒一人。

擺劍磕矛，挺身突進，狠狠一下，又刺倒一兵。微微一躍，從死屍身上跳過去。順劍往後一掃，唰的躥出數步。群兵嘩躁，初往後一潰退，見只有一賊，倏又合攏來，刀矛齊進，圍攻不捨。

大火熊熊，已從前院、中院延燒到後院。火勢固已阻住官兵，不能進宅拿賊。可是火光衝天，也使賊人不易潛蹤。四鄰也驚起救火。守備和委員喝令官兵，出力圍剿。官兵合圍，將逃路要口把得水洩不通。

小白龍想不到官兵來得這樣多，環顧同黨，一個也不見。

那個什麼高明軒，也不見了。心知他必是臥底之人，心中恨極。就大吼一聲，揮劍猛砍。地上的官捕被他砍得七顛八倒，已散復集，已集復散，始終不肯退。只是房上的官兵，不住將箭伺隙射來。那八名幹捕也分出一半，來綴鬥小白龍。小白龍大驚，繼之以暴怒，即奮死力猛衝，往復狠砍，殺開一條血路，落荒逃走。

小白龍是要犯，省裡委員見先期泄機，大盜已逃，僅僅擒住一個負傷要死的副賊，無法交案，立即向守備發語：「人贓全未破獲，消息先漏，這怎麼交代？」守備急怒，忙督兵捕再綴。小白龍腳程本快，只是帶著一個活人，竟跑不開。被他且戰且走，逃出一段路，未容喘息，回頭一看：後面官兵燈籠火把，全衝他一人盯上來。

又不知怎的，官兵起初亂追亂捕，此時竟認定他一個人是要犯，那八名幹捕也全撤回來，展開飛縱術，緊緊衝他追來。

更有一小隊騎兵，從斜刺裡趕到前路。小白龍只是孤身一人，前望有一荒林，似可隱匿，但相距甚遠。正當面前，是一片平原，礙難飛渡。小白龍睹狀知危，恨不能遠遠衝出一段路，先把被捲藏起來，再抽身回鬥，殺退這群兵捕，最為上策。他空有打算，一個幫手沒有，已落到有計難展的地步，只好逐步且戰且逃。若耗到天明，終不免夫妻同殞了。

小白龍心中焦灼，左臂也累得發酸。雖然如此，仍努力奪路飛奔，更舉目四盼。兩個幹僕凌安、凌祥全沒了影，就是女僕章媽和書僮寶文、女婢寶芬也都不見，自己的女兒小桐更不知死活。小白龍不悲而怒，扭頭再往背後一看，那廚役老馮忽從鄰舍跳牆逃出，踉踉蹌蹌，追了自己來，突然中箭，栽倒地上。官兵一聲吶喊，用孔明燈照著，把他捆綁起來。

小白龍咬牙切齒，無法還救。忽然嗖的一聲，迎面馬兵射過箭來。小白龍揮劍連掃，側身旁竄，後面跟綴的捕快已有三四個腳步更快的，如飛追到，相隔漸近，把暗器打來。數道孔明燈齊照，小白龍又要陷入重圍。他便大吼一聲，轉身索鬥，把兩個捕快先後刺倒。餘眾驚喊，小白龍拔腿又往前奔，前面黑林相距不遠了。

小白龍心頭才覺一鬆，突然聽黑林中唰的一響，似有伏兵。小白龍道：「哎呀，完了！」霎時間，見林中濃影裡有一星星火光一晃，小白龍抖手打出一鏢。那濃影唰的又一響，突然跳出兩人，又急急退入樹後。

正是後有追兵，前有伏敵，小白龍目露凶光，不禁怒吼了一聲，就要橫劍自刎，卻又不甘。不想這兩個人影藏在樹後，忽然發出綠林道中的口哨，一個熟悉的口音叫道：「凌兄不要慌，我來幫你的忙！」

這兩人竟是古敬亭，還有范靜齋！

小白龍微微一詫，林中人已有動作。這時候馬兵晃著孔明燈，已然兜抄過來。林中人貼樹探身，猝發強弩，那馬兵竟如滾湯潑鼠般，被射墜四五名。其餘馬兵呼叫著敗逃回去勾兵。

古敬亭、范靜齋立刻提孔明燈，仗兵刃，持弓，青衣，幕面，奔出來先衝小白龍叫了一聲：「凌兄，是我！是我！」跟著微露半面，用燈一照，跟著把小白龍引入黑林。

黑林中竟伏著七八個人，全帶著強弓、長箭，背著鋒利的刀，古敬亭和范靜齋為首，黑影中還藏著駿馬。

古敬亭緊緊握著小白龍的手，道：「大哥，不要慌，我們這裡預備好了，有馬，有弓箭，有燈。大哥，咱們快走！」

范靜齋說道：「我們高大哥搭救你的令愛去了！你放心，上馬快走。嫂夫人呢？救出來沒有？」

古敬亭就說：「這被捲是誰？可是嫂夫人嗎？」

小白龍恍然大悟！哼了一聲，說道：「好，我全明白了！兩位，我先謝謝你們的好心，有話回頭細講！」

當三個人匆遽立談時，林邊弓弦連響，林外馬嘶人呼，喧成一片。林中的七八張連弩，攢射不休，林外官兵叫囂不休。

守備騎著馬，指導大隊，散漫開把林子圍住。

小白龍此時非常憤怒，惡狠狠瞪視著古、范二人，強咬著嘴唇，默不出聲，猛然頓足道：「好！走吧！」

濃林狹徑，拴著數匹馬，小白龍立刻扯韁，牽出林後，把被捲一抱，飛身上去。古敬亭、范靜齋，率這七八個持弓壯士，也紛紛牽馬出林，跨馬奪路，喊一聲，箭似的衝出去了。

後面官兵急急地追逐。

小白龍得了坐騎，如虎生翼，飛似的落荒急逃下去。古、范率夥伴，夾護著他。闖出荒林，回眸一望，後面蹄聲零落，官兵依然窮追不捨。小白龍大怒，止眾回馬，索過一張弓、一壺箭，把被捲橫在鞍上，於是拍馬倒追回來。相隔追騎不遠，他就一扣箭，一拽弓，喝一聲：「著！」頭一騎追兵翻身落馬。

第一支箭才發，第二支箭又早扣上，又喝一聲：「著！」第二騎追兵也應聲墜馬，第三支箭又扣上……一壺箭連發出十幾支，追兵呼嘯著，不敢迫近了。小白龍越怒，扣箭反追，驅馬遠射，忽一箭射中了那個守備，守備落馬。省中委員大驚，帶馬急逃，追兵立刻全跑了。那八名幹捕只剩下三名未傷，還沒忘了暗緝，藏在黑影裡，暗暗盯著。小白龍長嘯一聲，恨詈了一聲，拍馬又逃。

只逃出數里，便逢一旱橋。橋頂站著一人，橋旁斜刺裡，有黑乎乎一片濃影，是座古廟。小白龍等一陣風似的奔到相距不遠處，那橋頭上的人，突然吹起呼哨。哨聲格別，范靜齋應聲也吹起呼哨，古敬亭忙告訴小白龍：「凌大哥，好了，前邊是咱們的接應，你的令愛大概闖出來了。」一群壯士，立刻由那橋上的人率領著，斜趨狹徑，撲奔古廟。

小白龍方靖跑得馬噴沫，人浴汗，心房撲通撲通地跳。馳至廟前，古敬亭、范靜齋當先下馬。小白龍也甩鐙離鞍，將被捲輕輕抱下來。橋上的人過來要接，被古敬亭喝住，只命他引路叫門。門未容得叫，便豁喇地打開了。迎出兩個人，兩只燈籠，把小白龍引進廟內。

那位高明軒高大爺竟在廟內出現，在黑影裡，澀聲叫問：「來了嗎？」急匆匆跑出來，劈頭迎著小白龍，哎呀一聲，抓住手臂，說：「我的大哥，恭喜脫出虎口了，嫂夫人怎麼樣了？這是吧？大哥，叫你放心，你的令愛，被小弟射退敵兵，救到這裡了。」一指西屋，側身提燈引路。

這廟寂然無僧，只西廡透射燈光。燈影裡，小白龍凝視高明軒。高明軒也是滿頭大汗，渾身血汙。

小白龍哼了一聲道：「我謝謝你！」抱著被捲，邁步徑入西廡。

西廡禪榻上，躺著小白龍的愛女，六歲的小桐姑娘。小桐身下鋪著那紅綾小被，四肢僵伸，小衫濕透。偏天氣甚熱，這小孩面色慘黃，燈光照著，彷彿人已氣絕，手腳一動也不動。

在她旁邊，坐著喘作一團的使女寶芬，地下坐著呻吟呼痛的書僮寶文。那女僕章媽，竟不在此處。寶文一見主人，喊了一聲，爬立起來。寶芬一見主人，失聲要哭，又忍住了，低聲說道：「三叔，他們估摸全毀了，就逃出我們三個來！三嬸子呢？你真把她打發了嗎？」見小白龍抱持著被捲，不肯放在地上，她就慌忙站起來，騰讓地方。

寶文不禁伸手要接被捲，仰面疑詰道：「這裡頭是什麼？可是那個碧玉菘和古銅蛙什麼的嗎？」

小白龍目視這一童一婢，臉色慘變，一言不發，只把頭微搖。命寶芬把小桐往榻旁稍挪一下，他就輕輕放下被捲，急急地打開了繩索，低低地叫了一聲：「春芳！」又叫了一聲：「春芳，別怕，我們逃出來了。」

噫，再叫不應！被捲打開來，露出這只穿著寢衣睡鞋，形同半裸的春芳娘子，此時沒氣了！粉紅色的小衫全被濕汗浴透，貼在肌肉上，衣襟敞著，露出金鏈綠芽紅抹胸，也似水泡了一樣。臂曲股伸，柔髮披面，被汗漬得一縷一縷的。櫻口咬著手巾，但已半開，一張粉素的瓜子臉，變成了紫色。寶文、寶芬同時失聲叫道：「哎喲，三嬸子！」啪嗒一響，那把帶鞘的匕首滑落下來，那個碧玉菘也滑落下來，那古銅蛙也滑落在榻上了，萬馬千溪圖的捲軸也滑落在一邊。小白龍平伸開春芳娘子的雙臂雙足，袒開她的胸，仰起她的頭，急急地伸手一試她的鼻息、心音。鼻息不聞，心聲不跳，小白龍突往後一退，頓足道：「咳！」

寶芬使女搶過來，撫摸春芳娘子的唇腮，給她拭汗，慢慢地細捫她的脈門和胸口，心口真個不跳動了。她不禁落淚道：「三叔你白費事了！她她，可憐她一個名門小姐，三叔你害了她了！」

小白龍又撲過來，抓起春芳的手，這手是閒時常和小白龍比指甲的那手。小白龍撫摸著呆然回顧，又突然鬆手，過去撫摸小桐姑娘。小桐姑娘此時心房已微跳動，小白龍一舒眉，又抓起春芳的手，吐出一口氣，一退二退，退身到禪床對面椅子上，坐下來，頭上的汗依然如雨。他獰笑著，目視寶芬道：「我害她了，我害她了！怨她父女瞎了眼，誤嫁我這個強盜！」

說時，切齒捶胸，搖頭，可是眼中一滴淚也沒有。

高明軒吃了一驚，急忙看小白龍的臉色，似發狂相。高明軒暗暗叫糟，忙湊過來，撫肩叫道：「大哥不要難過，不要著急，大嫂也許還有救。」話沒說完，奔出去，端來一盆冷水和兩隻小瓷瓶，內中是暑藥和寧神的藥，說道：「大哥，你自己快用些，再灌大嫂些。這冷水你可以噴噴她，你自己也擦擦臉。」順手送過一條毛巾來，又道：「大哥你快著，我先去打發後面的追兵。」

小白龍矍然道：「哦！」眼看禪床上的愛女小桐、嬌妻春芳，一對死人，橫陳對面。小白龍突然立起來，道：「我現在什麼也不怕了，我已經沒了累贅。追兵在哪裡，我來打發他回去！」

高明軒橫身攔住道：「大哥，你還是救救大嫂！抵抗追兵的事交給我，外面有咱們的好些位朋友哩。」

高明軒立刻出去安排。他早在廟外安下尋風的人，就連范、古二友，也只進來看了一看，略略慰問小白龍幾句話，便相偕出廟，率一群壯夫，紛紛上馬，迎向後面，假冒著小白龍的名字，誘引官兵，往岔道上走。然後小白龍可攜妻女往別路逃。高明軒就在廟內，派兵點將，佈置一切，井井有條。雖然低聲發話，西廡內的小白龍側耳聽見，就眼望著一童一婢，冷然一笑。寶文、寶芬還想述說自己如何遇救，又要問小白龍怎生逃到此處，都被小白龍示意阻住。

使女寶芬和春芳娘子素日感情很好，今見春芳氣絕不醒，含淚向小白龍說：「三叔，你別發愣，你可倒救救三嬸子啊？您別看小桐，她是受著蒙藥了，一會兒藥力解了，她自然就會緩醒過來。可憐三嬸子，那麼柔和的人，你帶她逃出來，也不容易，你總得把她救活。」這十七八歲的姑娘邊說邊動手，先要過藥來，嗅了嗅，問小白龍道：「我們就灌她一下，您可想法子，把她的牙關撬開呀。」

小白龍目視窗外，嘆息一聲道：「她如果還有救，我焉能不管？無奈，咳，天氣熱，把她活給憋死了！我從來沒在女人身上作過孽，想不到在她身上……」走過來，伸手再試捫春芳的口鼻，又試捫她的胸坎。忽然，唔了一聲道：「寶芬，你來摸摸看，是我手顫，還是她胸口真跳動了？」

使女寶芬忙爬上禪床，跪伏著摸了又摸，口雖不言，皺著眉，露出沒奈何的神氣。

小白龍又追問一句：「怎麼樣？」寶芬俯首細聽，掉了淚來，小白龍涼了半截。

書僮寶文這小孩子，撫著自己的傷，咧嘴吸氣。又不知聽誰講的招兒，忽然說道：「有鏡子沒有？噓著試一試，就準知道有救沒救了。」

寶芬道：「哦，可不是。高大爺，這裡找得出來不？」

小白龍道：「你當是冬秋天嗎？那試不出來。」

小白龍嘆一口氣，離開禪床，在屋裡打了一轉。寶芬仍催小白龍灌救。小白龍拭汗沉吟，逃得慌促，良藥盡失，且將高明軒拿來的藥，嗅了嗅，又看了看，拿起那根筷子。寶文端著水杯，寶芬跪伏著，捧起春芳娘子的頭。小白龍調好藥，撬開牙關，把藥徐徐灌下去。只聽喉嚨微響，藥水入嚨，肚子沒聽見咕嚕。小白龍搖頭退望，姑存僥倖萬一之想。

還有小桐姑娘，服蒙藥逾量，也怕歷時過久，救不轉來。

可惜解藥帶在章媽的身上，至今未見她逃出，恐怕人已失陷了。寶芬摸著小桐的小胸坎道：「這孩子可怎麼好？要等著藥勁自己解嗎？」

高明軒忙道：「要用解蒙藥，我這裡許有，我的朋友也許有的。」

小白龍道：「解蒙藥你也有嗎？」

高明軒道：「靜齋有一點。」

高明軒急奔出去找。小白龍又哼了一聲，見寶文、寶芬一童一婢，也正凝眸不瞬，注視著高明軒的龐大背影，就擺了擺手，喂了一聲。

解藥取來，忙灌救小桐。藥居然對症，這六歲的小女孩只過了半頓飯時，便眸動氣噓，漸漸發出低啞的呻吟聲來。她活了！

高明軒對小白龍說，要出去勘道，躲出偏廡，屋內只剩下小白龍和童婢，看著春芳。春芳娘子依然不動，臉色絲毫不見緩轉。使女寶芬坐在禪榻上，側摟著小桐，給她按摩。小白龍輕拉著春芳的柔軟無力的手腕，摸摸她的唇腮，試試她的咽喉，胸坎。又提起她的春蔥似的手來，捫一捫脈門。提起來，看一看指甲。她的染紅的長指甲和小白龍的長指甲一樣，全部齊根咬斷了。白龍將她的手往自己腮上撮了撮，愛不忍釋似的，又送到自己唇邊。怔了片刻，突然放下來，頓時立起，突然奔出去。

寶文、寶芬一齊驚叫道：「三叔，你做什麼去？」小白龍不答，寶芬急叫寶文跟隨，被小白龍揮手斥回。寶芬抱怨寶文，寶文反唇道：「三叔許是解小溲去了，你叫我綴著幹嘛？」

童婢二人低聲猜慮，好半晌不見小白龍回來。小桐姑娘漸已甦生，還未醒轉。寶芬輕輕把她放下，尋出偏廡。院中掛著紙燈，好幾個幕面人物出來進去，有的還在房頂上瞭望。高明軒這群朋友全是江湖上人，一見寶芬出來，忙說：「姑娘歇過來了？」

寶芬張皇詰問：「我們……大爺呢？」

幕面的人詭祕地一笑，往殿後一指。寶芬急趨至殿後，哦，小白龍方靖，也就是秀才凌伯萍，正立在牆隅，手扶一棵小樹，在那裡發怔。嗚咽吞聲，不欲令人見，不欲令人聽。忍不得懺惜悔痛之情，於是他滿臉熱淚，渾身抖擻，雙肩不住地聳動。

寶芬躡足挨過去，小白龍依然未動。寶芬很同情地叫了一聲：「三叔！」

小白龍抬眼搖頭，傷心揮手。

寶芬道：「三叔，您別難過了，三嬸娘還許有救。」

小白龍拭淚嘆道：「小芬，她不行了，她不行了！我我我小白龍，一生縱橫江湖，從沒做負心的事。寧人虧負我，我沒虧負人。」

這話自然是他這樣想，他這樣說。他手刃他的前妻，血濺鴛枕，起因疑妒，他自覺非他之過。他的原配本是一個女俠，也自有對不起他的地方，他辦得究竟太辣。獨獨春芳娘子，乃是名門閨秀，又救過他，一心愛戀他，有十成好，沒有分毫錯。

小白龍頓足道：「我真真對不起你三嬸娘。你想，她一個縉紳小姐，誤嫁了我，被我玷汙了；她救了我，我倒害了她！她的父親，孤高耿介，誤擇了東床，也算是死在我手。」

寶芬道：「他老人家不是病死的嗎？有您什麼事呢？」

小白龍道：「你哪裡曉得，他是看破我的底細，懊悔死的啊！我不殺伯仁，伯仁因我而死。她父女兩條性命，只因誤救了我，錯愛了我，才雙雙斷送。我固然殺人不眨眼，可是恩怨分明。羅元祿（凌安）總似乎笑我貪色。他怎知我並非貪色，僅是負恩，他怎知我對不起你三嬸娘。你三嬸娘萬一無救，冥冥之中，我真個百悔難贖了！」

堅如寒鋼、猛如烈火的小白龍，終於在黑影中失聲痛哭了，使女寶芬也不禁同聲零涕。此時高明軒的一黨，幕面的壯士，預受囑告，全不敢過來勸解。小白龍也忘了光棍哭妻，招俗人恥笑。也忘了虎口逃生，還未衝出網羅。也忘了驟失巢穴，今後何去何從，該如何重營密窟。更忘了瞬將天明，即此還須振起精神，往前奔覓生路。他胸口一起一伏，雙肩一聳一落，力遏哭聲，心情越加激動。他似蘊含著萬斛哀愁，滿腔迸發欲裂。

忽然間，寶文在偏廡叫道：「三叔，快進來吧。你瞧，三嬸子坐起來了。」同時聽見小桐姑娘哇哇地哭，聲聲的叫娘。

小白龍猛然止淚住了聲。

春芳娘子真醒了嗎？真坐起來了嗎？沒有，還沒有。是高明軒催著寶文這樣喊叫。果然只這麼一聲，把哀悔慟惜的小白龍喊住，扯衣襟一抹臉，如飛地奔進偏廡。

春芳娘子猶未活，小桐姑娘已全醒，趴在娘身旁，哀哀絕叫。這景象更不堪寓目。

小白龍奔立在禪床旁，一望這愛女嬌妻。愛女見父，放聲大哭，大哭索母：「爹爹，娘怎麼還不醒？」

小白龍剛才還痛哭，現在面露獰容。摸一摸愛女的腮，就一揮手，來觸春芳的胸口。往上一挪，摸摸咽喉。往上又一挪，摸摸檀腮櫻口。真是怪事，剛才千呼萬喚促不醒，千方百計救不甦，而此際被愛女小桐柔嫩脆細的小嗓子一叫，昵在她懷裡，摟脖頸，摸乳頭，一聲聲的來叫娘，這垂死的娘，居然眼皮一撩，似乎要睜，但沒睜動。正不知是母女之情，骨血連心，力能再造。也不知是解救之藥，有九轉還魂之功，總而言之，她的鼻翅微微掀動，她的胸口還未見起伏，可是她的雙眸，已然漸漸地在眼皮下轉動了。她一點一點地還醒。

高明軒道：「好了，大嫂還醒過來了，咱們趕快預備著走吧。」急急地抽身退出，站在院中，仰望天星，似乎很焦灼。

側耳聽偏廡的動靜，似乎小白龍夫妻間的祕密，他已揣摸出。

小白龍滿面的欣幸慚愧，俯身附耳，低低地叫著春芳：「芳姐，芳姐，醒一醒，喂，不要緊了，我們逃出來了。」握著春芳的一隻柔手，輕輕摸著，有無限愧對之情，不能造次傾吐。

小桐竟衝著小白龍哇地大哭起來了。六歲的小兒似不知這一夕的大變，可是她胸口作嘔，呼娘不應，她就衝著父親哭，似有無窮的委屈。她搖撼著母親，眼看著父親，說：「爹爹，爹爹！娘怎麼啦？」已不大哭了，偶然抽噎，淚點落在春芳的身上，難堪之情，刺戟在小白龍的心坎上。

小白龍的殺氣再也提不起。一側身坐下來，抱過小桐，放在膝上，柔聲慰哄她，叫她好寶寶，叫她別哭。這小孩一經父抱，住了哭聲，把臉偎著小白龍，絮絮地問母親怎麼不醒，我們現在何處？小白龍叫她別嘮叨，仍自拉著春芳的一隻手，輕撫低呼。

卻又是怪事，春芳本已快甦醒了，小桐哭聲一住，她又迷惘，眼皮始終難撩。小白龍在她耳畔呼喚，她似懵然不覺，僅僅發出一聲半聲低吟。白龍無可奈何，把小桐的小手塞在春芳手內，說道：「小桐，你快叫你娘醒醒，你叫她起來，咱們好……好回家。」

小桐依言偎母，「娘，娘」地叫著。

春芳漸漸撩開了眼瞼，小白龍連忙俯身，把自己的臉擺在春芳的眼前；幾乎是面對面，鼻頭碰鼻頭了；連呼芳姐，和小桐喚母親，一遞一歇。終於春芳娘子睜開了眼，雙眸迷離，勉強尋顧，頭一眼看見小白龍，似乎是相對太近，又似乎鼻息吹著了她。她雙蛾陡皺，往旁邊扭頭，雖然扭不動，已開的眼又閉上了。小桐忙叫了一聲「娘！」春芳旋又凝睇，忽然，從眼角滴下淚來。跟著呻吟了一聲，雙眸又閉上了。使女寶芬道：「好了，不礙事了！」

小白龍搖頭，把小桐送在春芳面前，自己慚然後退。春芳胸頭起伏，雙眸溶溶地流淚。小白龍復湊到跟前，叫道：「芳姐，芳姐，你醒醒吧。你看看，咱們全都出來了，咱們的小桐也好好地在這裡了。喂，小桐，叫你娘。」小桐應聲推叫。小白龍又道：「芳姐，你快醒一醒，我們還得走。這裡是大路邊，不能存身，稍時追兵就來啊！」這柔聲低叫，聲音中充滿了央求，慚謝。

而春芳緊閉著眼，只睫毛偶動。在小白龍看來，她臉上已有表情，血色漸復。但是那表情似猶有餘驚，又似由驚怖轉為哀怨，透出厭惡。那無力的右手握在小白龍掌心，也似乎一動一動地要抽回來，任丈夫、女兒千呼萬喚，半晌才重睜開眼看，看見了小桐，手抖抖一抬，口唇顫顫，好容易掙出聲音來，是叫小桐：「桐兒！」只叫了一聲，不禁嗚咽有聲，淚如泉湧，倏然流下來了。

小孩子一見母親哭出聲來，她一撇嘴，要放聲。可是這孩子很怪，她居然又不哭，抱著母親，一迭聲地叫：「娘別哭，娘別哭！您起來，咱們回家吧。」

「回家」二字使春芳含悲，使小白龍抱愧。母女二人相偎而哭，小白龍低勸。過了一會兒，春芳飲泣張目，巡視四周；似乎體力已盡，還不能動轉，知覺也沒有恢復靈醒，心頭還似半明半暗。高明軒已然躲到外面，面前只有一童一婢，也偎上來，照舊叫：「大奶奶！」

小白龍遲徊良久，做一手勢，童婢齊走出去，站在外間，替小白龍把門。小白龍終於跪伏在禪床之前，低叫芳姐，說了許多有辭無聲的話，斷斷續續地哄道：「我從今以後，必然改了。」最後是，「你放心，再沒這事了。芳姐，你也說一句話，叫我少難過啊！」

春芳只是無言，小桐叫了起來：「娘，您瞧爹爹跪著哪！」

春芳失聲一號：「苦命的孩子啊？」她抖抖地伸手腕，要攬過小桐來；又抖抖地伸手腕，要拉起小白龍。夫妻親女三人在此淒戀，外面的風聲又緊起來了。

「伯萍啊！」春芳撫著小白龍的手，叫他起來。聲很低，低到有聲無字，她說：「你是英雄，你不要這樣。我母女何必累贅你，你你你，自己逃命去吧。這是哪裡？這裡離家多遠？哦，這是廟嗎？才離家三四十里嗎？我認命了，我身上一點力氣也沒有，我跟小桐不必掙命了……」

此時的春芳與聞警時心情不同。剛才她幾乎憋死，並且她感覺到丈夫的欺瞞、毒辣，毫無結髮之情。彼時自己死裡求活，甘與大盜共命，才倖免一刀。若答對得稍露畏懼，願意自逃活命，那凌伯萍必不容情。她對丈夫久存疑慮，見他背著自己，總似有不可告人之祕。起初只道他另有外室，今日方知同床共枕的書生，自己仰望終身的良人，竟是個獨行大盜。自己以一個紳宦之女，竟不幸失身，做了盜妻。她乍聞此耗，真是心膽俱裂，又何止於害怕。現在她悵望終身，來日之計，深覺生不如死。她摟著愛女，不覺得痛哭失聲。小白龍越發地內疚了。

而且春芳娘子說出話來，絕不怨命，只是替丈夫設想。這是她的機智。她只想殉情，毫無悔意。但是，她之不怨命，正是骨子裡怨命，她之不悔失身，正是骨子裡深悔失身。

她默默無言流淚，這一段哀愁，比村婦吵罵的怨尤，力量更重。無形的重罰加在小白龍身上。小白龍渾身的武功，強烈的膽氣，眨眼就殺人的辣手，竟不能招架春芳娘子柔情似水的「自怨生」。

小白龍只有跪求了。勸她起來，求她逃命。她流淚謝絕道：「剛才把我嚇得走了魂，把我顛簸得散了骨頭架子，我實實在在是一點勁兒也沒有了，你想叫我怎麼走法？走到哪裡是一站啊？伯萍，你不要難過，你不要覺得對不住我。你要知道你我乃是夫妻，夫妻之情，沒有誰虧誰、誰欠誰的情的。你我只能就事論事。你若捨不得我母女同死，你把小桐抱走吧。」

這還是臨出奔時的話，不過那時她是恐懼，現在卻是灰心，真有自厭其生、自甘一死的意味了。

小白龍越發地招抵不上，跪在床前，握住春芳的手，小聲懇求，喁喁低語，反覆的誓解，春芳只是搖頭。勉強坐起，終又頹然臥倒，還握著小白龍的手，低聲催他起來：「叫人看見，什麼樣子？」虛怯的神情，低微的呼吸，倍覺動人。小桐偎著母親，宛似覆巢小燕，蘋果樣的腮依然慘白。小白龍嘆了一口氣，凝眸注視著春芳，雙手輕撫著春芳遞給他的那隻手，心裡略為寬鬆。哦，春芳對己，猶有餘情！四目對看著，小白龍已聽出春芳的哀曲。他搖搖頭，站立起來，對窗發愣。浩然長嘆了一聲。

他重撲到床前，依然半蹲半跪，使自己的臉和春芳相對，輕扳著春芳的頭，把自己的心，切實誓告出來：「從今以後，我一定洗手。芳姐，你不知道我的身世，我之所以這麼做，也是被激而然。芳姐，我現在為了你，為了我們的小桐，我從今日起……重新做人。」

說到今日，他不由得遲疑，他猶有未了之事，未能即時撒手。但為安慰春芳，只可這樣含糊地講。把春芳半偎半抱，剖心吐膽，粗述當年，指天為誓，保證今後。「芳姐，只要你肯饒恕我，不嫌我，我實在對不住你和……」想說「岳父」，恐勾起春芳的傷感，更噤住了。「可是，我一定改弦更張，芳姐，你再看吧！我以後改走正道，那就是芳姐你成全了我，保全了我。」

小白龍百般的自誓，春芳閉目而聽，簌簌落淚。終於小白龍也窨得掉淚了，扳著春芳的脖頸，搖撼著說：「芳姐，你也這麼狠嗎？我央告你半天，你心裡到底怎樣，你也告訴告訴我。你想我心上夠多難過，你也答應一聲，少叫我虧心啊？」

小桐也忍不住推她娘說：「娘，爹爹又給你跪著呢，你叫爹爹起來吧。咱們回家呀！」

女人家的心胸到底柔軟，春芳口仍不說，那隻手撫著小白龍的頭髮，輕輕拂捋著，喟嘆一聲，半晌道：「伯萍，你是我的前世冤家，你叫我說什麼呢？我母女到了今天，總得認命，不認命行嗎？你的事我現在明白了，可是我全明白了嗎？你幹的是什麼事，我也不懂，反正是犯法的。我雖然是個女子，也唸過幾天書，也懂得什麼叫盜俠。你在外頭到底是劫富濟貧，還是為非作歹，你從來不說，我也沒看見。我反正嫁了你，就是你的人，我問你，我跟你有二心嗎？可是伯萍，你就跟我不一樣了。你一句實話也沒對我說，我還不如你的聽差奴才，你整整瞞了我八年，我都跟你生了孩子了，孩子都大了，你還是瞞著我。大禍臨頭，你才吐真話。伯萍，女人家依靠誰呢？你說我傷心不？你叫我怎樣，我就怎樣，可以說得起百依百順。你一起頭不是要殺我嗎？我把脖子給你。你還想要我，我就跟你來，你把我像扛被捲似的捲了起來。你如今跪著求我，逼著問我，可叫我說什麼？說我恨你嗎？你我是夫妻，夫妻無隔夜之仇。說我不跟你嗎？又不是那事。你你你叫我說什麼呢？」

大抵人們做了虧心事，自然怕人怨恨，可是料到人們必然怨恨，於是他為減輕心裡的譴責，又似乎盼望對方怒罵他一頓。他自己再不認錯，再替自己辯解，如此方覺心上輕鬆些。

春芳娘子是個機警的奇女子，她起初竟不吐露怨言，不怨之怨越使伯萍難堪。他這時似乎是求著她埋怨，求著她責問。現在她把怨言說出來了，他又覺得刺耳刺心，承擔不住。於是他把春芳的頭抱住，把自己的臉堵住了春芳的嘴，央告她：「你你你，別再懲治我了，我夠愧悔的了！」

春芳浩嘆一聲，推開了小白龍，坐了起來，徐徐說道：「我們往後瞧吧！伯萍，你我是夫妻，沒有說的，你要對得起咱們的小桐啊！」於是轉身把小桐抱在懷裡，親了親，淒然墜淚。

小桐緊緊偎著母親，用一種詫異的眼，端詳她父她母的神色。也徐徐地說道：「娘，這是哪裡呀？咱們回家去吧。」又看著伯萍說：「爹爹，你跟娘講什麼呀？怎麼還不快走啊！」

小白龍在西廡慰妻勸行，那高明軒在外面急得轉來轉去，使女寶芬也很焦灼。終於一個在窗外，重重咳了兩聲。一個靠著門扇輕輕彈了數下。

外面風聲也步步吃緊。高明軒的朋友，所謂古敬亭，所謂范靜齋，早已替換著出去迎敵誘敵。忽然間一個騎客策馬奔來，還同著一匹馬，馱著一個人。到了廟前，把那人攙扶下來，守望的黨羽將二人引入西廡，叩門招呼。小白龍出門迎看，來的竟是那個章媽，這中年婦人且戰且走，潰圍失伴，藏在黑影中，被高明軒的朋友引救出來了，也是渾身血汙，喘息不已。

小白龍忙慰問道：「真難為你，沒受傷嗎？」

章媽搖搖頭道：「傷到沒有，把我累死了。」轉問道，「咱們的人都是誰出來了？我怎麼始終沒有瞧見羅元祿呢？」且說且尋，看見了春芳母女，不禁嘆氣道：「這是哪裡的事，事先連點影子都不知道？娘倆平平安安全出來了，總算不錯。」

章媽坐下來，衝著書僮寶文罵道：「你這小子，你可倒好，你說你夠多渾！」想必是潰圍時，寶文做錯了什麼事。

這中年婦人也像癱瘓了似的，捶著腰又誇獎寶芬說：「我們芬姑娘可真不含糊，大娘佩服你！」

寶芬笑了一笑，也不言語，衝她使了個眼色，向春芳娘子一努嘴。

章媽歇了一會兒道：「看吧，看我們大爺怎麼變吧。我說大爺，咱們還得趕快走，他們在後邊，可是眼看追上來了。」

小白龍道：「我曉得。」

他們立刻打點走。卻喜高明軒預備了一乘小轎，小白龍便催著春芳抱著小桐坐轎。春芳還想不走，被章媽和小白龍硬抱上轎，把小桐放在她懷內。他們立刻乘夜離了這古剎，忙忙地再往後趕。一路落荒，不走通衢，單尋僻徑。高明軒的黨羽專管斷後誘敵，居然把官兵誘到歧路去了。

高明軒在前途，本給小白龍預備了投止之處。現在小白龍和章媽另有商量，竟改奔他們自己的別巢，由別巢更轉別處，步步遠引，從此永別了七子山，七子湖。

小白龍終於逃出虎口。

第八章　吃醋飲酒伏牝盜

日月推進，距小白龍棄家亡命，又已數月了。

高明軒救了小白龍，未能示惠，實際反增加了小白龍的多心，啣恨。小白龍自以為行蹤隱祕，伴高蹈以掩盜跡，雖床頭人還不知，何況路人？何況「食肉者鄙」的官人？今竟突逢意外，落得傾巢棄家。那麼高某忽然而來，無因而至，豈能無疑？結交，賣恩，步步推勘，小白龍已經猜思過半。但綠林做事，自有綠林的做法。明知不是伴，急時且委蛇，骨子裡是骨子裡較勁，面子上仍拿面子還。小白龍方靖是這樣打算。

那高明軒呢，等到小白龍安排好了退身步，容他心閒力餘。又過了些天這才泣述身世，跪求幫拳；打開窗戶，說出了實話。他說，不是什麼高明軒，不是什麼暴發戶，發了財，他是埋蹤十年的川陝巨寇飛蛇鄧潮。

小白龍含笑而答：「這個我已明白。」

鄧潮說：「我有個殺兄、辱嫂、戕侄、絕嗣的深仇大怨，仇人是保定鏢行名鏢頭林廷揚，綽號獅子林。」他說，江湖上冤冤相報，本不足怪，只是這獅子林做事毒辣，人死還結仇，趕盡殺絕，一而再，再而三，可憐亡兄一門三口，竟被獅子林一手毀滅！」而起因據說不過是為爭鏢道。

他說，我千方百計為兄嫂報仇，「十數年間，曾經三番幾次地尋找獅子林，可是終非敵手，還折了好幾位好友。」

鄧潮且說且拭淚，又解衣披胸，露出自己的舊傷痕，說：「這是獅子林打的一鏢，這是獅子林砍的一劍。」然後說，深仇未報，頗遭同道誹笑。無如鬥力鬥智，著著不敵。訪知當今武林中能敵獅子林的，只有某某數人，只有小白龍方靖。鄧潮這才落到邀助復仇這一招上。但他又說：「連邀過幾位好幫手，不幸林某紅運當頭，迄未成功。」

鄧潮接著說：「直到數年前（就在小白龍化名凌伯萍秀才，續娶春芳的第二年），他曾托好友黑牤牛蔡大來，到七子湖麓，拿著龍門薛五爺的引見信，登門拜訪。又曾在皖北，連煩三友，奉邀了一回。兩次都遭拒絕了。實在無法可想，第三次方才親來登門，未曾求助，先行求交。」

鄧飛蛇又道：「方大哥，你可憐小弟這番苦心，你可憐家嫂和舍侄死得太慘！」

飛蛇痛哭流涕，泣訴苦衷，希望拿感情打動小白龍。常言說，父兄之仇，不共戴天。孝悌之行，人人敬愛。飛蛇想像自己這樣臥薪嘗膽，苦心毅力，小白龍多少也得動感。

然而小白龍只是冷笑，半晌方說：「難為你老兄了。你的苦心立志，勝過了吳王夫差、越王勾踐。我若再不答應，也顯得枉在綠林立足了。」

小白龍略一停頓，又道：「何況你對我身家全都有恩。你要報獅子林殺兄殺嫂之仇，我得報你救身救家之恩。恩仇兩報正好相抵，我焉能不答應你呢？」

飛蛇聽出話腔有點刺耳，臉色一變。小白龍含笑揮手道：「我們不妨明白地講，我一定可以幫你報仇，小白龍跟獅子林見上一面，交上兩手。但有一節，我從今決計洗手了。我求你一句話，在我會過獅子林以後，你我可以不可以『從此恩怨一筆勾銷』？可以不可以，彼此從此算是誰也不認識誰？」小白龍又道：「是這樣，我陪你走一遭。不是這樣，我小白龍既然為盜，就不怕死；妻子是身外之累，要不要，更不算什麼。你的大恩，我只可改日圖報了！」

小白龍凝視著飛蛇，說話斬釘截鐵。雖沒有當面罵人，神色也差不多。飛蛇當然還要表白，攀交求助實出本心，聞警報信純出意外。飛蛇道：「老天在上，我姓鄧的跟方大哥純然一片真心，我若是泄底賣恩，叫我死在刀劍之下，斷子絕孫。」

鄧潮再三盟誓。

小白龍也不全信，只徐徐說：「過去的事說也沒用。鄧仁兄，我和你只談現在。替你報仇，我答應了。報完了仇，還是剛才的話，我要埋名洗手，不再問世事。你我從此恩怨一筆勾銷，天南地北，各不相擾，各不相求，必得這樣，我才肯替你『拔闖』。如若不然，我只可一萬分對不起，我是不去！」

當面硬擠，毫不留情。飛蛇鄧潮，紫面通紅，無計可施，嘆息道：「大哥替我們報了仇，於我鄧門三代有恩，我安忍得調頭不認？」

小白龍笑道：「哪裡的話，是你救了我，是你於我有恩。這一來，你我好比八兩半斤折了帳，誰也不欠誰的了。」

小白龍的話越說越難聽，其憤憤不滿，溢於言表。飛蛇就再裝不懂，已經不行。到底把飛蛇鄧潮擠得吐了口話，直接承認了，鬥獅之後，飛蛇誓不再尋小白龍。

然後小白龍說：「好！」

兩人擊掌立誓。小白龍又說：「鄧仁兄，你請預備吧，我先趁這時間，安排安排我自己的私事。請你原諒我，不要再托朋友暗綴我了吧。我把我身邊的事安排好了，一定到你這裡報到。」

於是兩人分手，小白龍忙著藏匿家眷，飛蛇勘查敵蹤。在小白龍傾巢的一年後，龍蛇兩人重新聚首，飛蛇鄧潮把所有的朋友、黨羽、與己同仇的人，大舉糾聚起來，一路找尋獅子林廷揚的鏢道。等到處處安排好了，就在清江浦洪澤湖，攔江邀劫，和獅子林會了面。

小白龍方靖與獅子林素來無仇無怨，小白龍此日動手，另有打算。兩人在船上鬥起劍來。小白龍想：我只把獅子林刺傷，我就不管了。所謂點到為止，踐約就完，絕不必求大勝。

一來教飛蛇看看自己的武功，二來教飛蛇嘗嘗自己的手段，以示自己不是好欺騙的，也不是好唆使的。小白龍打算固好，哪知道一旦動手，他竟鬥不過林鏢頭。他不由得一驚，立刻掏出真實本領來，極力和獅子林支持。起初輕敵，嗣又貪功。獅子林沉著應戰，突然甩劍一顫，把小白龍的劍，彈落脫手，又陡起一腿，把小白龍踢倒在船頭。

此時，飛蛇鄧潮在對面大船上觀戰，見狀大駭，不由得失望。飛蛇就發動了埋伏，倏然放出暗箭。獅子林暗存提防，伸手把暗器接住。水中的群盜也發出暗器，也被獅子林閃開。這時節，小白龍羞憤交加，身子才撲倒船頭，驀然躍起來，一個虎跳，調右臂，運單掌，猛然欺身一搗獅子林的頭顱，正對著後腦。明暗夾攻，獅子林竟遭暗算，腦後玉枕穴受了致命傷。

臨危拚命，仍用甩手鏢，把接來的一隻暗器，穿入小白龍的右臂。小白龍負痛跳入湖中，泅水逃走了。林鏢頭也栽倒船上，人已氣絕。

這裡飛蛇鄧潮趕盡殺絕，劫鏢追殺，又縱火焚舟，把林鏢頭保的貨船，全部付與無情的水火，變成了殘灰木屑。他仍不放鬆，一路追究敗逃的鏢客。幸而鏢師援兵已到，才得把林鏢頭的遺屍，運回清江浦，停靈在同業鏢局中。

飛蛇鄧潮又派至友胡金良（即古敬亭），假裝弔喪的鏢客，前往清江浦窺探獅子林之生死。入夜就遣夥盜，潛入鏢局，盜割獅子林的頭顱，以祭亡兄亡嫂。但鏢客這邊已有戒備，飛蛇同黨一無所得而回，反倒失陷了一個同伴。

隨後，獅子林的棺木，由師弟護送，運回山東開吊。飛蛇鄧潮報復無情，他又率黨羽，親往鬧喪行刺，要把林鏢頭的未亡人程玉英和孤兒小鈴子，一併殺死，以期斬草除根，免去後患。程玉英是名鏢客黑鷹程岳的侄女，痛夫慘歿，在靈前設誓，矢報深仇，又連打點，隨即由獅子林同門師弟衛護，偕孤兒林鈴，逃走避禍。但此時飛蛇已經來到，程玉英連夜逃亡，半途遇仇，幸賴亡夫的七師弟摩雲鵬魏豪相助，終得掙扎，脫出虎口。

飛蛇鄧潮銜毒十五年，一旦發泄，報復無情，此時仍不肯罷休，率領同黨，依然沿路窮追不捨。林鈴母子由摩雲鵬魏豪拚命拒護，且戰且走，逃進了小辛集。小辛集的聯莊會突聞人聲奔逃，女子夜叫，立即鳴鑼糾眾，擺開長槍隊，出來守望勘盜，和鄧飛蛇尋仇之黨衝突起來。直打到天明，飛蛇方才退出莊外。

那聯莊會的副會首辛佑安素知獅子林廷揚的名字，並矜念孀孤，惱恨暴客，潛將林氏母子先隱匿，後設計放走。同時又在小店內，捉住了飛蛇的兩個踩道夥伴。鄧飛蛇大怒，竟夜襲進莊，綁架了聯莊會正會首的兒子，作為肉質，威嚇著會眾和莊民，要縱火焚掠，逼他們獻出被擒的同伴和窩藏的仇人。如何能交出？」

聯莊會很有能手，拒守高牆，與飛蛇搭話，說：「那逃難的男女早已穿莊逃走了，莊內已然沒有，了，你們要是快追，還來得及。」

兩邊只把俘虜換回，聯莊會副會首佯將林氏母子逃路，虛指給飛蛇，說：「那三男女往西北逃下去了，你們要是快追，還來得及。」

飛蛇不肯置信，偏巧巡風的同黨瞥見西北有一輛轎車，正落荒投暗飛逃；這盜徒忙忙奔來，報知飛蛇。飛蛇這才捨了小辛集，飛似的奔西北尋去。

但是，歧路亡羊，飛蛇奔尋數十里，才發覺不對。窮搜四五日，線索也中斷了，林家母子竟鴻飛冥冥，不知逃向何處。

飛蛇自己疑心上了聯莊會的當，可是聯莊會早趁此時請來官兵，緝盜清鄉。飛蛇氣得暴跳如雷，派出數撥夥伴，分三路加細排搜，又揣度逃人的方向，決計要北訪保定，這是獅子林總鏢局的所在處。南探杭、寧，那是獅子林鏢局支店的所在處。

折便道回來，再奔曹州府臥牛莊，乃是獅子林的老家，定要重搜個第二遍。鄧飛蛇不殺死林廷揚的寡婦、孤兒，誓不住手。

蛇黨縱然傷了好幾位同伴，奔波了一整年，飛蛇報仇的心倒越來越熾熱。同伴們卻漸漸不耐煩，覺得他做得太過了。有人說：「一個年輕的小寡婦，還會守得住嗎？今天姓林，明天就許姓張了。一個小屎蛋孩子，更未必能活，也值得二哥這麼認真。我看太犯不上了。」其中姓鄒姓馬的兩個同伴懶洋洋的，早就不打算再追了。兩個人異口同聲說：「我們就此回去，幹咱們的舊營生吧。」

飛蛇疾問別人，別人也有一多半主張罷手的。更有一人說：「咱們光棍做事，吃柿子，不要單揀軟的捏，一個勁兒盯孤兒寡婦，怕江湖上笑話。」

飛蛇聽了，倏將雙臂往背後一背，說道：「諸位全是這個意思嗎？」夥黨黑牤牛蔡大來說：「其實日子不少了，獅子林也死在我們手了，很可以打住了。」

飛蛇雙目直豎，仰面狂笑道：「好，大家都這樣想，我一人不違二人意，咱們就散！從今天起，我謝謝大家，咱們現在就算散夥！」鄧飛蛇竟變了臉，向同伴突然磕頭。

群寇愕然，忙把話拉回來說：「二哥別急，有話咱們慢慢地商量。」

飛蛇感情激動，竟抱頭痛哭起來。他拉住同伴海燕桑七的手，面向大眾訴道：「諸位哥兒們既然不肯欺負孤寡，我們還再商量什麼？我的事瞞不了桑七爺。你們諸位只知我跟獅子林有仇，你們可不知這裡頭還有苦情。」

飛蛇哭訴道：「實對諸位說吧，我大哥叫獅子林一箭射中胸口，血流了我一身。我家嫂當時就力逼我報仇。但是我不是姓林的對手，我家兄還死在姓林的手下，我的功夫是家兄教的；我鬥不過人家，我不肯冒昧送死，我要預備。我家嫂就唾我，又哭又鬧，罵我沒出息，忘恩負義。七爺，你曉得我從十三歲就沒了爹娘，我從小跟著哥嫂過，我家兄把我從火炕裡救出來的，我哥哥挨餓，偷出東西給我吃，我們手足如同父子。我哥哥死在林廷揚手裡，我能不報仇嗎？但是我武功不行，我要去報仇，就是送命。

我勸家嫂，容我幾年。君子報仇，十年不晚。我還沒說完，家嫂又唾我一臉唾沫，她自己打嘴巴。我那糊塗侄兒也挖苦我。」

飛蛇忍不住又號哭起來，半晌嗚咽道：「我這裡下苦心一步一步預備，我家嫂和舍侄不聽我勸，刻不容緩，要立刻報仇，他們娘倆竟私自走下去了。我那糊塗侄兒果不其然，死在林廷揚手下人手裡，臨死還割去了舌頭。我那家嫂瘋了似的，又找了我來，罵我，唾我，逼我。我家兄的舊夥伴也瞧不起我，說我沒骨氣，軟蛋。後來，我家嫂又要親自出頭，邀結助手，去暗算林某。我一聽不好，趕快去攔阻。我說：這可不是硬拚的事呀。我家嫂竟藏起來，不肯見我。家嫂去了不多久，果然又得了凶信。我家嫂也死在林某手下了，叫人家砍掉一隻手臂，自刎死了！」

飛蛇哭不成聲，閉著眼呻吟道：「你們知道家嫂是怎麼死的？實告訴諸位吧，咳，她是活活叫林某羞辱死的！這話我憋在肚裡，從來沒告訴人。我家嫂臨危傳來絕命書，她說她叫姓林的羞辱了，她說她死後見了亡兄，她不恨仇人，她只恨我這忘恩無恥的小叔子！她罵我，她說你哥哥疼你比兒子還疼，你竟忘了殺兄的大仇，眼看著侄兒、嫂嫂叫仇人糟踐死了，我到地下做鬼，也不饒你。她痛恨我，醜罵我，怎麼難聽，怎麼罵。」

飛蛇接著說道：「我是說不出來的窩心，我跟姓林的仇深似海，我鄧門長支全毀在他一人手下，諸位說好漢不欺孤寡，吃柿子找軟的捏。但是你們幾位替我想想，姓林的害死我鄧家三口，只留下我一個禍害，到底叫我翻過手來。唵，十五年後，到底叫我報了仇，真格的，我自己還能給自己留下禍害嗎？斬草不除根，到底遭了後報，我不怕諸位笑話，我一定要搜尋林廷揚的老婆、孩子，一個也不留，全都殺死。我然後死也痛快，活也安然。」

飛蛇痛述隱恨，同伴聽了，俱各動容，都說道：「獅子林這麼可惡嗎？好男不跟女鬥，他竟敢羞辱鄧大嫂不成嗎？」

飛蛇很難過地說道：「這是什麼露臉的事，我還能糟蹋我們亡嫂嗎？」他卻不知鄧潮的亡嫂行刺獅子林，斷臂之後，自知難活，她這才故意留下這種遺書，好激動鄧潮去報仇。其實她是自刎的，林廷揚不但沒有羞辱她，憐她苦心報仇，還把她放了。這可是鄧飛蛇萬萬想不到的。

群盜終被飛蛇鄧潮的悲憤陳詞所激動，由黑牤牛蔡大來、盤龍棍胡金良、海燕桑七等扶起，都勸他止淚，願助他續搜仇人之子，斬草除根。

他們張開了羅網，分頭辦事。往北，由鄧飛蛇親尋到保定安遠總鏢局；往南，由盤龍棍胡金良、黑牤牛重搜到蘇杭二州，把安遠支店大擾了一頓；更回頭重探山東曹州府臥牛莊，把獅子林的舊宅，縱火燒了，還殺了一個鄉下人。可是上天下地，踏破鐵鞋地苦尋，仇人的寡婦孤子杳如黃鶴，再得不著蹤跡了。

鄧飛蛇忿氣不出，要放火來燒保定總鏢店。總鏢店有獅子林的師弟解廷梁、義弟張士銳等，防護得很嚴。鄧飛蛇弄得打草驚蛇，沒有放成火，反挨了一彈弓。鏢客力劈華山黃秉、大力神李申甫、流星顧立庸，全追出來。鄧飛蛇幸有助手，才得逃走。他仍不甘心，在保定潛伏密伺了一個多月。安遠鏢店似乎知道飛蛇來搗亂，竟晝夜戒備，無隙可乘，無懈可擊。鄧飛蛇要刺探鏢局的內情，也得不著底線。

但是，到底被鄧飛蛇誘擒去一個鏢行小夥計，用酷刑拷打，逼問林氏遺孤是否到保定。據說解鏢頭也正在著急，前派專人迎接林氏母子，竟撲了空，只在臥牛莊附近，訪出兩個趟子手的死屍，已經官驗，正在緝凶。因此鏢局已料知林氏母子凶多吉少。現在解鏢頭等都很擔憂，已經陸續派出許多人，趕赴魯北，打聽林氏母子和七師父魏豪的下落去了。這鏢行夥計的話，正與飛蛇初到臥牛莊劫車搜孤的情形相合。

據這小夥計說，那程玉英、林鈴和摩雲鵬魏豪確實要北上赴保，正不知半途出了什麼差錯，人既沒到，消息也斷絕了，似乎比飛蛇還納悶。

飛蛇訊罷，仍不肯憑信，竟把這鏢行夥計刺死，埋在荒野，他仍在保定流連。隨後他潛伏的寓所被鏢客訪著，乘夜來搜捕他，他這才離開了保定。也因為他財力已盡，在保定馬腳已露，他的面目又被鏢客認準，他不得已方才罷手。他重拾起他的舊營生，號召黨羽，照前一樣殺人劫貨。但是他不再找仇人了，仇人卻要找他。有一日狹路相逢，他和獅子林的二師弟解廷樑遇上了。

偏巧鄧飛蛇是單人跨馬獨行，被解廷樑綴上了。解廷樑也騎著馬，不遠不近地跟著他。鄧飛蛇自然毛骨，連連回頭，打馬急走。解廷樑卻戴著大草帽，架著墨鏡。飛蛇不認識解廷樑，解廷樑卻認識飛蛇。於是擠在一個合適的所在，解廷樑拍馬跟近，揚鞭猛打，一直超逾到飛蛇的面前，冷冷說道：「朋友，站住！」兩個人動手交兵，殺了個難分難解，一個救援也沒有，只解廷樑還跟著一個年輕的趟子手，為要報仇痛快，解鏢頭不要人幫。

飛蛇鄧潮偏偏這一次落了單，他這次正要赴一個女人的邀會，所以才一人獨出。平素他深知虎落平陽，必要吃虧，從來不肯單人獨行，就是密訪什麼要事，他也總教一個踩盤子小夥計，遠道跟著他，以便萬一遇險，好馳回去送信呼援。今天真是太巧了，他自從胞兄殞命，孤侄身死，亡嫂又相繼自戕，他就對眾鳴誓，深仇不報，林廷揚一家大小的頭顱，若不在亡兄墳前祭奠，他絕不再娶，更誓不近女色。這話原是被他嫂嫂冷言冷語激出來的。他年輕時，曾因貪色狎妓，被官人捕獲，還是他嫂嫂母老虎高三妗把他設計救出來的。

飛蛇出獄之後，娶的頭一個女人是良家女，美而不媚，恥為盜妻，抑鬱而死。

他的第二個女人是擄來的妓女，名叫小桃紅，知入盜窟，生還無望，拿出媚術來，把飛蛇迷得心眼麻癢。當他胞兄被獅子林殺死，山寨失酋，掀起內訌，遂被官軍圍剿，剿山潰圍時，偏趕上飛蛇邀伴出去訪仇，他的寡嫂仗刀突出後寨，他的女人小桃紅被一個小頭目背負逃走，一去沒了影。等到飛蛇事後回轉，方才發覺入宮不見其妻，巢穴也傾覆了。問他嫂嫂，反受了一頓挖苦。他這才大怒起誓，兄仇未報，絕不尋妻，絕不繼娶。

現在他已暗算獅子林，大仇已報，似可繼娶延嗣了，可是鄧家三口只抵林氏一命，總覺報復未盡，對不住亡嫂亡侄，又對同黨說了大話，更不好改口。他年方四十幾歲，未能鰥居，免不了偷偷摸摸，背人狎妓。又不敢入妓館，往往改裝私入暗娼家取樂。當此時忽有一個女強盜，看上了他，就是裝他的如夫人的那個叫六妹的女賊。

這女賊叫席六如，原是個十八歲的小寡婦，被大伯子元良把她強嫁給鄰村，為的是想算計她丈夫遺留下的財產。這小寡婦足智多謀，一時失算，立即潛打主意，乘夜逃出來，要進縣城告狀。哪曉得半路上又遇見歹人，反而把她強姦了。這歹人是村上的混混，拿刀子逼著席六如跟他逃走。在店中席六如又逃出來，結果，越逃越壞，竟落在強盜手中了。真是愈走愈下，席六如自覺人已失身，就倒行逆施起來，甘心做了盜妻，只求強盜丈夫給她報仇。她的盜婿很寵愛她，就依著她，找一個機會，襲入她的故鄉，把她的本家殺死，大掠之後，縱火燒了房。

席六如跟著強盜過了一年多，也學習騎馬，也學習打暗器，玩火器，既已沉淪，索性往下溜去。她生得本很美麗，就極力修飾，放蕩起來，使得她的盜婿越加寵愛。但愛之過甚，自然防範極嚴。

席六如又不吝顰笑，處處隨便，招惹得夥盜生心，要逗引她。一天，他們的大頭目和她放浪說笑，被盜婿碰見，妒火一撞，兩人火並起來。盜婿暴怒失招，反被那個大頭目殺死。那個大頭目竟霸占了她。席六如佯為順從，可是心中更起激變，調唆著這個頭目和別人打架。某某強盜多看她一眼了，某某強盜要調戲她，捏她的手了，掀起許多是非來。這盜自吃醋行兇，又連殺死了兩人，臨到末後，也被別人殺死。終於席六如又轉嫁了另一個強盜。

自有她這一人，盜幫埋下一根禍苗，屢屢引起妒火。這些強徒妒火燒身，自相殘害，四年間她竟換了五個男人。許多高眼的盜夥，罵她是壞水，她越發風流放蕩，她幾乎是眼看著這些男人為她拚命，她才覺得有趣似的。強盜幫中沒人知道她的內心，她對己是自暴自棄，對男人是銜毒生恨。

又不久，遇上了五百年前的寃孽債，她與飛蛇相會。飛蛇鄧潮性最貪色，沒有女人活不了一天的。

自遭兄變他量敵技高，未敢驟往尋仇。他的侄嫂都怨恨他，反把怨毒移到他一人身上。跟著他的侄兒不度德，不量力，結伴前往鬥獅，又死在仇人手上。他的嫂嫂如瘋如狂，哭號咒罵，詰責他，催逼他。他連受了過重的打擊，性情激變，他越發地狠毒了。自從小桃紅逃亡失蹤，他垂念伉儷之情，自然要尋找。他的嫂嫂痛痛挖苦他一頓：「人家跟情郎跑了，閃下二爺這可怎麼辦？你哥哥死了不吃緊，小桃紅丟了，可了不得！」

飛蛇愧忿難堪，竟奔在亡兄墳前，斷髮立誓，大仇未報，寧叫斷了嗣，誓不娶妻。誓是這麼說，他實在又不行。他又不敢暗室虧心，他把全副心情放在復仇上，果然一連數年，未近女色。於是在這時，忽然遇上了這個女狐精席六如了。

席六如這時算是正守寡。她最近這個丈夫，也是個盜首，最近失手，被官兵擒斬了，只剩下她和十幾個舊部，一路逃竄，守在一個僻山窪，照樣做舊營生。她的舊部竟推她為首，也湊起了二三十人，成為女盜魁了。飛蛇鄧潮為報仇訪藝，路經此地，於是孽緣相碰。她把飛蛇鄧潮延入巢內，也不知怎的，兩人全動了心。

飛蛇鄧潮是很貪色，卻與席六如從前所遇的子弟不同。席六如以前所遇男人，貪女色，往往沉溺，甘入席六如圈套，尤其是她杏眼一轉，昵聲放刁，這些人全都折受得亡魂失魄，不知怎麼叫娘才好。席六如叫他怎麼樣，他就怎麼樣。飛蛇鄧潮的氣派大不相同，他愛女人，是拿女人當玩物，得要女人處處依著他。席六如是擺佈男人的能手，也是拿男人當玩物，要男人婉轉由她。現在他和她兩硬相碰了。女人拿出女人的把戲來，飛蛇像受像不受，愛受才受。

飛蛇做了席六如的入幕之賓，兩人盤桓半月。很有些小事，席六如含嗔巧笑地支使飛蛇替她去做，飛蛇乖乖地答應了。但是遇上幾樁事，席六如再使這伎倆，飛蛇會抗顏峻拒，毫不受調唆。這一來，漸漸打動了席六如的真情，她嘆息說：「鄧老二才是男人哩！這小子很有骨頭。」她說別個男人，一遇美人關，甘受擺弄，俺拿眼一瞟他，小子們立刻骨軟筋酥，我叫他挖他的祖墳，他明不願意，也不敢不應。她說：「唯有鄧老二梗梗兒的，先比別人骨立。」她愛上飛蛇了。

卻不知東風不壓西風，西風必壓東風。飛蛇鄧潮是有名的辣手，深心。同居日久，他竟抓住席六如的弱點要害。起初相遇，飛蛇是隻身一人，沒說實話，只說自己是過路綠林。席六如便要收他為部下，使他久持帳下。

飛蛇虛答應了，他暗想：我也得要個俊點的女人做幫手。

他竟傾心與席六如結好，卻不願做她的帳下卒或副頭目。六如竟把竿子上的事，交給副酋，她潛自改裝，與飛蛇別營密窟，兩個人同居了幾個月。席六如本性貞潔，現在流於狂放；狂放之行已然習於成性，改不過來了，日久免不了與飛蛇勃谿。

偶有一次，她引逗一個年輕鄰人，欣賞鄰人痴迷的醜態。

偏巧被飛蛇撞見，飛蛇一聲不響，進屋等候。鄧飛蛇板著面孔，詰責六如。六如不服，她說：「你大概不知姑奶奶的脾氣，專好跟不要臉的男人開玩笑嗎？看這樣子，你是要吃醋啊？那可夠你吃的，姑奶奶最喜歡這個調調兒。」她的話很硬，態度很媚。

飛蛇冷笑道：「你難道不知鄧二爺的脾氣，專好吃醋嗎？我尤其喜好喝著酒吃醋！」

兩人拌起嘴來，六如又使出她那狼刁狐媚的伎倆，要來擺佈飛蛇，叫他惱不得，急不得。飛蛇不受，一聲不響，走出去，關上門，轉身來突然把六如按倒，立刻剝光，捆上。登床穿梁，把席六如吊在樑上。他自己取酒壺酒杯，自己弄小菜，溫熱了酒，在床上擺一小桌，自斟自飲，滿面笑容，欣賞這裸體高懸的席六如。

飛蛇說：「我這就是喝著酒吃醋，並且吃一，望二，眼觀三，我還看著大白羊就酒。」喝一杯酒，故意舔舌嗅味地說：「有味！多咱把白羊吊出油來，我就不喝酒了，我要喝羊油。」

席六如在樑上掙扎，越掙扎越緊。她並不出聲央告，也不嚷罵，她說：「鄧老二，你把我放下來，我有話對你講。」

鄧潮道：「對不住，你就這麼說吧，我聽得見。」

席六如發急道：「鄧老二，你就不光棍了。憑你這麼棒的漢子，跟我們老娘兒們動硬的，你不嫌丟人洩氣嗎？你平白吃我的醋，你太出醜了。你放下我來，我跟你重說說。難道你還怕我嚷嚷不成？還怕我跑了不成？咱們這麼辦，你看不慣我這樣，咱們好說好講，好打好散。」

飛蛇鄧潮引杯進酒，運箸吃菜，嬉著大嘴笑道：「不錯，我姓鄧的專會欺老娘兒們，並且我專愛吃醋，吃醋就酒，有味極了。鄧老二不懂什麼叫『好打好散，好說好講』，只要是女人跟鄧老二睡過，二爺就不許她再挨別人。告訴你，別看我不許女人再挨旁人，我鄧老二自個還要隨便勾搭別的娘兒們去。我這人就是這麼個脾氣，許我的西涼招駙馬，不許王三姐在寒窯弔膀子。」

席六如罵道：「你不講理！」

鄧飛蛇道：「對了，我實在不講理，六姑娘臨跟我湊合的時候，怎麼不先打聽打聽行市？可是話又說回來，誰叫我身大力壯來著。你若是揍得過我，我也許怕了你，我也許對付著服侍你，在你跟前當軟蓋活王八，也說不定。現在還不至於，六姑娘你多包涵委屈！」

鄧飛蛇的話就是這個味，故意地折磨席六如。席六如的細皮白肉，被絲帶高吊，勒得生疼。她看從這方面說不通，她又換轉詞鋒道：「鄧老二，你快放下我來！」

鄧潮道：「那叫白說。」

席六如道：「你到底打算怎麼樣？」

鄧潮道：「吃醋就酒啊！」

席六如道：「你別，我跟你講真格的。」

鄧潮道：「哪個龜孫講假話了？」

席六如呻吟了一聲道：「鄧老二，咱們憑良心說，我情實沒有跟你兩個心。剛才那是你小子多疑，是那小子色迷心，我是故意耍著他玩的。你拍著良心想想，六姑娘跟你壞不壞？到底是真是假？我絕不會背著你偷偷摸摸，你不信跟我手下嘍囉打聽打聽。」

鄧潮道：「久仰，久仰。你是很貞節的，你的男人還不夠三十六友。」

席六如叫道：「你可屈我的心？我的事我沒告訴你嗎？我落到這步田地，怨我，還是怨你們這些沒心肝的男人？實對你說，我自從守寡到被掠，直頂到現在，我只動過兩回心，最末一次就是跟你小子。你小子真體貼不出來嗎？我跟你實在是一心一意的。我可真受不住了，喂，你快把我放下來吧。你只鬆下我來，還捆著我的手不行嗎？我絕不會跑，跑也跑不出你的手心啊！」

飛蛇搖頭道：「我是孤身一人，你有黨羽的，我並不傻，六姑娘。」

席六如發出嬌媚的哼聲道：「鄧二爺，你真狠！你真是好漢！你再不放我，我要喊叫救命了。那一喊，你也不好瞧，我也不好瞧，叫老百姓看是怎麼回事呢。或許叫鷹爪打眼，落個兩吃虧。人家好說歹說，你就不許先鬆綁，後審賊嗎？」

飛蛇道：「鷹爪來了，我才不怕哩。鄧老二丟下你一跑。把你這小寡婦留在這裡也好，你再跟了捕快去，叫你再嘗一回六扇門的味道，倒也不賴。」

席六如疼得流淚，但仍不嚷，仍支持著說：「你要把我活吊死嗎？鄧老二，我跟你說好的吧。我敢跟你對天起誓，我席老六自從遇見你小子，想不到動了凡心，咱倆這幾個月，我情實沒挨第二個男人。剛才咱們倆吵，那是我講的氣話。咱們講真格的，咱們本是一個男強盜，一個女強盜，索性別湊合著胡混了。我索性嫁了你吧。咱們明媒正娶，我從此以後改邪歸正，一定走正道。你只要拿我當你的老婆看，我一定謹守婦道，我拿你當親丈夫一樣看待。我絕不再偷嘴吃，我要說假話糊弄你，叫我下輩子還落到這一步！你走到哪裡，我跟到哪裡，我一準跟你白頭到老。這麼著怎麼樣？還不行嗎？鄧老二你也瞧瞧，我可是真支持不住了！你瞧我腦瓜子冒汗了。」說時四肢懸吊在樑上，極力掙扎著，把頭臉下望著，俏眼瞟著飛蛇的眼，水汪汪的眸子流露出柔順的情意來，跟著連叫了幾聲親暱的稱呼。

飛蛇鄧潮停杯仰望，說道：「說得真乖，怪可憐的，這麼辦，我原打算吊兩個時辰，準把你放下來。既然這麼說，你是有點認頭了？」

席六如道：「我早不就跟你認頭了？」

飛蛇把酒壺提起，提了一下說：「還有半壺，你再等一會兒吧。既然認頭，足見抬愛，咱們半壺為度。吊死了不要緊，拿涼水一噴，你自然又會活過來的。」

席六如道：「你別損了，人家都服軟了，殺人不過頭點地，你還要我怎麼樣？人家情願嫁你，我把這一桿子人都交給你，我只做你的壓寨夫人，跟你好好過日子，你還不把人家放下來嗎？」

飛蛇道：「放下容易，我還有約法三章，你得答應我三件事。」

六如道：「答應，我一定全答應。」

鄧飛蛇道：「你倒肯三從四德，也得聽我說說呀。」

六如道：「我聽，你快說。」

鄧飛蛇道：「頭一件事，你算嫁了我，可是骨子裡嫁我，外面還算姘頭。」

六如道：「那那怎麼講？我真是想嫁你，不是哄你。」

飛蛇道：「咳，我有我的心事。你聽我說完了，我再聽你的。第一件是暗嫁明不嫁，第二件是你仍然在這裡當女寨主。有朝一日，我叫你跟了我去，你得立刻跟我走。」

六如道：「嫁雞隨雞，嫁狗隨狗，我一定跟你走。」

飛蛇道：「第三件，我有殺兄大仇，我現在正在訪求能人，剋期報仇。我如有用你時，一叫你就得到。」

六如道：「是是，你只一叫，我就準到。可是我嫁了你，還在兩下裡過嗎？」

飛蛇道：「一時還不能在一塊過。」

六如道：「莫非你另有人，你要我做小？」

飛蛇道：「不是。」

六如道：「咳，管他怎樣呢，你先把我放下，還不行嗎？你瞧我可是臉都控青了吧？我要吐，二爺行行好吧。」

飛蛇這才站起來，把席六如提抱下來，仍然剪著手，把她放在床上。席六如央告他鬆綁，飛蛇道：「不行，你嫁了一百二十個野漢子，又當了多年的女寨主，又帶著好幾十人，你不是女人了，你是母夜叉。我得殺殺你的性，往後才好過日子。」

飛蛇鄧潮把席六如折服了，席六如竟乖乖地依從他，自此甘為姘婦，不爭名分。擄掠來的錢財，供著鄧潮花。鄧潮找她來，她排除諸事，好好陪伴著。鄧潮尋仇他去，她老老實實候著。真個不再偷嘴吃，比良家婦女還正經。

她手下的群盜個個詫為怪事，彼此議論說：「咱們當家的是怎麼的？天不怕，地不怕，慣會捏男人的，這回叫姓鄧的啃住了，這是什麼講究？」大家都有些憤憤不平，背地恥笑她，又妒恨鄧潮。

席六如倒也明白，笑對親信說：「哥們兒多包涵吧，我跟姓鄧的是前世冤家，那輩子我欠他的，再不然就是我們女人身生有賤骨肉。」這倒不是女人性情上有弱點，實是席六如愛上了飛蛇鄧潮。人家還有甘為情死的，她這種行為又不足為奇了。鄧飛蛇的尖辣性格既打動了她，而且飛蛇又精力瀰漫，悍勇過人。席六如動了真情，心知群盜不悅，便厚賞同夥，又向大家道歉，把自己要從良、要嫁鄧潮的話，告訴眾人，請眾人另推首領。群盜也無可奈何，另推了一副酋。

飛蛇鄧潮與席六如綣繾經年，仍不忘兄嫂深仇，他伺機把心腹話告訴了席六如，勸席六如暫且不必嫁他，可仍守舊巢，他自己仍糾同伴，去訪小白龍。

不久，鄧飛蛇得與小白龍方靖締交，該用女眷通內線了，命人給席六如送了一個信。席六如立刻束裝上道，來到七子山邊木瀆鎮上，給飛蛇喬裝如夫人，拜見小白龍之妻楊春芳娘子。只是對同黨黑牤牛蔡大來、盤龍棍胡金良等說：席六如乃是他的女朋友，說是當年的師妹。又說不算是師妹，乃是師兄的妹妹。

胡、蔡二人全部含笑承認了。蔡大來說：「原來是二哥的師妹。功夫想必也是很好的了？」席六如和飛蛇不尷不尬的情形，瞞不過賊眼銳利的胡、蔡。胡金良勸鄧潮道：「二哥四十多歲的人，還打著光棍，席師妹又正守寡，你們二位何不團圓了？也省得再假裝了。」

席六如粉面一紅道：「呸！團圓什麼？」回到屋中望著飛蛇道：「你聽聽，我算為你丟死人了。」

飛蛇長嘆不語，半晌方道：「我起過重誓，不殺盡獅子林的全家，我誓不娶妻成家。我不能對不住我的亡兄亡嫂。」

群盜暗稱席六如為蛇娘子，又叫做小青蛇。言其夠不上當白蛇娘娘，只是不葷不素的一個姘婦罷了。群盜淘氣，有時就嘲笑二人。席六如生了氣，對飛蛇說：「不行，你得要我，我這麼跟著你，他們總向我齜牙。我總得坐一回花轎。」

飛蛇笑道：「太太，你坐過幾回花轎了？何必非坐我這一回不可？我聽算卦先生說，你命犯白虎，該穿八條白裙子，你要妨死我嗎？」席六如道：「狗蛋！我不管那些，我跟他們是鬼混，跟你鄧老二是一片真心實意。你叫我怎麼著，我就怎麼著，我老這麼跟你當師妹，我受不了！」

飛蛇作揖道：「我承情，我謝謝你，老六，你慢慢等著，只要我請出小白龍，殺了獅子林，你要怎麼坐轎都行。你我一對老花梨棒槌，到了那一天，一準正正經經地大撒紅帖，拜花堂，入洞房，重做新郎新娘。」

於是，賣恩計成，小白龍傾巢，到底攔江劫舟，龍蛇合力，刺殺了獅子林廷揚。正對頭已死，獅子林的妻子程玉英和林鈴竟被摩雲鵬魏豪救護逃亡，訪不著蹤影。

到這事後，蛇娘子席六如迫不及待，又催飛蛇：「鄧二爺，成了吧？請小白龍，殺獅子林，我席老六也很賣力氣，很對得起你。你是支吾我嗎？」

飛蛇皺眉道：「你多時都等了，再等半年，容我訪著林廷揚的老婆孩子，拿著他娘倆的兩顆人頭，在我亡兄亡嫂亡侄墳上，血祭完事，咱們倆立刻辦事。」

席六如罵道：「我看我這一輩子當定了你的靠家了！」

蛇娘子這一回不比往日，吵鬧催娶，幾乎急如星火，原來她已有了四個月的身孕，懷著小飛蛇了。再不娶，席六如說：「我要當姑子去了。」

飛蛇無法，連忙預備，第一步還是張羅錢。席六如說：「你不用拿錢搪塞我。」

飛蛇又道：「我的錢都用在請小白龍、尋獅子林兩件事上了。我如今真是囊空如洗，你不教我張羅，可怎麼辦事？只叫一乘花轎，把你一抬，你願意嗎？」

席六如道：「願意，你不用愁錢，奶奶我這裡還有，多了沒有，你要三兩千還行。」席六如與飛蛇同赴舊盜巢，挖洞掘贓，起出五六千銀子來。席六如說：「夠咱們辦事的了吧？」

小蛇快出世，蛇娘子和飛蛇快快地張羅成婚。他們兩個人就在豫省之北，蘭封附近，擇定了合歡的密窟。兩人商商量量，辦得十分起勁。

突然由飛蛇的夥黨雞冠子鄒瑞，傳來一個警訊：「不好了！獅子林的老岳丈、太極門的黑鷹程岳，已經率領門徒，從晉陝兼程趕來了，現在正托鏢行，到處打聽小白龍方靖和那個赤面大漢的行蹤！」據傳言，黑鷹程岳，已然從種種方面，鉤稽出狙殺他愛婿獅子林的仇人的主名，已料知是川邊大盜，與當年的飛虎鄧淵有關。現在，黑鷹程岳已到保定，保定安遠鏢店已派遣保鏢禦寇、當時在場的鏢師力劈華山黃秉，伴同程黑鷹，由保府南下，歷訪冀南、山東和蘇杭二州。並傳言已經訪著小白龍方靖的下落，小白龍方靖雖把凌伯萍的假名廢去，另行隱姓潛居，仍被黑鷹放出群徒搜著。傳言小白龍到底不敵飛鷹，飛鷹鬥潛龍，潛龍重傷逃走，大概小白龍已吐出鄧飛蛇是主謀人的話來，所以黑鷹程岳此刻正在踏訪鄧二哥的行蹤。

飛蛇鄧潮一聽此事，憬然大駭。黑鷹程岳是現時武林名手，是太極門的前輩英雄，是當年名震江南，以太極拳、十三劍、十二錢鏢三絕技壓倒遼東三熊一豹的俞三勝俞鏢頭的掌門大弟子。程黑鷹以一條藤蛇棒、十二錢鏢，橫掃芒碭山的白娘子凌雲燕姐弟，江湖上留下黑鷹搏雙燕救玉虎的佳話。程黑鷹的難惹，江南人士誰都曉得。現在他人已老了，似已不足畏。

可是小白龍既不能敵，飛蛇更不敢惹。飛蛇鄧潮目視席六如和送信的雞冠子鄒瑞，連連說道：「程黑鷹沒有死呀？真來了嗎？他可知道我在此地嗎？」

雞冠子鄒瑞道：「程老鷹此刻正是由冀南，往河南踏尋過來的。」

飛蛇搔著頭皮道：「老傢伙，不好惹，我們先躲躲他。」又道：「江北是他們的熟地方，我們索性奔江南，遠遠地走，上漢口、九江逛逛。」

鄒瑞道：「唉，二哥曉得不，你只道是程黑鷹一個人找咱們嗎？林廷揚的同門師兄弟，聽說也給他們本門長支報信去了，說他們獅林觀一派栽在咱們手上，定要報仇。現在獅林三鳥已經派出兩位高足，前來查勘究竟，聽說來到江西了。」

飛蛇越發驚慌，但面上仍不肯示弱。席六如拿眼盯著他，嗤的一聲笑出聲來。飛蛇怒道：「你這老娘們怎麼著，你笑話我膽小嗎？」

席六如道：「誰言語來？你們商量事，我連大氣也沒喘，我怎麼笑話你了？」

飛蛇鄧潮道：「你不過是草窠裡鑽出來的野苗子，你不懂我們綠林道的事，少齜牙咧嘴。鄒老弟，我們往哪裡閃閃好？」

席六如抿著嘴笑，自言自語道：「我的事恐怕又沒指望了！」

雞冠子鄒瑞安慰鄧潮道：「我們索性回老家，奔川陝。六姐你不曉得我們鄧二哥的拿手，他一向能折能彎，有軟有硬。你別看他外表粗莽，他可是有智有勇。你想想看，憑他一個人，敢跟太極門、獅林觀兩家武林名門鬥，換個人誰敢？二哥，咱們現在趕緊商量，先躲過這頭一陣頂風最好。你要曉得，程老鷹一面找尋咱們，一面找尋他的侄女和外孫子哩。咱們的大仇算是整整齊齊地都報過了，獅子林全家三口，一定全滅了。」

飛蛇道：「怎見得呢？」

鄒瑞道：「二哥想情理啊，他們的鏢行真不知道獅子林的老婆、孩子的下落。那天咱們一路窮追，程玉英母子一準是死在半道上了。再不然就是那個姓魏的（摩雲鵬魏豪）托線起了歹心，林家的一母一子，準是沒有逃出來。咱們不用再尋訪仇人，只顧防備仇人找咱就完了。」

鄧飛蛇翻著眼想了想，覺得有理。可是他為人深心，不由得要往深處想。也許鏢行故意放出虛聲，來騙自己。也許林氏母子潛伏在暗處，伺機尋人報仇。他說：「不論如何，我們不妨先躲一躲。」遂與鄒瑞密商去處。

席六如在旁插言：「你這就要走嗎？」

鄧潮道：「不走，等著獅林觀的三鳥和程黑鷹他們來毀我嗎？我鄧老二會發橫，還會裝慫，我明天就走。」

席六如道：「可是我呢？」

飛蛇道：「隨你的便。」

席六如發怒道：「你這小子真不是東西！你說過的話算數不算數？」鄧潮豁然大笑起來。

結果就煩雞冠子鄒瑞做大媒，也不遑鋪張，飛蛇和席六如急急忙忙地成了婚。席六如的舊部全來賀喜。鄧潮力守機密，不欲人知。到底驚動了舊時同伴，蛇黨黑牤牛蔡大來、盤龍棍胡金良、九頭鳥烏老鴉、開花炮之流，知道信的，全都趕到。

真個辦得神速，只忙了三天，便入了洞房。可是席六如肚中的小蛇，也眼看要出世了。

入洞房這天，席六如眉横翠黛，唇含紅櫻，眉目間透露春色，好像十分地心滿意足。穿織金繡襖，百折宮裙，把肚皮勒得緊緊的，群盜看了暗笑。他們又盡情地鬧房，甚至品頭論足，動手動腳。席六如居然還含羞起來，盤腿穩坐帳中，滿頭珠翠，低頭斂容，在那裡裝了一會兒蒜，終於被幾個年輕的盜夥調侃得罵出了粗話來。

群盜仍很納悶，像席六如這等妖冶狂縱的女人，會跟飛蛇結了不解緣，而且非要坐一回轎不可。大家都七言八語地逗新娘，審問她：「從哪一點上，看上了我們鄧二哥？」

一個二十幾歲的強盜，更自捫兩腮道：「席寨主，鄧二嫂，你瞧我們鄧二哥毛烘烘的，活活氣死張飛，逼死霸王，你怎麼看上了他？你瞧我不比鄧二哥漂亮嗎？我也比他年輕，鄧二哥都四十好幾了，足夠做您的公公了。」

鄧飛蛇大笑，搶過來說：「老弟，你瞧著不憤，是不是？」

飛蛇雖然做新郎，此刻正是強打精神，並不很喜歡。席六如卻是由心坎裡歡欣，她的眼珠總隨飛蛇轉，似乎一心一意都被飛蛇抓住。飛蛇大大方方，向群寇道謝，乘間又同胡金良、蔡大來、鄒瑞等人密談。

有一個年老強盜，私對同伴說：「席當家的今年動了凡心，真要一夫一主地過日子。只是有一節，你看她的相貌，在眉心有一顆痣，在相書上命犯桃花。……我只怕鄧老二，咳咳！」

說了個半句話，有別人過來，不再說了。群盜聚飲賀喜，直過了三更，新郎新娘入洞房，群盜也就四散。席六如的舊部做了東道主人，把蛇黨盛情招待。

新屋是借的，借主乃是一個皇糧莊頭，兼管著旗籍主人的墳園。素日這個莊頭便招娼聚賭，窩盜銷贓，行為不軌，在鄉間很有勢力。席六如的部下，以前銷贓、買糧、打刀，常常跟這莊頭勾結著，給過他許多好處。此日借寓，又厚送金銀，先說是我們當家的借地方，會朋友，臨期才說了實話。這莊主居然來隨厚人情，被別人接待，讓在別處，敷衍走了。

四面都佈著卡子，喬裝良民，暗護著飛蛇夫婦。花燭三天，人來人往，雖在鄉間，越發引人注目。幸而辦得周密，又距盜窟不遠，過了三天，未生一點枝節。三天以後，飛蛇立刻攜帶席六如，換了一個住處，一面收拾著，改裝良民，準備潛伏川陝。

席六如既有身孕，便坐了暖轎，由飛蛇的好友雞冠子鄒瑞等伴送。他仍托同夥，暗訪黑鷹的動靜。

蛇黨走出一段路，風聲忽緩，聽說黑鷹已撲奔山東了，獅林觀高足來找的話，又訪聞是道路謊言。飛蛇至此，忽又改變主意，在豫北一帶住下了。

第九章　鄧飛蛇尋仇狹路

到夜裡，鄧飛蛇和席六如商量：「你不是不想回家嗎？」

席六如嚶嚀而言：「我憑什麼不想回家？嫁雞隨雞，嫁狗隨狗，嫁了你這條毒蛇，我不跟你回蛇窩，怎麼樣呢？只是告訴你，你不信。肚子裡的小蛇秧子就要出世了，我實在受不了這掙命一走。別看是暖轎，我也是嫌顛頓得慌。老坐著又憋得喘不出氣來。你要是不怕鷹追你，就近找個僻靜地方，叫我歇口氣，好歹添了小蛇秧子再走，我當然願意。」

現在的席六如真是百依百順，說出來的話，都是牽腸掛肚，比正經夫妻還纏綿。鄧飛蛇掀髯而笑，眼看著雞冠子，頗露得色。雞冠子道：「二嫂子實在夠月份了。」

飛蛇道：「那麼我們先不回陝西，可是往哪裡去呢？我想了一招，我打算不但不躲，我還要找回去。叫老鷹敞開地搜尋我們，我們不往遠處躲，我們暗地裡反倒踏腳印，繞在他們的後面。你們說好不好？」

席六如道：「哦！這也是一個招，他們一步步往前追尋咱們，咱們反倒繞到他們背後，這確實是很好的一個躲法。」

雞冠子鄒瑞凜然搖頭道：「怕不好！這招可對別人施，跟程黑鷹、獅林觀他們施，只恐瞞不過去。

程黑鷹這傢伙久涉江湖，眼力很高。你只跟他一對盤，他就把你看到骨子裡去了。我們繞過去，萬一碰上，歸里包堆說，要是淨為躲人，我看還是往旁邊冷地方蹲蹲好。莫非二哥還有別的打算嗎？」

飛蛇笑了，他一路盤算，自覺形跡未露，忽然想到「一面避仇、一面尋仇」的辦法。他想：黑鷹正搜尋自己，同時也必尋找他的侄女、外孫。這是一定的道理。假設黑鷹的侄女程玉英母子真個失蹤的話，他焉能不找？假使程玉英與林鈴只是藏起來，躲避自己的搜尋，失蹤云云，只是鏢客在外面故意揚言，以圖掩飾。那麼，此刻程玉英也該攜子出頭了。她必要找她的有名望的伯父訴冤、求報仇。於是鄧飛蛇由此設想，想入非非。現在，黑鷹正搜自己，自己應該躲他，同時跟綴他；跟綴他，一定可以獲得獅子林的妻、子的蹤跡。

想到這裡，飛蛇突然一拍桌子，道：「對！我一定這麼辦！」鄒瑞道：「二哥打算怎麼樣？」飛蛇道：「黑鷹追我，我綴黑鷹！」他要從鷹翼之下，轉挖出小獅子的下落。

飛蛇接著說：「我一面躲禍，我還一面要尋仇。不殺獅子林的妻、子，我實在死不閉目，活不安枕，連夢都夢見那個女人同那個男孩子，拿劍直扎我。」

飛蛇站起來，在地上往來走遛，搔頭，細想。細想的是，此計太巧，出人意外。但是，也正因為太巧了，怕弄巧成拙，故此他不得不細加推敲。

雞冠子鄒瑞道：「二哥，你的足智多謀，我實在佩服。連小白龍那麼精明難惹的人，居然被你利用上，你的道兒，我們全服。只有這一招，我覺著太懸。二哥，你要細想。二嫂子，你說怎麼樣？這花招玩得嗎？」

席六如看著自己的便便大腹，點頭吮嘴道：「二爺真有膽量，這不是虎口奪食，還是鷹爪下殺小鷹。二爺辦的事都夠懸的，難為他拿來當不懸辦，居然一辦就成。我不敢說這事不能辦，我只怕一個拔不俐落，拖泥帶水，反叫鷹爪子抓一下。」

飛蛇哼了一聲道：「怎麼著你又怕了？不笑我膽小了吧？你放心，我總得把你先安排一個穩妥地方，然後我才自己前去綴鷹。這一回是不用你出馬啦。」

席六如道：「二爺這是什麼話？你的事，哪一趟我落後了？我哪能不陪著你？」

飛蛇道：「你不用灌米湯，你看看你那肚子。」鄒瑞笑道：「你們兩口子還有這些謙辭。」

飛蛇笑道：「她剛才笑話我膽小，這工夫又怕事。你們放心吧，我既然這麼打算，我一定打算周全。鄧二爺不是瞎摸海。」

飛蛇鄧潮看似粗豪，他為人卻有苦心，有辣手，看事有決斷，辦事有細密的步驟。他是江湖上一個怪物，專鬥心眼，小白龍實不是對手。當下，他把自己的策劃，默想周至，詳告妻、友，立刻把轎子折回。命雞冠子鄒瑞改裝，隨著暖轎走。

他自己卻是晝伏夜行，隨時更衣改容，於是他把席六如安置在豫北一個妥當嚴密的地方，他與席六如分居，他自己行蹤飄忽不定，與二三患難弟兄，開始躲仇，訪仇，綴仇。他仍想抓住機會，一舉殲仇，使林姓寸草不留。

他的打算過於酷毒，天不從人意。他會尋仇，仇人也不閒著。就在他搜根剔齒，約略訪得程玉英、林鈴、魏豪三個亡命客的去路，當時還是僅辨趨向，未知定所。就在這時候，他的行蹤被安遠鏢局蹚著！他正要再往河北踩探，卻被獅林觀耿白雁的二弟子解廷梁遇上。

解廷梁是獅子林廷揚的嫡親師弟，是保定安遠總鏢店副總鏢頭兼股東。自總鏢頭殞命，辦善後來了，鏢店復被賊擾，解鏢頭就毅然決然，準備把鏢店收市。他與同門同事密計，初欲揚言關門，繼而把鏢店交給張士銳（是林廷揚生前的盟弟）和鏢師力劈華山黃秉，遂揚言出倒，暗中實已收市。他騰出工夫來，大遣鏢師，遍煩同業，輾轉密托綠林中的知交，刺探這一龍一蛇的來路、去向。他又騰出身子來，攜一支長劍、一袋毒餵飛鏢與甩箭，偕一個踩盤子小夥計，揚言南下清帳，陰做訪仇之計。在黑鷹程岳未到之前，他已開始這樣做起。解廷梁在師門排行第二，自然擔起復仇的主要擔子。

他的三師弟何正平，當江心護船苦鬥，已負重傷，一隻腿落了殘廢，而武功仍在，敵愾心尤濃。何正平就也祕密地出離保定，繞道遠出，似乎因病傷告退回籍去了。只在家中一停，立刻轉道他往。

安遠鏢局其餘同事，感念獅子林廷揚生前友情，也各個分別出去活動。在保定安遠總鏢店門前一看，馬匹騾馱進去出來，照舊火熾，哪知要緊人物俱已潛出，鏢局只留空殼。

仇殺的事，報復循環，既種惡因，終收惡果。在獅子林殞命後一年，一龍一蛇反目成仇，各奔前程。於是潛龍逢黑鷹，一擊負傷；毒蛇遇解豸，三戰並命。宛如螳螂捕蟬，不知黃雀在後。予智自雄的鄧潮一弄乖再弄乖到底沒有逃開公道！

這一天，解廷梁鏢頭單劍尋仇，在豫北野店，造次邂逅著飛蛇。解鏢頭只帶一個踩盤小夥計。小夥計當日劫江，曾經在場。此日用來做眼線，飛蛇與解豸，全都改了裝。改裝瞞不過行家的眼，飛蛇的虬髯，已經刮成光嘴巴，紫醬臉也染了薑黃。唯有很濃的江湖氣，縱然極力掩飾，也時露鋒芒。踩盤小夥計原是行家，慢慢走過來，一掠而過，拿眼角一夾，抽身回來，低聲密告：「不錯，二爺，真就是他！」

解廷梁幾乎不相信遭遇這樣巧，忙沉住了氣，用自己的眼瞄認。「不錯！」師弟何正平曾經繪聲繪影描摹龍蛇的相貌，如今抵面對勘，表面可裝假，骨子裡正是毒蛇！

解廷梁連忙慢慢地退下來，向小夥計一看，雙眼閃閃吐火，垂臂腕一揮手，有辭無聲說道：「快回去！」

小夥計點頭，不暇飲食，慢慢站起，慢慢離座，慢慢離出店門，匆匆牽馬來到荒郊土路。回頭四顧，四顧無人，霍地飛身上馬，馬上加鞭，似狂風般往回跑去。

解廷梁獨留店房，輕斟淺飲，渾若沒事人一樣，在另一客座等候，眼睛絕不再照看，卻心血如沸。飛蛇鄧潮正揣著自己的心思，吃著飯想，居然沒有覺察。

飛蛇僅只一人，連個小嘍囉也沒帶。他此行是給席六如預備收生婆。他不願叫個中人知道他又回來了，更不願人知道他在近處還營有金屋。他唆使患難朋友放出風聲，說是自己娶了席六如，回轉四川老家了。他卻暗暗鼓搗，把席六如帶回藏起，淨等六如臨蓐，還希望一索得男，再索宜弟。有兩個兒子，好給自己的胞兄留後。

他的舉動詭祕不測，當地綠林誰也測不透他，也沒人再談到他，他大放懷抱。只有老夥伴雞冠子鄒瑞、黑牤牛蔡大來、盤龍棍胡金良，能夠到席六如潛身處，與他見面。飛蛇設計，善從反面著想，處處實實，予智自雄。他偏不把席六如藏在深山盜窟，偏藏在僻邑鬧市之中。是僻邑，則江湖人不肯光臨；是鬧市，則自己一出一入，忽來忽走，引不起行家注目。

這一天，席六如眼看夠了月份，開始「覺病」。飛蛇已數日未來，席六如捫腹著急，設法把黑牤牛找來。黑牤牛忙去代尋飛蛇。飛蛇搖頭想道：「這不能外找收生婆，還是從同幫家眷裡，請一位有年紀的婦道。」

黑牤牛辦不了這種事，飛蛇不願出面，怕叫同道知道他已回來。想了半晌，囑咐黑牤牛轉煩雞冠子鄒瑞。他笑著舉手道：「六如的事，我就託付你二位了。按說這種事沒有托朋友的，可是我沒有法子。我現在好容易鉤稽著小獅子的下落，我現在正等一個人的回信，實在不能放鬆一步的。」

蔡大來跳起來，連連搖頭道：「這事我們可不行，二爺，嫂夫人要坐月子，這個豈是托朋友幫忙的？你別罵人了！」黑牤牛說罷，竟站起來溜了。臨走還嚷：「鄧二爺慣會巧支使人，你得看什麼事呀！」

飛蛇碰了一個釘子，自想也覺可笑，只得奔回去見席六如。席六如其實還不怎麼樣，不過飛蛇不在，她有點心無主宰，願意臨盆時，有男人在家，覺得放心些。把飛蛇抱怨了一頓，逼他立刻找老娘婆。飛蛇事事精通，獨於此道外行，也不曉得此刻需用收生婆，是否迫切，他只得慌慌張張，奔到市街，走了一圈，看不見「快馬輕車」的收生婆幌子，信步進了飯鋪，要從堂倌口中，打聽一個鄉下收生婆。嘻嘻，找收生婆沒有找到，卻遇到拚命的仇人來了！

飛蛇把飯館夥計叫到面前，說道：「喂，我說掌櫃的，你們這裡可有收生的老娘婆嗎？」

飛蛇打聽產婆，極力矯改口音，裝作本村的人，可是口腔仍帶川陝土音。他的口音在江南人聽，是北方話；在河北聽，又是南方話。解廷梁眼望別處，潛加細察，飛蛇終不脫江湖豪氣，花錢可買得鬼推磨，竟拿出一錠銀子，給那堂倌。鄉下堂倌受寵若驚，請問把收生婆找好，送到何處。

解廷梁大喜，不由得一提神，要傾耳聽飛蛇自報巢穴的地名。哪知飛蛇往四面一看，忽然住聲，叫堂倌拿紙筆，寫了一個地方，交給堂倌道：「等到散了集，趕快僱請接生婆，雇驢陪了去。」飛蛇說罷，就低頭吃飯。

飛蛇低頭吃飯，吃到一半，皺眉捧腹道：「不好，堂倌，廁所在哪裡？」站起來，奔到外面。

解廷梁連忙跟出來一看，飛蛇確已入廁，飛蛇的馬還在樹上拴著。解廷梁抽身回來，找到堂倌，把眼一瞪道：「剛才那個客人給你一個紙條嗎？快拿來我看！」堂倌猶豫道：「你老是……」

解廷梁道：「你把眼珠子放亮點，快快，我只看一眼！」信手拿出來一錠銀子，說道，「這是飯錢，剩下的全給你。」

堂倌看這錠銀子比飛蛇多一倍，往四面一看，把紙條拿出。解廷梁只一望，罵道：「好滑賊！」立刻追到院中，又回告店夥：「回頭有人找我，你把現在的情形告訴他，說我綴下去了！」立刻追到門外。就在這一支吾的工夫，飛蛇的馬不見了。

解廷梁大怒，採得賊窟，竟失賊蹤，恨得拉韁上馬，火速追尋。

一片曠野，飛蛇竟沒有走開。他的脫身計沒有奏效。

飛蛇策馬繞道飛馳，解廷梁遙望征塵，辨明去路，立刻狠狠加鞭，緊緊趕上去。飛蛇這次意外失計，他不知解廷梁的馬是鏢行走馬，腳程火速。飛蛇實該棄馬而逃。飛蛇的馬甩不下追騎。於是趕出一段路，被解廷梁驟馬超塵，趕到前路，圈回轡來，把飛蛇一堵。

兩方過了話，解廷梁喝道：「朋友站住！」

飛蛇打量解廷梁，縱然鎮定，已看出他滿面火氣，已知道遇上對頭。但還不敢斷定是六扇門，還是仇家。飛蛇遠遠喝道：「朋友，什麼事？上哪裡去？」

解廷梁道：「朋友，你貴姓？」所答非所問。

鄧飛蛇道：「朋友，你貴姓？」不答反問上來。

飛蛇口說好話，見解廷梁的馬還是往前走，便猝然一揚手。解廷梁大笑，拔劍一揮，把一隻飛鏢打落，喝道：「朋友，你露相了，你還想暗算人？」拍馬上前，奔飛蛇衝來。這時候晴天白晝，解廷梁不管不顧。飛蛇也忙拔刀，馬鞍下本藏著一把精鋼短刀。兩人交上手。

解廷梁是名鏢頭，僅次於獅子林，馬上步下，長短兵刃，樣樣全精。尤其是現在，良駒長劍，平添威勢。以短兵器作馬上鬥，飛蛇一點不行。兩馬對衝，人已迫近，解廷梁用十成力，照飛蛇砍來一劍。飛蛇劃刀往外一掃，嗖地一下，解廷梁長劍轉奔蛇腿截去。飛蛇探身往下一撈，叮噹一聲大震，蛇刀被壓下去。解廷梁突然揚劍，照飛蛇劈頭猛剁下來。飛蛇用力往上招架，劍鋒幾乎斜掃著肩頭。

這只是兩馬一衝的工夫，飛蛇連挨了三劍。飛蛇猛勒馬轡，兩馬交錯而過，解廷梁回手一送。飛蛇轉身一磕，突又發出一鏢。解廷梁早已防到，一伏身，又叮噹一聲，發出一劍。

飛蛇手忙腳亂，顧了馬，顧不了劍。情知不好，要下馬步鬥。

忽又四顧，把馬韁一帶，落荒橫逃。

解廷梁道：「朋友，你還想溜？」把馬一催，火速地又遮在飛蛇面前。

飛蛇害怕起來，這不是鷹爪辦案。張皇四顧，厲聲叫道：「朋友，這是怎麼講？我和你又不認識，你這是受誰之托？你貴姓？你知道我是誰？」

解廷梁冷笑道：「受誰之托？朋友，你不用問，手底下分明！你要知道……」招手一指上天，「老天爺沒有瞎眼，今天你的報應到了！久聞你心路很快，你能看出二爺不是辦案的，足見你招子亮，可是你沒有全猜著，來吧！」長劍揮霍，猛攻上來。

飛蛇連發暗器抵擋，想把解廷梁的良馬打傷。但解鏢師的御馬術極精，這馬也自知趨避。飛蛇的暗器無濟於事，不由得深悔自己孤行落單，用刀背照馬背狠狠連打數下，跨下馬負痛狂奔起來。解廷梁恨道：「哪裡跑？你還能跑得開，天爺太不睜眼了！」

飛蛇心慌，只是打馬疾逃。跑不多遠，又被追上。飛蛇轉身迎鬥，連發暗器，來打解鏢頭的坐騎。發出數下，略阻一阻又跑。

這賊招惱瞭解廷梁，罵道：「你要傷我的馬！」縱馬緊追，約略夠得上，也抬手發出暗器，飛蛇急閃。解廷梁狠狠一下，一支甩手箭，釘在飛蛇的馬臀上，那馬狂嘶起來，帶箭馱蛇，如飛奔去。解廷梁軒眉道：「我看你再跑！」鄧飛蛇還不曉得，解廷梁卻明白，他的甩手箭已經餵毒。

曠野兩馬奔行，兩人全拿著刀劍，嚇得過路人驚喊亂竄。

解鏢頭漫不顧忌，也不吆喝人來捉賊，只縱馬要活擒飛蛇，割頭報仇。

飛蛇驅馬亂竄，心中並不亂，他的脫身計無效，他想：甩是甩不開他，我把這傢伙引到哪裡去呢？雖是亂奔，他卻是逃有走向，他的陰謀又已打好。但事情不由人打算，他的馬跑不動了，他就用刀背苦打，這馬越打越慢，忽一聲哀嘶，頭往前一栽。飛蛇大駭，猛一提韁，提不起來。馬竟毒發倒地，飛蛇很快地跳下來，幸未壓在馬身下，他的仇人已然狂笑追到。他剛剛跳落平地，仇人的劍已經劈到。

飛蛇手忙腳亂，哪顧得迎鬥，棄傷馬於不顧，翻身便逃，拔腿疾跑，回手打出一鏢，也想打倒解廷梁的坐馬。

解廷梁大笑，將馬一帶，鏢又落空，立刻策馬疾追。飛蛇斜奔出一段路，解廷梁把馬一放，眨眼間追上。飛蛇忙探囊取鏢：「糟了！」一袋鏢只留兩隻。飛蛇臉色一變，留鏢不發，突然切齒，掄刀照解廷梁的馬頭砍來，未容招架，倏又下砍馬足。

解廷梁道：「朋友，你瞎眼了！」這馬不由鞭策，自知趨避，解廷梁的劍劈頭砍下，馬蹄猛踏，飛蛇險被撞倒。剛剛閃開，解鏢頭的劍，驟如電閃，銳不可當。

飛蛇奮力支持數合，喝一聲：「著鏢！」把手一揚，那隻鏢仍未肯放出，借此一晃，竟往外一聳身，跳出兩丈外，眼光四掃，向側面箭似的奔去，側面有一帶荒林，一片村落。

鄧飛蛇拚命狂奔，搶奔荒林。解廷梁早知仇人要穿林，嘩啦啦放開了馬，先一步趕到林邊，當林候蛇。飛蛇奮力奪路，只想逃，不想打，終被他繞林一轉，遁入林中。解廷梁毫不猶豫，棄馬直追入林中。

飛蛇前奔，解廷梁後趕，在林中亂鑽。飛蛇一伏身藏好，借林叢障身，一聲不響，把那支鏢猝然發出。滿想到可以傷敵，哪知解廷梁既敢深入，必有把握，被他一側身接住，順手還擊。飛蛇連忙跳開，從樹縫中側身斜跑，又跑出林外逃到村口。解廷梁直追入村口。飛蛇又跳上民房，解廷梁追上民房。

村民大噪，亂喊有賊，而且是晴天白晝。

解廷梁忙喊：「老鄉截住他，他是強盜！」飛蛇也喊：「老鄉救命，他是強盜！」眨眼間，二人又同奔出這村落。

眨眼間，在村民駭喊聲中，一追一跑，又穿村逃出來。飛蛇張眼四顧，奔向南邊另一村落。

解廷梁恍然有悟：「這附近一定不是蛇巢。」但飛蛇竟這樣東一頭，西一頭，亂竄亂鑽，解廷梁一時猜測不出他有何用意。

飛蛇在南村村口一打旋，打算奔過去，忽又繞起來。

解廷梁想：「這大概許是到了地方！但仇人既已遲疑不肯逕入，想必是怕密巢泄露，再不然必是巢中無人。」這才一咬牙軒眉，把毒餵甩手箭取出。唰唰唰，一連三箭，分奔上中下三盤。飛蛇哼了一聲，腰際受了箭傷。

解廷梁的暗器打得極準，可是直到此時，方下辣手，飛蛇也猜不透敵人的用意。飛蛇忙將箭拔下，這一拔，才知不好，傷處火辣辣的灼疼。飛蛇一聲不響，掩住傷口，奮力奔入村中一條小巷，跳進一所小院，口捏呼哨，吱地一響，似乎已入巢穴。

解廷梁膽量很大，公然有入虎穴滅虎族的勇氣。他縱目一望，冷笑數聲，斷定此處至多是飛蛇的伏樁，非老巢。他公然綴進去，仗恃一袋毒箭，一袋毒鏢，他要以一人戕滅蛇黨。

但是飛蛇圍著小院，口打呼哨，吱吱地叫了一陣，忽又逃出來。解廷梁大喜，在房上往小院下一望，至此方才叫道：「姓鄧的不用掙命了，把首級留下吧。你的夥伴全出去了，是不是？」

飛蛇不暇置答，緊按傷口，依然往前飛奔。由南村往西轉，前面有一小市鎮，飛蛇一直奔入鬧市之中。解廷梁奮身追究，長驅直入。卻不知飛蛇果然奔入他的密巢了。他先到自己的潛身之處，黑牤牛、鄒瑞、胡金良等全都不在。他這才迫不得已，往這邊跑。

他切齒咬牙，猛竄進市鎮內，繞小巷一陣亂鑽，回頭一看，略略把解廷梁甩出視線之外。他立刻直入密巢，吱吱地一吹呼哨。

他的朋友黑牤牛蔡大來、盤龍棍胡金良，突然從小院小屋中鑽出來。

未容迎問，已見危象，飛蛇滿頭大汗，面色慘白。飛蛇叫道：「快快快，點子追來了！」一指傷處，一指來路，叫道：「我掛綵了，仇人就到。二弟快替我擋一陣。」

黑牤牛、盤龍棍全是行家，已曉得有變，全都提著兵刃，圍問飛蛇道：「點子在哪裡？二哥快進來歇歇，可是的，你怎麼把點子引到窯裡來呀？」

飛蛇喘成一片，回顧一看，回手把門關上，自己奔入屋內，叫蔡、胡二友也退進來，趕快埋伏。卻是晚了，嗖的一聲，一隻毒鏢穿窗打到。解廷梁一聲不響，從小院房上現身。

黑牤牛蔡大來、盤龍棍胡金良，急捉兵刃，上前迎敵。飛蛇忙道：「且慢！」他還想暗算敵人，敵人追逐太緊，不容緩空。於是黑牤牛、胡金良到底提刀出去迎鬥。

二寇與解廷梁動手，解廷梁志在覆滅敵人，一交鋒，便下辣手。

鄧飛蛇掙命似的進了屋，席六如眼看臨蕣，正在床上哼咳，旁邊有一個小賊，是她的舊部。席六如一見飛蛇，驀吃一驚，下床來把飛蛇抓住，一迭聲地問：「你你你……」外面鬥聲已起，不用問已然明白了。她仍然問道：「你哪裡受傷？」

飛蛇不遑說，忙找利刃，親自下手，把腰傷用刀割挖，切去了一塊肉，血流染褲，命席六如找藥。小賊連忙動手，給飛蛇裹傷。

飛蛇已經挖肉療毒，束創喘息，喝了許多水。席六如趴窗一看，那解廷梁大展武功，與蔡、胡二寇狠鬥。蔡、胡武功皆硬，解廷梁甩手一鏢，把蔡大來打傷。飛蛇忙喊：「留神毒鏢！」

席六如猝然汗下，顧不得臨蕣之身，忙取暗器，要幫助二寇。飛蛇命小賊，快去求救。於是，飛蛇和席六如夫妻，踢開後窗，放走小賊，連忙招呼黑牤牛、胡金良，趕快退進屋內，蔡、胡二人不甘心，不肯後退，不信兩人會拚不過孤身深入的一個鏢頭。

解廷梁如猛虎一樣，竟不問屋中敵人究竟有多少，提一口利劍，連發毒箭毒鏢，與群賊拚命，一霎時銳不可當。黑牤牛連受兩處傷，胡金良也受了一處傷。飛蛇紅了眼，提出一袋鏢，忍傷痛搶了出來，叫胡、蔡二友近攻解廷梁，他自己發鏢遠攻。

鄧飛蛇的鏢法不如解廷梁，解廷梁的甩手毒箭，百發百中。群賊喊一聲，到底退入屋內。解廷梁一咬牙，竟窮追入屋內。

忽然間，雞冠子鄒瑞一個生力軍趕到，裡外夾攻，奪門而鬥。解廷梁回手一鏢。雞冠子鄒瑞閃身讓開。黑牤牛負傷退走，將近屋門，被解廷梁劍鋒一轉，丟下了鄒瑞，斜竄一步，照黑牤牛背後劈去。席六如趴窗瞥見，失聲驚叫：「看後頭！」

呼聲急，劍勢來得更急，黑牤牛急急轉身迎鬥。解廷梁左一劍，右一劍，力敵二寇，竟把二寇裹住。

此地是賊人住處，解廷梁竟不管院內伏多少賊，也不管附近是否有賊巢，是否還有大幫，他竟以一口劍，深入虎穴，竟似有恃無恐。他特別地大膽，震嚇住了詭計百出的飛蛇鄧潮。

飛蛇猜想：在解廷梁的身後，必還有強援來到。

飛蛇提刀出來，本要催蔡、鄒二友，火速退入屋中，計在誘敵，把解廷梁誆入屋中，他們再把門窗一堵，反守為攻，使得客主變勢。料自己人多，敵援來到前，可將解廷梁放倒，埋屍滅跡，再焚巢一走。飛蛇竟想不到解廷梁劍光揮霍，銳不可當，黑牤牛既已中箭，鄒瑞一個人纏繞不住敵人。解廷梁竟跟得這麼緊，半步不放鬆。

飛蛇陡然改念，誘敵之計看來不成，咬牙切齒，裹創提刀，先催席六如快快逃走。席六如的身子不能越窗而走，飛蛇催她趁鄒、蔡阻住敵人，火速地奪門出走，千萬不要耽誤。然後飛蛇自己破窗奔出，急襲解鏢頭。席六如大腹膨脝，不自量力，她還想幫助同夥，她身插一把短刀，抄取一隻短弩、一把弩箭。她喘吁吁掩在小屋的門後，要用暗箭，攢射解廷梁。

解廷梁就好像深知屋中有多少人似的，又料到飛蛇必不肯就逃，必要負隅設伏，潛施暗算。解廷梁只憑一袋毒鏢、一袋甩箭，公然不罷手，窮鬥不休。於是他唰的一劍，猛攻負傷中箭的黑牤牛。他避實蹈虛，近攻弱敵。他又一翻身，虛擋雞冠子鄒瑞。鄒瑞剛一上步，解廷梁如狂風般一卷，順手掏出鏢。

雙管齊下，劍取牤牛，鏢打雞冠子。

雞冠子一伏腰，飛蛇已現身出來，先張目四望，見狀知危，連聲低叫：「留神，留神，這傢伙的暗青子有毒！」他又招呼二友：「快圈住他，別給他留空，這傢伙的鏢、箭全有毒！」

他又催黑牤牛，趕快挖創口，割肉治傷。喊聲中，飛蛇探手取鏢，照解廷梁打去，跟著趕上來，斜照解廷梁猛劈一刀，他挖肉療毒，服藥止痛，明知毒未必淨，可是不能不來替黑牤牛。

當此時，女強盜席六如伏在門扇旁，扣短弩，裝利箭，比了又比，仇人身影亂晃，只是不易瞄準。她就一探身，把上半身全探出來，噔的一聲，對得準準的，上取解廷梁的中盤。弦鳴箭嘯，她不禁喝了一聲：「著！」

解廷梁眼觀六路，劍掃八方。不等箭到，人早換了地方。

偏偏黑牤牛剛剛衝到箭路，被鄒瑞看見，忙喊一聲「留神」，氣急急地橫刀來擋敵救友，容出空來，好叫黑牤牛撤退。黑牤牛掙命似的躲過去，毒已發作，頭臉冒汗，竟一擺刀，退了下來。

戰場只剩雞、蛇二人，雞、牛又都出來得慌促，全沒有暗器，越發不能支持。解廷梁大吼一聲，認定黑牤牛，猛砍來一刀，意思不容他走。黑牤牛勉強往外一掙，飛蛇鄧潮急忙發出一鏢。解廷梁一側臉，席六如藏在門後，得了這個夾縫，走出門外，噔噔地發出三四支箭。鄒瑞趕步揚刀，猛砍敵人後背。

解廷梁還劍一掃，托地一跳，箭似的撲到小屋門前。黑牤牛拚命往旁跳，解廷梁連人帶刀，劈到席六如面前。

席六如驚叫一聲，轉身往屋裡跑。飛蛇拚命衝來，探刀硬往上架。噹的一聲，蛇刀二番被打落在地。真是「一人拚命，萬夫難擋」，鄧飛蛇空手頓足往外一跳，解廷梁左手發暗器，照飛蛇釘去一鏢。利劍一挺，仍奔女賊。席六如一聲驚喊，劍沒剁著，掙命似的往屋內跑，竟被門檻一絆，整個身子栽在屋內。一霎時，倒地不能起來，人似摔壞。

解廷梁跟蹤追到門口，只一瞥便看破，唇開齒露，桀桀發笑，便不肯入內，取出一隻鏢，照席六如背上狠狠一甩，叫道：「蛇老婆，也留不得！」

席六如不知怎的，突然跪起來，往旁一滾，鏢釘在背後，狂叫一聲，滾爬到屋內。解廷梁便不再管，轉身另索敵人。敵人不及轉尋，已掩到自己背後，唰的一聲，雞冠子鄒瑞捧刀高剁，已迫至五六尺以內。

那一邊，鄧飛蛇不暇俯拾墜刀，為急救席六如，抖手打出一暗器。刀鏢夾攻，遠近齊到。解廷梁往左一趨，讓開了刀鋒，忙用劍照鄒瑞的刀背一壓，往上一撞。鄒瑞用力太猛，收招不及，被解廷梁探身就勢，將劍尖一送，鄒瑞哼哧一聲，身受劃傷。

就在這一霎時，解廷梁攻敵太疾，進招太猛，飛蛇的鏢破空已到，也來不及躲救了。解鏢頭也哼了一聲，臂上中鏢，咬牙拔下來，抖手還擊，照鄧潮打去。

鄧潮一鏢中敵，心中微微一鬆，忙往回急跳，要俯拾墜刀。同時低聲催喊：「併肩子快快，盯著上，再有一下就成！」

眼見解廷梁肩頭血溢，趁這工夫，三個人一齊上前，定可制敵死命，除去禍患。卻不知解廷梁感念師兄之恩，此來志在拚命，要把蛇黨全家滅絕，方才稱願，他絕不怕人多拚命。

解廷梁瞋目厲聲喝道：「姓鄧的……好好好，蒼天有眼，師兄有靈有聖！」這句話他覺著只他自己明白，但飛蛇已猜出一半。解廷梁不顧已傷，利劍一擺，專盯飛蛇。鄒瑞還想以自己之力，纏住解廷梁。解廷梁竟躲著鄒瑞，往開處一閃，繞著院子，追奔飛蛇。

飛蛇已經跳過去，俯腰拾刀，解廷梁振吭大喝：「放下！」

甩手箭唰唰唰一連三下，照飛蛇狠打。

飛蛇剛剛彎下腰，暗器破空之聲已到。飛蛇久經大敵，知道厲害，暗器之後必跟著刀，他來不及直腰，就俯身之勢，腳下一頓，唰的竄到一邊。解廷梁的刀果然劈到，飛蛇沒有兵刃，忙將暗器打出，飛身一躥，他心想跳牆上房。

解廷梁仍怕他逃跑，哪知道飛蛇心中未嘗不想跑，只是情婦與摯友都受了傷，他不能這樣跑，他應該把仇人引走。他立刻又打定主意，要翻上牆頭，繞到屋後，從後窗進屋。他要取得兵刃，然後往席六如的舊部伏樁那邊跑。他的打算倒也不錯，可是咬牙努力，衝牆一拔，竟沒有拔上去，僅僅及半，連忙伸手去攀牆頭。

解廷梁道：「哈哈！」唰的探囊取箭，甩手箭唰唰唰三下，飛蛇已覺出，同伴也喝破，急急地一翻，到底躲過要害，沒躲過全身，嗤的一下，臀部又中了一毒箭。不禁失聲一呼，狠命下掙，撲通一聲，翻跌到牆外了。

解廷梁大喜，縱沒有親睹仇人墜地之狀，聽聲揣形，知道得手，這條毒蛇必死在己手。他就大喊道：「皇天有眼，林大哥你看著，小弟給你報仇！」拔身一躥，嗖地上了牆。

蛇黨大駭，急救不迭，連喊：「看鏢！」可是手中無鏢。雞冠子鄒瑞是最後趕到的，忙將鐵球照解鏢頭打去。

解廷梁不管，只一晃身，眼往牆下掃。飛蛇鄧潮栽在牆根下，剛剛地掙起身來，一隻腿跪，一隻腿立，回手捫臀，側目睨牆。見解鏢師一露頭，右手中有劍，左手上有毒箭。飛蛇憑空添出活力，手按地，噌地一躥，這麼一擰，站起身來。噹的一聲，解鏢師的毒箭下甩打空。飛蛇鄧潮至死不認輸，唰的一掄腕，就將那支帶血餵毒的箭，照解鏢師打去。

打出去的時候，極其歹毒，早不打，晚不打，單等解鏢師掠空下竄，身已離牆，腳未著地之時，由下往上，翻打上來。

解廷梁定要割取蛇頭，剛剛一伏腰，背後雞冠子鄒瑞又已打出一鐵球，被解廷梁閃過，就勢往下一跳，恰恰毒箭打到，他就急急一拳，嗤的一下，穿破褲腿劃過。解廷梁雙腳落地，一咬牙，掄劍直取飛蛇。

盤龍棍胡金良已趁此時，奔回屋中，瞥了席六如一眼。屋中慘相十足。黑牤牛蔡大來在外間，自己挖肉割毒。席六如爬入內間，她下身淋血，背後負傷，為了情夫，已迫危亡，她已經產下來一個小蛇，可是小蛇一下生，便已絕聲。胡金良很難過，連叫：「二嫂子，暗器袋呢，暗器袋呢？」

席六如已然喑不能言，只虛指了一指。黑牤牛忙問：「怎麼樣？」

胡金良顧不得細說，只道：「毒箭太扎手！二哥、老鄒還跟他對付著呢！你快收拾，你別動手，想法把二嫂子弄走。」

於是胡金良如飛地取了暗器，如飛地搶出去。

當此時飛蛇鄧潮掙命爬起，解廷梁頓足一躍，狠狠一劍，照飛蛇後心刺去，力大，勢猛，手快，招毒。飛蛇手無兵刃，已受重傷，拔腿繞道疾跑。氣力不接，劍鋒已到，忙往旁閃掙。嗤的又一下，左肋血流。

解廷梁不依不饒，看大仇已報，澀聲高叫：「姓鄧的，獅子林來要你的狗命來了，趁早留下狗頭！少掙命，白費事！」

話沒說完，第二劍，第三劍，窺準敵人要害，斜劈直扎，驟攻不休。飛蛇左躲，右躲，已沒力量反唇對罵，嗤地又一下，掙命往外猛一跳，腿一軟咕登跪倒。

「拿過頭來吧！」解廷梁左手托毒鏢，右手揮長劍，前趕一步。唯恐有閃錯，於是左手鏢先發，已然不成其為打鏢，相距未及一丈，只算是俯腰一插，插在飛蛇肩頭。飛蛇剛掙扎起，隨手倒在地上。

飛蛇扭頭慘笑：「朋友，你趁願了！我姓鄧的死也值得，我把你們……」這一隻毒鏢直插入肉內很深，飛蛇的話未了，劍已到頭頂，飛蛇忙一延頸，閉目待誅。

第十章　解武師辣手屠蛇

鄧飛蛇身受重傷，正在閉目等死。殊不防嗖的一聲、哼的一聲，眼前黑影一晃。飛蛇不由扶地往上一起，冷而硬的一物，突又打到飛蛇胸坎。解廷梁已鳥似的竄到一旁。

原來雞冠子鄒瑞、盤龍棍胡金良，雙雙救到。卻是無巧不巧，飛蛇早已倒地等死，解廷梁本俯身過來砍頭，胡、鄒二人追救不及，先把暗器打出來。解鏢頭耳聽八方，俯腰旁躲。鄧飛蛇危中遇救，挺身一掙。恰恰正當鏢路。最後，送他終的這一隻鏢，反不是敵人所發，而是好友胡金良下的辣手。解廷梁轉身應敵，鄒、胡二人苦戰候援。

飛蛇鄧潮知道這兩下傷都太深重，必死無活，竟坐在地上，不敢拔鏢，緊緊按住了胸口，大聲叫道：「喂，朋友，你已經替姓林的報過仇了，你還不走嗎？我們的夥計片刻就到，那時候就沒有你的公道了。」

他這話大有深意。他臨死想保全自己的頭顱屍首。萬一仇人聽他的話一走，自己的人趕到，仍可以追得上。現放著鄒、胡二人，必要暗綴下去。但是解廷梁貪功過甚，復仇心切，什麼話也不聽，多少敵人也不怕。

解廷梁喝道：「姓鄧的，若要太爺走，你把你的狗頭獻上來。」說話時，照鄒瑞打去一鏢，照胡金良發出一箭。當此時，他的餵毒的暗器也因用得太急，所剩無多了。可是他還是惡戰不走，但凡抓著空，還是追奔飛蛇。

胡、鄒二人急忙來擋，一面擋，一面叫：「二哥怎麼樣？掙得動彈不？還不快進屋？」飛蛇若能進屋，他早就爬進去了。他實在支持不住，毒既發作，傷也流血太多。他坐在地上，血流了半身，漬了一片地，他已無力裹傷。

那一邊，黑牤牛挖肉擠血之後，又敷上藥，紮裹好了，疼得臉都黃了，滿頭大汗。聽屋中席六如低聲叫道：「蔡兄弟，你快救你二哥，快把仇人打發走了，放他快進來。我不行了，我跟他說幾句話。」

黑牤牛忙走進去一看，哎呀一聲，道：「壞了，二嫂你小產了！」

二嫂子不是小產，倒是夠了月份，偏偏孕婦身上，中了一毒箭，跟著又臨蓐，她此時比起鄧飛蛇，正不知誰最危殆。蔡大來哪裡看見過這種產房？他叫了一聲奔了出來，打圈轉了一回子，無計可施。仇人還在那邊苦鬥，他只得喝了一肚子涼水，吞下一包硃砂，抄起兵刃，帶了暗器，尋到屋外。

就在這時候，外面情形已變。牆外只剩下重傷倒地的飛蛇鄧潮。那個突如其來的仇人，與鄒、胡二寇，纏鬥數合，漸漸臉上變色，可是胡金良、鄒瑞也都一樣，也都支持不住，個個覺得傷口火辣辣的疼痛。

解廷梁起初想走時要帶走蛇頭，此時臉上冒汗。他以一人鬥數強敵，任憑多高功夫，也難持久。況且時時還要顧慮敵人的增援。他且戰且轉，湊近飛蛇，盯了一眼。見飛蛇臉上已呈死色。解廷梁終於大嘶一聲，喝道：「姓鄧的，留下你的狗頭，太爺過會兒來取！」

解鏢頭又衝胡、鄒罵道：「你們一群蛇秧子，你們還掙命，你們也休想活命！告訴你，二太爺是獅子林的師弟，是你們的活報應。太爺現在要先走一步，回頭自然有人來，一個挨一個來摘取你們的瓢！」

解廷梁喝罷，抖手發鏢，胡、鄒急退。解廷梁竟不越牆，直順牆根，一直穿過小巷走去。

胡、鄒二寇還想跟綴，飛蛇忙叫道：「老弟，你快回來！」

可惜他已喊不出聲來，胡、鄒二寇終不顧己力，跟追下去。剩下飛蛇鄧潮，軟癱了似的，在那裡著急，一陣昏惘，躺在地上。

只不大工夫，黑牤牛繞道過來，見狀吃驚，把飛蛇扶起。

飛蛇肩頭溢黑血，胸坎還插著一隻鏢沒拔。黑牤牛驗看傷勢，嘆道：「毀了！」想一個人把飛蛇攙回去，竟不能夠。只得把飛蛇扶坐好了，替他盤上腿，先把他叫醒。

撫救片刻，飛蛇呻吟醒轉，張皇四顧，問道：「仇人沒有回來嗎？沒有勾人來嗎？老弟，你快把我扶起來，我要回屋。」

黑牤牛架住飛蛇的手臂，飛蛇兩腿抖抖地立起，費了很大力氣，忍了偌大苦疼，竟走不了幾步，又已癱坐下來。恨得飛蛇長嘆一聲道：「完了！我到底栽在獅子林的狗黨手下了。這小子臨走到底留名沒有？」

蔡大來道：「我這才來到，我沒有聽見，二哥也沒有聽見嗎？」

飛蛇搖頭，心麻意亂，舌澀唇抖，半晌又往起掙，仍命蔡大來攙扶自己。又走了數步，仍是不濟。幸而雞冠子鄒瑞、盤龍棍胡金良雙雙回轉，三個人一齊協力，把飛蛇鄧潮好歹架回屋中。

屋中床上，這一邊是臨蓐墮胎的席六如，那邊是三處受傷的飛蛇鄧潮。飛蛇目睹情婦席六如這般景況，浩然嘆道：「你也不行了！小孩子添下來沒有？是男是女？」

席六如道：「添下來了，落胎就死了！」

飛蛇驚道：「怎麼？落胎就死了！還能活不能？……這也是我的報應，我們鄧家就滅了嗎？」忍不住哭泣落淚，又強忍住。

席六如落淚如斷梗，嘶聲道：「老二，孩子活不成，大人也活不成了！我跟你夫婦一場，卻也好，今天我算是跟你並骨了！」

一陣悲痛，兩人昏迷過去。隔室胡、鄒二友也傳過來呻吟之聲，兩人的傷毒漸次發作。兩人互相替換著，急於治傷。覺得解廷梁的毒箭毒鏢，力量酷烈，雖有解毒的藥，尚恐救治無效。兩人也用兇狠的治法，持利刃剪破傷口，彼此挖肉剔毒，弄得血液流離，面無人色。仍恐餘毒未盡，更替換著，用嘴對傷口吮吸毒血，吸得滿口，再吐到地上。這血含在口中，確覺微鹹之外，還有辛辣之味。

兩個人縱是好漢，也疼得打戰，頭上汗珠如豆大直往下掉。黑牤牛蔡大來最先受傷，早經剔治，似已不要緊。雞冠子鄒瑞也支持得住。兩人受傷處，都在四肢上或肉厚處，既好著手割治，也容易擠毒，並且行毒也慢。唯獨盤龍棍胡金良，傷在胸肋，箭鏃深入，恰當要害。因此他受傷最後，傷勢反比別人更險。毒發極速，又難下刀，只可由夥伴幫忙，割開創口，勉強用嘴吸毒。

雞、牛二寇都相顧嘆罵道：「想不到這麼一個傢伙，把咱們全毀了。我們真栽到家了！」

胡金良心中不忿，瞪著眼說：「他就仗著毒藥鏢，毒毒藥箭，不是憑一刀一槍。」已然有些舌縮了。

蔡大來叫道：「胡三哥，你別說話了。」忙將大量的定痛解毒丹取出來，已經自服，所剩有限，受傷人既然多，分一半給胡金良，留一半預備灌飛蛇。

雞冠子鄒瑞幫同黑犴牛灌完藥，把胡金良輕放躺下。騰出手來，到隔室看飛蛇夫婦。鄒瑞端水杯，取一根筷子上床。此時，飛蛇鄧潮已緩過一口氣，猛然坐起，兩眼怒睜，徬徨四顧。他此時神智似已不甚清醒，但他環室一瞥，眼神落到蔡、鄒二人身上，他立刻聳然叫道：「不好！我們得趕緊走。」既知仇人忽然退走，料到解廷梁必也已受了傷，多一半是回去勾兵。飛蛇自己遣人求救，可是救兵至今未到。自己現在力盡垂斃，黨羽人人受傷。倘或轉眼間仇人竟比救星先一步趕到，那時自己和情婦、朋友，必遭毒手，臨死還要受大辱，必然保不住完身，必被割頭，叫仇人稱了願，情實不甘。

二友給飛蛇服藥治傷，飛蛇只服定痛散，拒絕挖治，他說是致命傷，恐怕救不活。飛蛇叫道：「我們快走！哎呀，天爺，我們怎麼著，也得掙扎，快離開這裡。」他打算火速地背負席六如，離開這已經敗露的密巢，放一把火一燒，使絲毫形跡不留。他覺得自己精力已盡，再報仇恐怕不易。可是退一步想，也不能橫屍待斃，讓仇人稱願得手，坐受宰割。

飛蛇手拍脖頸，眼望同伴。他再沒有雷厲風行、頤指氣使的威焰，他不禁吐出央告的腔口：「二位仁弟，我謝謝二位，我們是生死患難交情。仇人跟手必然尋到，我還可以掙扎著走，只有六如她……」

說至此講不下去，又改口道，「我們必得趕緊走，我的頭他們盼望不是一天了。二位仁弟，你們無論如何，幫人幫到底，你把我的頭帶走，我的頭不能叫他們割去。」

飛蛇實盼望二友，把自己和六如救走。他垂危還要耍花槍。可是他只說自己的事，盤龍棍在隔室呻吟，他竟忘了問一聲。他現在繞著彎子，透出心意，無非是求人把他夫妻背走。

他對席六如戀戀不捨，他年前還暗笑小白龍兒女情重，現在，他走了小白龍的舊轍。

不過，雞、牛二寇比小白龍的二僕強多了。而席六如的英雄氣象也與春芳娘子閨秀之風不同。席六如此時緩過來，也強拄著床，半臥半坐地爬起來。她苦笑了一聲，對飛蛇說：「老二，你的大事是別叫仇人稱願，事到如今，你還可以活，我還想活嗎？那不成了做夢了？索性……」眼望雞、牛二寇又道：「二位叔叔，我是不打算活的了，也活不成了。老二，回頭臨走，你把我殺了，省得叫我活受罪。你把我一埋，臨走放一把火，完事。二位叔叔，我就是這個打算。只是你二哥，他受了傷，怕走不開。我給你二位磕頭，你二位看在當年交情上，務必救他一條命。這不是別的，不是咱們怕死，哪怕叫他死在別的地方，也別落在仇人手裡。」

群寇此時已知解廷梁是給獅子林報仇的來了，還不知解廷梁的姓名。席六如知不清細情，但已看出仇人大有來歷，少時必然再來。她負傷墮胎，自料難保。人誰不願活，她可是曾為女盜魁，深知盜亦有道，賊遇險放逃的，同伴負傷，能救則救，能走則走，若不能救，必不把負傷之友遺落在後，必不叫他落在官人手內。到了那時，萬分緊急之際，手殺同伴，以圖滅口，也免他失陷受刑，乃是道裡常行之事，按合字的規矩說，這不算殘忍。席六如知道自己不能生逃，只有求死了。現在她大仁大義，一味向黑牤牛、雞冠子求說，只替飛蛇打算，不為自己設想。

二寇不禁同聲讚揚道：「二嫂子不愧是一寨之主，足夠頭一份！」兩賊齊將大拇指一挑，十分欽佩，也就不由得把飛蛇瞥了一眼。席六如越是這樣謙讓，二賊越講義氣。

黑牤牛性子直率，目視雞冠子鄒瑞道：「鄒五哥，咱們趕快商量商量。你身上究竟怎麼樣？我試著我自己此刻還能對付，要幫著個把夥伴，一塊兒往外骨碌，挑著道兒走，一路上只要不遇險，管保送到地方。五哥，喂，我們兩個受傷的，就把鄧二哥、鄧二嫂子，一同架出這塊火坑。你看行不行？你背二嫂子，我背二哥，咱們一步一步地試，好在離這裡不遠，就是二嫂子舊部下馬老臺的窯。咱們若能掏換出兩匹牲口來，更不為難了。」

雞冠子鄒瑞比黑牤牛心眼多，他聽飛蛇一味替自己打算，並不問問同伴的傷，他心中已潛藏不快。可又想鄧老二這是掙命，也不能在人垂危時，挑他的骨節眼。心裡正在盤算：丟下一走，當然誰也做不出來，兩個受傷的人要救走兩個重傷的，也覺著不易。正自不得主意，黑牤牛已將主意說出來了。可是黑牤牛也不傻，強派鄒瑞背女人，況且又是產婦，鄒瑞如何肯幹？

鄒瑞忙說道：「不不不，你年紀輕，是小叔子，你應該背二嫂子，我背二哥。咱們疾不如快，二哥往外湊一湊。」他反倒急轉直下，不用細商量了。

飛蛇鄧潮和席六如，喜出望外，一齊說道：「二位賢弟只要搭一把手，不叫我們落在仇人手心，不致臨死丟了六斤半……」

正是話路當前，懨懨垂斃的人也會精神一振。忽然間，隔壁猛聽一聲銳笑，道：「好，該這麼辦！

二哥、二嫂子趕快走，遠遠地藏，別叫仇人再尋上門來。留下我姓胡的，還可以在這裡替二哥抵擋一陣。這房子不用燒，我在這裡一躺，看他們誰敢來。可是話說回來，誰把這顆瓢拿去，絕不齜牙嚷疼。」

一片反射的話，銳利無比。鄧飛蛇、席六如登時愕然，對著牆說道：「哎喲，胡四弟！我只當你在外頭巡風來呢，你也掛綵了？蔡老弟，鄒老弟，胡四爺的傷，要緊不要緊？四弟，你傷在什麼地方了？」

盤龍棍胡金良道：「傷處不很要緊，是在左肋下，入肉四五分，差點透了亮。其實不算什麼，不過是毒箭。我替二哥忙了一陣子，現在咱們弟兄可要永別了，總怨小弟無能。」

話很激，聲很慘厲。飛蛇鄧潮低問雞、牛二寇。二寇說：「胡爺的傷很凶險。只恐怕……要沒有對症的解毒藥……剛才那對頭也不知用的是什麼毒藥，好歹毒哩。二哥也嘗受過了，還不曉得嗎？胡四爺是肋下，這地方……」

難題登時出來。兩個受傷人要救三個受重傷的，又是兩男一女。雞、牛二寇十分著急，萬分為難。既不能甩手一走，又不能普救眾生，急得黑牤牛在地上亂轉道：「這怎麼弄？」

當此時，雞、牛二寇四只耳朵都聳立起來，一面著急，一面聽外面的動靜。外面偶有風吹草動，忙即出去探視，時時刻刻提心吊膽，怕仇人勾來幫手，乃至於勾來官兵，也未可知。

偏偏是飛蛇先前力求機密，連一匹牲口也沒有，事先又瞞著近處的同道。此刻危急求救，那個小賊竟一去未能速回。不是沒有救兵，是救兵不願意出動。那鄰近盜首說：「鄧二爺拿我們當外人，幹什麼又找我們來幫忙？」這自然是人之常情。

小賊百般央求，鄰近盜首不肯趕來急難。飛蛇的深心祕計，反而自誤。一霎時倒難為了雞冠子鄒瑞和黑牤牛蔡大來，目睹呻吟垂斃的二男一女三同伴，耳聽屋外風聲，真是草木皆兵，去留兩難，救不救兩沒法想。

兩個連嚷：「壞了，壞了！我說，二哥，二嫂子，還有胡四哥，這可是耗不起的事！到底怎麼樣？該著快打正經主意了！你們三位難道全不能動彈了嗎？連湊合著走兩步，都不能行嗎？」

兩人一時出去看，一時到飛蛇夫妻室中站，一時到胡金良室中站，皺眉弄眼，弦外之音隱然可見，顯然可喻的了。

盤龍棍胡金良哈哈大笑，澀聲大聲對二寇說：「二位賢弟，你們耗了這半天，足夠朋友的了。你們二位趁早請吧，不用管我們了。乾脆我講一句吧，事難兩全，大丈夫當機立斷。按理說，好漢臨危，不死牽連好朋友。這麼辦，喂……」更放大嗓音道：「喂，鄧二哥，咱們還看不開今天的局面嗎？依我說，二哥素來做事漂亮，今天更幹得漂亮，你我咱哥倆趁早來個了斷。只有二嫂子，一來說出話來令人可敬，二來跟咱們弟兄這樁子事，究竟還隔著。……我說，蔡老弟，鄒老兄，你二位趁這工夫趕快一走，可以把二嫂子好歹架弄出去。這裡不妨留下我胡金良，陪著鄧二哥，仰著臉一等。你們看好不好，對不對？是不是該這麼辦？」

飛蛇鄧潮不待開言，早已大悟，連忙搶著說：「不不不，二位把胡四爺救走，留下我夫妻，索性你二位費心，把我兩口子的六陽魁首帶走，刨個坑把屍身一埋。再放一把火，把房一燒。仇人尋來，叫他抓不住影。」

席六如爭著道：「不不不，還是我，老二，你無論如何不能叫仇人稱願。二位仁弟，你費心把他千萬弄得離開這裡。」

只顧這樣爭死，到底沒有一人要傢伙自刎。胡金良恚恨已極，深怨飛蛇不夠朋友，厲聲說：「二位，我不愛聽這麼磨磨翻翻，你謙我讓的。少時仇人一到，一切滿完。二位把刀子給我。」

胡金良言外簡直是逼飛蛇自殺。蔡、鄒二人料到最後的結局，也嫌飛蛇濡戀。這時外面忽似有蹄聲，二人忙奔去尋看。

有林叢阻隔視線，看不到底細，聽了一回，料是過路的大車。

兩人抽身回來，乘機在外面密議。議好奔回，竟先到胡金良臥處，低聲說了幾句話，把他輕輕抱負，搭到隔壁，就放在飛蛇的身邊，鄒、蔡二寇道：「你們三位全在一塊，我兩人也好當面商量辦法。你三位不必尋短見，我兩人倒想出一個拙招。我打算先把胡爺背負出去，找鄰近地方，先寄放一下。不錯，離這裡不遠，就有一座空廟。我們把胡爺安排好了，回頭再背你二位。你二位千萬別尋短見，這不過是片刻之間，你三位就別猶豫了，咱就這樣辦。」

盤龍棍胡金良呻吟一聲道：「這是何必？我不知道鄧二哥怎麼樣，我知道我自己受傷很重，必然活不了。這也是我們江湖上為朋友，為自己，出力報仇，一還一報，死也甘心。我不願拿我這塊臭肉，連累你二位好人。我謝謝二位的好意吧。還是二位先請，仇人割我的頭，人都死了，一塊臭肉早晚爛掉，就叫他們稱願，又有何妨？」

盤龍棍胡金良的話好像有鋒芒，直射鄧潮的心。飛蛇鄧潮淒然斷望，把殘軀掙出覆巢的想頭歇下，夫妻倆只得改轉話頭，勸胡金良先行。雞冠子鄒瑞，黑牤牛蔡大來順坡而下，毫不客氣，把胡金良背負出去。閃下鄧飛蛇和蛇舅母席六如夫妻二人，呻吟在床上，比等死還難過，簡直似等著仇人邀伴回來屠戮自己。從前的摯友居然言外勸他自盡，他口頭上央求二友把自己殺死，二友居然不肯接話茬，現在居然把胡金良救走，僅僅口頭上說：把胡金良安放在妥處，立刻回來負救鄧二哥、鄧二嫂。可是神色倉促，言不由衷，就等於袖手坐視，一任飛蛇自生自滅。這就是弄心機、使乖巧的結果。

飛蛇性情強悍，垂危之時，忽然覺到報應臨頭。他素來不信鬼神，他生就強盜性格，而現在，他，也許是傷痛所致，也覺得毛骨悚然，從前死在己手的鬼魂恍惚露出迷離的面孔，直在自己眼前打晃。

飛蛇鄧潮聽雞、牛二寇把胡金良背走，腳步聲早絕，他耳畔仍似聽見窗外屋外有人走道。他問了一聲，又叫了一聲，他頭上冒出冷汗，忍不住怪吼了一聲。

蛇舅母席六如橫陳在床上，若冥若醒，下體涔涔出血，心神居然比飛蛇鎮定，居然能夠視死如歸。聽見蛇吼，微微睜開二目，叫了一聲：「老二，怎麼了？」

飛蛇厲聲叫道：「我不怕你們！」戟出二指，指著對面的椽子，瞋目要起，隻身子動了動。

席六如忙又叫了一聲：「老二，你嚷什麼？你還不早打正經主意？真格的等著仇人回來，摘你的瓢嗎？」

飛蛇叫道：「我不怕！」

蛇舅母席六如勉強把身軀挪動，挨到飛蛇身旁，把亂鬢蓬鬆的一顆頭偎到飛蛇肩下，伸出手抖抖地來扯飛蛇，並且很親切地叫：「老二，老二，你醒一醒，你迷糊了？難道你要先走一步嗎？老二，你不要忘了我，我跟你日子淺，我對你可是一片真心，咱們不能同穴，咱們今天總算是並骨了。老二，你答應我一聲。你叫我一聲！」

此時的席六如，似欲將兩體並為一體，似欲兩個靈魂攜手共赴九泉。連叫數聲，飛蛇瞠視的眼睛這才若有所悟，身軀轉動，長嘆了一聲，這才側身顧到同床並命的情婦。

席六如把乾枯的唇吻送了過來，飛蛇把她抱住，唇腮相偎，倏然有兩行冷淚，由飛蛇眼中沾到席六如臉上。六如叫道：「老二，你不要難過！早晚是個死，難為你我同日同地死，這就很好，這就是仇人成全你我。」

鄧飛蛇臨死心酸，緊抱席六如，並頭對語，慘然笑道：「好好，我們這就叫並骨！六如，我對不住你，六如，我太害苦你了。我上過兩個臭老婆的當，由那時起，我跟女人再沒有動真的，我只是拿女人開心。不承望你倒看上我，你實是我的恩愛妻子，我直到今天，方知你是一心為我。你瞧剛才胡四爺直拿話挖苦我，老蔡、老鄒也揣起手來，他們跟我都犯起心思，我不知道我怎麼鬧的，會把朋友惹寒了心。這是他們臨走袖手，太對不住我，我沒有錯待他們，他們竟對我這樣！他們可以不管我，不該連你也不救。我早就看破了，人心都是冰涼的！」

人若不自知，飛蛇至死，還是怨恨朋友，於是他嘆息說道：「他們丟下咱們夫妻倆，甩袖子一走！好吧，叫他們混去吧，我這一輩子也還不錯，臨死到底有一個知心體己的你，我死了也不冤。」

飛蛇用一種感激淒戀的心情，和六如相偎相依，靜待大命到來。席六如和他親熱了一陣，喚起了飛蛇的精神，勸飛蛇作速自決，不要在這裡仰面等候。告訴飛蛇床底下有小刀子，灶膛內有火，小刀可以抹脖子，篝火可以焚宅滅跡。如若掙扎得動，勸飛蛇忍痛下地：「老二，英雄臨死也得英雄！咱們兩口子與其教仇人割去了頭，莫如雙雙葬身在火窟，兩刀子兩個血窟窿，再燒一把火。你說這法子怎麼樣？」

飛蛇鄧潮道：「什麼？點著了房子，再抹脖子嗎？」不由得眼望窗戶。

席六如道：「你不用等候鄒、蔡二位了，他二位是不會回來的了。依我說，就是點著了房子，放一把火，然後你給我一刀，你自己再一抹。我們倆安安靜靜地一走，叫你那仇人稱不了願，這法子最妥當。這就看你還有餘力沒有了，你難道不能下地了嗎？」

飛蛇還是猶豫，席六如嘆道：「你大概不行了吧，索性我來。」竟按著飛蛇的一隻手臂，欠身欲起。

飛蛇一見這樣，席六如比自己還勇敢，他就驀然從垂死的軀殼中，生出一股勇力，說道：「好，你真成，你歇著吧，還是我來。我不是捨不得死，我是聽一聽外面，好像……」

席六如苦笑道：「好像什麼？就有人來，也是仇人，不會是朋友，你趁早歇了那個心吧。你的朋友都不高興你，你剛才的話只知道顧我，忘記了胡四爺，人家三位挑你眼了。」

飛蛇道：「我明白，那麼，我就點火去了。」

席六如道：「你快走吧。你只管放火，我這裡伸長了脖頸，靜等你下刀。你只管狠狠地砍，越快越好。」

飛蛇霍然爬起。說是霍然，不過是他心裡這麼想著。其實他撐肘拄床，咬牙咧嘴，費了很大勁，方才爬起。慢慢地伸腳著地，搖搖晃晃，以手扶牆，一蹭二蹭，從裡間往外間蹭。好容易挨到灶膛邊，剛一伏腰，人索性坐下了。於是他哆哆嗦嗦，由灶膛內接柴引火。引著了火，他就立刻放火燒房，立刻引火自焚。

當此之時，雞冠子鄒瑞、黑牤牛蔡大來，已將重傷垂危的胡金良背出五六里地。兩人一方面要躲避官人眼目，一方面要提防仇人邀截，胡金良又鬧著自殺，在近處又沒有投托之地。

兩人正在著急，忽然遇上了蛇舅母的舊部，由副頭目率領二十多人，改服裝，藏兵刃，或騎或步，散漫著奔來相救。雙方相遇，立刻有了辦法。二人放下胡金良，舉手道勞。副頭目只笑了一聲，淡淡地說道：「我們來遲了。」

其實席六如的舊部得訊很早，那小夥計是蛇舅母的親信，早已離巢，此刻遇仇求救，恰值副頭目未在窟內，三頭目因鄧飛蛇瞞著他們，心中早已挑了眼，此刻聞耗，有的人就要袖手。還是這小夥計再三求告，三頭目依然推託，說道：「這個，我當不了家。」

末後才派一個人，把副頭目尋回。副頭目顧念大體，向眾人說：「我們不是衝著姓鄧的，是衝著舊當家的。姓鄧的看不起咱們，咱們犯不上巴結他。但是咱們別忘了當家的跟姓鄧的是兩口子，仇人找姓鄧的，咱們當家的難免要吃掛落。我們總得幫一手，我們不要為了擠癤子，傷了好肉。」

副酋說了這一遍誓眾之詞，群賊這才七言八語地張羅動手，未免有點怠慢。半路上遇見胡金良和雞、牛二寇，又全是飛蛇的朋友。依著眾意，還想各辦各的事。終究是副頭目怕遭江湖恥笑，當下分出人來，把胡金良救回窯內；仍煩鄒、蔡二寇當先引路，緊往鎮上趕。且行且問細情，五六里路，展眼就到飛蛇潛巢的附近。

副頭目很加小心，先不進鎮，分散開繞鎮一轉，意在巡風觀變。還未容看出動靜來，便望見鎮中煙濃火起，分明有人家走水了。估摸方向，正近蛇巢，鄒、蔡二人大驚道：「哎喲，不好！鄧二哥、鄧二嫂糟了！」

副頭目也愕然卻步，把群賊藏在林間，自己單人獨馬，要進鎮一探。群賊全說：「堆子窟走水，必定失手了，那還用看？咱們當家的，哼，管保受姓鄧的連累，跟著也毀了！」

鄒、蔡二友自覺當時擠兌飛蛇過甚，有些虧心，忙攛掇群賊進鎮窺看真相。副頭目搔頭顧眾道：「我們一步來遲，真成了倒拔蛇了。看這樣子，仇人必已得手，鎮裡準有臥底的。可是，咱們總得進去看看底細。」

拉開了撥子，由他自己丟下兵刃，只帶匕首、暗器，率兩個好幫手，隨同鄒、蔡，繞從南鎮口進去，一步一探。走了半條街，竟是瞎小心，路上亂哄哄的，已有水會鳴鑼救火，並沒遇見官面，也沒遇見鏢客模樣的人，只是些土民伴著鑼聲，亂跑亂嚷罷了。

時候已到黃昏，副頭目蹭到火場隔巷瞭望，用眼神叩問鄒、蔡，果然正是蛇巢。茅屋見火，延燒不小；巷口已有繩攔阻行人。水會正在潑救，如火添油。近鄰號叫，往外亂搭東西，也有人持鉤竿挑斷火路。近處聚了許多人，紛紛議論起火的人家和起火的原因。副頭目和二寇全不能上前，只有側耳傾聽，人多嘴雜，也聽不出所以然來。

副頭目不曉飛蛇遇仇的細情，鄒瑞也沒有說出苦鬥的真相，副頭目十分驚詫，與他部下的兩個幫手，向看熱鬧的人，設詞套問。看熱鬧的遇見生臉人，只說是走了水。當然是走了水。又說火場住的是兩口子，這個他早已明白。進探火場，不能靠前，連問數人，又等於白問，副頭目忙找鄒、蔡二友。

鄒、蔡二友目睹那三間茅舍突突冒火，畢爆聲中，屋架崩倒，茅頂塌了下來。兩人相視虧心，有些抓耳搔腮。副頭目暗扯二人的衣襟，二人呆視著烈火，竟似要向火窟裡鑽似的。他二人心中明白，飛蛇夫妻一定葬身在火窟了。想起剛才譏誚飛蛇，未免太甚，他夫妻倆多半是在二人走後，自思已無活路，又怕仇人尋來割頭，這才放一把火，自己把自己了結。鄒、蔡二人全是這樣想，可又當眾不能互訴。兩個人只是使眼色，捏手拍肩，暗暗示意。副頭目跟過來，猛一摯二人的衣襟，二人反倒嚇了一驚。

副頭目暗摯二友離開火場，要往近處試尋一尋，也許鄧飛蛇和席六如已然強支餘力，離開小院，臨走放了一把火，掩匿形跡。也許有別的救星趕到，把他夫妻救走。也許是仇人勾兵回轉，殺死他夫妻，臨了縱火銷跡。副頭目反覆瞎猜，不知底細，可是心中也有點後悔，覺得馳救稍遲，對不起舊當家的。

為欲減免疚心，把鄒、蔡調到一邊，再三叩問：「二位，據你們看，這把火到底是誰放的？」

鄒、蔡一味搖頭，追問到底，只說兩句模棱話：「也許是仇人，也許是走水！」

副頭目又問飛蛇二人到底傷勢怎樣，是不是已難動轉？

鄒、蔡至此，連這話也不好如實回答了。哼著哈著，一味遁詞避問。副頭目心中越發不悅。跟著群賊也忍不住出林入鎮，趁著天黑各處尋看，逢人便問。居然問巧了，遇到一個好饒舌而又目睹火起的人。據他說：「這家本是夫妻倆，外鄉人，大概白天有仇人尋上門來，拿刀動槍地關上門拚命，後來就起了火。這兩口子估摸全死在火裡頭了。」

副頭目搖了搖頭，雖然沒證實，但既在近處未尋見飛蛇夫妻的蹤影，那麼他二人當然葬身火窟了。可是他再想不到飛蛇夫妻乃是縱火自焚！

鄒、蔡等還想等候火熄，副頭目竟招呼一聲，往回走下去，說是「有事第二天再辦。」

但等到第二天，胡金良竟也死在賊巢。鎮中旋聽說果然刨出兩具死屍來，已燒成焦團，不能辨別男女，看大小只像小孩。

那鏢客一方面，踩盤小夥計奔回送信，偏偏遇一岔事，只過了兩天，三師傅連珠箭何正平方才趕到。又過了兩天，老英雄程岳方才策馬飛奔而來。忙找二師傅解廷梁，據原住的店房說，客人當夜一去未歸，人和馬俱已不在。何正平大駭，拚命搜尋，一連兩日，略訪出一點蹤跡，獨不見本人下落。跟著黑鷹程岳趕到，一面尋盟侄，一面尋仇人。哪知道恩仇俱已無蹤。輾轉刺探，多虧黑鷹眼路寬，居然把解廷梁的馬尋獲，跟著把飛蛇已焚燬的潛巢也已訪得確址。這似乎抓到一點線索了，可是解廷梁的下落，竟好像一進這區區小鎮，便會消滅。

旋又探得已焚蛇窟，在未失火以前，確有一人登門拚命，消息就只訪到這裡為止，往下就斷了線索了。

黑鷹程岳痛心已極，怒焰燒天。可是與何正平合力，踏遍了荒郊野鎮，終不能訪得解廷梁的生死存亡。

殊不知解廷梁在當日，力誅三寇，連傷五賊，自己也負傷一走，半路上傷發垂危，竟倒斃在一家墳圈內。看墳的人嚇得不得了，竟恃夜深無人看見，無人知曉，他居然私埋人命，把解廷梁的屍身掘坑掩埋了。任何人打聽，他畏罪怕打官司，竟不吐實情。這一來好比一條線，到他這裡給剪斷了。黑鷹程岳跟何正平來來往往地查勘，終沒有發現此事。只有一件，附近賊人的巢穴，被他懷疑遷怒，提劍登門，逐個大鬧。因此，附近的賊巢，竟被這老頭子攪散了兩處，嚇跑了一夥，踏平了兩竿子賊群。內中就有席六如的舊部。

黑鷹在此時的威名，已經超過了乃師十二金錢俞劍平。他為給愛婿報仇，竟祕訪出小白龍方靖的下落，被他一口劍、一支藤蛇棒、十二隻錢鏢，把小白龍殺得手忙腳亂，一任小白龍謙辭道歉，嘵嘵辯白，「害令婿的不是我，是飛蛇。」

這老人咬牙切齒地說：「小白龍，也有你。飛蛇我也找，你小白龍我也要你的腦袋。」

黑鷹劍術精湛，錢鏢迅準，小白龍強支數十合，看不利，且戰且走。黑鷹程岳冷笑說：「我一定要你的腦袋！」

蒼須拂動，黃瞳炯炯，黑鷹展開數十年苦功，利劍運起來，嗖嗖劈風，小白龍實不是對手，連叫：「老前輩，老英雄，你不要逼人過甚，我還有下情！」

黑鷹說：「我只要你的狗頭，不聽你嚼舌！」

小白龍支持招架，得空便跑，論腳程也不是對手，黑鷹之名便是飛騰術精妙。左奔右截，左逃右堵，可是到底被小白龍避銳不攻，潛尋遁路，抓了一個空，奔到水邊，撲通跳下水去了。水花一濺，一劃數丈。

黑鷹程岳懊然追悔，轉怒為笑。早知如此，應該先用暗器取他。一念及此，立刻手疾眼快，把劍交到左手，右手早拈出三枚金錢鏢，趁小白龍剛入水底，趕上一步，照小白龍潛影，倏地三擲。小白龍竟在伏波中受傷，連頭也不敢出，就在水底，潛流急渡，雙手划水。水面上波紋不動，水底的白龍一竄數丈，眨眼間逃出數里之外，方才換了一口氣，又一個猛子，早已遁出數里之外。

小白龍這是第三次棄家覆巢，幸而楊春芳娘子未在此處。

小白龍防患未然，對獅子林和鄧飛蛇均起了戒心，故此一移再移，仍營三窟。卻有一樁，自他上了飛蛇的當，就好像開始倒運，不但覆巢，又失去左右爪牙。緊接著聽說北方鏢行已動公憤，有好些獅子林的故舊，逢人打聽自己。緊跟著又探悉獅林觀的耿秋原道長的門人，已大批派遣眾徒，訪問愛徒林廷揚失事的真情，並打聽一龍一蛇的底細。小白龍聳然變色，深悔受紿，他連忙遷地為良，極力掩飾行蹤。這小小一條白龍竟變成喪家之狗。一路東藏西躲，才避開了獅林群鳥的刺探。哪知又誤打誤撞，遇上了黑鷹程岳，險些死在鷹爪之下。

小白龍逃到另一巢穴，斂跡半年。不久，小白龍為了買取愛妻的歡心，決計折節洗手，不再為盜。他為了要洗手，須將私自窟藏的珍寶，挖出來變賣，好拿這錢做他遷善改過的本錢。不意他剛剛掘出一小部贓物，剛剛挑那不甚扎眼的重寶，出脫了三五件，便突然引起了當地捕快的留神。偏這捕快不但眼力高，而且武功也硬，好像深知小白龍不是好惹的穿窬小盜，這捕快佈置得十分周密，結果定計擒龍，猝然下手。小白龍倒楣再三再四，這回又遇上大險。人幸而沒傷，起出來的贓物全都失陷了。要做好人，還得另籌本錢才行。

像這樣接二連三，顛沛頹敗，一連三四年沒走好運。楊春芳娘子不知真情，見小白龍劍眉深鎖，不敢在家安居潛匿，反比以前出去得更勤，她可就傷心到極點了。她非常聰明，饒有警智，她曉得勸得了嘴，勸不了心，丈夫本許她洗手，且已設下重誓，如今見丈夫形跡飄忽，更甚於從前，她就每每背人彈淚。反而在小白龍面前，極力賠笑，絕口不再提傾巢拒捕，涉險幾殆的舊話。

但是，她的人卻一天比一天消瘦。她本生得單弱，容貌清秀，現在眼眶發青。在大難之後，本已重病一場。今雖痊癒，兩隻眸子總有些悵悵惘惘的神氣，往往偎著愛女小桐，獨自發怔。

小白龍見愛妻如此，捫心內愧，竟不知怎麼哄才好。傍著春芳娘子，執手叫著名字說道：「芳姐，我實在對不起你。我一定洗手，我現在辦的就是洗手的事，你還不放心我嗎？我在你身上，有一句說一句，從今以後，再不瞞你。你看我還得出門，你當我又是幹舊營生去了？我告訴你，不是那回事。我這一來，在外面結下仇人了。我現在是受著兩面夾攻的苦處，我不願對你說，怕你擔心。我要不說，又怕你往更壞的情形疑猜。芳姐，我是這樣的打算，我必須弄一筆大財，咱們夫妻父女就擇地一隱，遠遠地一躲。我眼下出門，只是運……」說到這「運贓」兩個字，不由得吞吐起來。

終於將自己的現況，今後的打算，切切實實，原原本本，告訴了春芳：「芳姐，在七子湖旁邊，我埋著一隻鐵箱子，足值幾萬金。在七星洲、駱馬湖，我也埋著兩筆巨資。這都是我歷年積攢下的。我可不是劫奪良民，這些全是他們當朝顯宦貪官的不義之財。我家父當年受過貪官的害，才激得我倒行逆施起來。我如今為了你，決計洗手。就不為你，我也早有一到三十二歲，就洗手為民的志願。現在，我必須躲避著舊日的夥伴和新結的仇人，去到埋贓處，把東西全起出來，拿這個好供你我夫妻後半世的享用。」

春芳聽了這「起贓」二字，未免覺得刺耳，偷瞥丈夫的神色，心中怙惙。拿著劫掠別人的錢財，做自家享福之用，竟是甚於渴飲盜泉之水了。可是春芳娘子不肯說破，怕丈夫難堪。

她反倒勸解小白龍道：「你的打算很對。不過，你不要顧慮我，凡事你自己酌量著辦，你覺得怎麼辦對，你就趕快自己辦去。你不要跟我商量，我女人家見識，反倒膽小誤事。你更不要為了我，反而勞神費舌。我隨著你，你只管放心。有你就有我，沒有你，我也不能活。萍哥……」

她把小白龍的手緊緊一握，似有萬斛柔情從這一握流露出來，她很溫存地說道：「萍哥，你要是真愛我，我請你為了我，多多保重，不要太把錢看重才好，還是你這人要緊啊。我嫁了你，就跟你一輩子，你不要怕我受苦，我本是一個落拓書生之女，闊日子倒過不上來，窮日子我更會過，財大反倒燒身。可是話又說回來，你一定要回去起贓，我也不攔你。我可是心上只有你，不是為了錢，才跟你過日子的啊。」

只商量起贓的事，她再不提「洗手」二字。她越不提，越似乎信不及小白龍折節為良之志，小白龍就越加怙惙，越加內愧。小白龍出門，她也不再貪戀阻攔。小白龍說走，她就打點行囊。她只睜著澄澄清澈的雙眸，從無言中，流露出曾經禍變、孤衾難安的虛怯之情，有時候恨不得小白龍天天偎著她，她才不害怕。

她的虛怯超過恐怖。但丈夫要走，她絕不說害怕，也不求暫留。小白龍方靖眼見春芳一天比一天消瘦，一天比一天頹喪，他心中自是難堪。春芳那一對幽怨淒艾的可憐眸子，溶溶脈脈，向小白龍含淚而又含笑地看著，小白龍更覺得比長槍大戟，刺力尤大。無言的譴責，無聲的籲求，使得小白龍迫不及待地忙著洗手。

天似乎不佑善，天似乎不饒恕「放下屠刀」的人，不叫他「立地成佛」。孽因已種，步步食果。不是天道好還，只因人事的自然驅遣，於是在小白龍決志洗手之後，飽受挫折。毒蛇的纏障幸已脫免，黑鷹的攫拿，獅林群鳥的搜尋，躲過一場又一場，趕落得小白龍風聲鶴唳，草木皆兵，賽過喪家之犬，失窟之兔。一連四年，始得輾轉亡命。祕密起贓，逃出了仇人和官人的海捕。小白龍他一頭埋藏在邊邑窮鄉，更姓改名，一定一定洗手。對天起誓，對妻明志，從今以後：「我這手再不許沾染半點血腥，再不許重握刀把。皇天在上，我誓為良民，就是有人以刀斧相加，逼我重返綠林，我也絕不再踏覆轍了。」

這樣，小白龍要日日守著嬌妻愛女，永遠不錯主意了。可是，天不從人願，他的愛妻也已迫不及待！

春芳娘子給小白龍又誕生了一個玉雪可愛的小男孩，產後失調，「愁能殺人」，她懶洋洋地病倒了。延醫診治，許願燒香，贖不了負心的罪，春芳娘子的病一天重似一天。小白龍偎著愛女，抱著嬰孩，撫著愛妻的一隻胳臂，恨不得以身相代。一掬英雄淚簌簌而下，成了懺情之淚，那已是六年以後的事了。

第十一章　霸臺避仇家獅兒礪爪

光陰如脫弦的箭，倏忽過了十年。

直隸省中部，文安、霸州一帶，在數百年前，本是宋金的邊關，有名的白溝河，正是宋金的界水。在霸州城附近三十里外，有一座鎮甸，叫做信安鎮，當年也是邊圍重鎮，一到明清，便成為畿輔閒村了。可是民風強悍，猶有燕趙健兒之風，居民又很能恤鄰扶患。鎮內大街上很多鋪戶商店，又有定期市集，倒也熱鬧。街西夾巷內，有一戶人家，共十間房，分成兩院。正院六間灰房，是本鎮祥記磁店馬掌櫃住著。另有小跨院，別走一門，這卻是四間草房，兩間北房，兩間南房，原歸房東自住。在八年前，這房東移入老宅，把四間草房賃給新由霸城搬來的客戶了。

這客戶共只三口人，倒租住四間房。並且在八年前，這客戶剛搬來的時候，幾乎是三個空身人，任什麼也沒有。一個長身量、大眼睛的壯年男子，同著一個二十幾歲的灑脫婦人，帶了一個七八歲的小男孩。兩個大人每人提著一個小包袱，小車上推著小小兩個鋪蓋卷。看樣子像是逃荒的難民，看衣履卻比難民乾淨，看神氣又面帶憂勞之容，估不透男女三人是幹什麼的，也不曉得搬到這裡，是要投奔誰。

鄉下人久居故土，鄰里街坊誰都認識誰。驟有異鄉人移入，一見面就看出眼生；既看出眼生，便免不了打聽。「這一家子是哪村裡搬來的？幹什麼的呢？是哪家鋪子的掌櫃新接家眷來著？」當這男女三口坐著小車子進鎮的時候，是由信安鎮福來客棧的店夥陪同來的。多嘴的人圍著看，趁便向店夥打聽。店夥卻也說不甚清，只知這三位客人由霸州城內聯號福星棧店東給引薦來的，據說：「他們由打去年，就從外鄉好像是北京城吧，輾轉流落到咱們霸州來了。在福星棧住了半年多，好像是投親不遇，撲了一個空，困在店中了。他們就在店中閒住。女的給人洗衣裳，攬外活；男的批些雜貨，按日子趕集擺攤，將就餬口。」

這樣講，他們三口是很窮苦的了。店夥說：「這男的很耿直，女的很正派，別看是投親不遇，困在店中差不多快一年了，他們居然沒欠下半文房錢。店東因為這個，很憐恤他們。聽說他們要在咱們這裡租房落戶，做小生意；店東一時行好，就指引到你們新安鎮來了。他們不但租這四間民房，他們還要等機會倒兩間鋪面哩。」

多嘴的鄰人聽完了這話，很滿意。有那多心的人，忽覺著不對茬：「他們有多少錢，要倒鋪底呀？他們倒得起嗎？」店夥聽了一怔，搖頭道：「這個咱就不知道了，反正人家有錢，沒錢不會租四間房，還要掏本錢做買賣。」鄰人道：「做什麼買賣呢？」

店夥道：「那誰知道啊？反正是能賺錢餬口的買賣，什麼買賣不是人乾的？幹什麼不能吃飯？」霸州人口角強硬，一說話就像吵架，其實他們是慣用反詰語，以問為答，來駁對方。

跟著又有一個鄰人矍然地提出疑問：「他們是兩口子嗎？好像女的歲數大吧？」

店夥連連搖頭道：「不不，人家是叔嫂，光棍小叔子，領著寡婦嫂子，帶著一個沒爹的侄子。」

另一鄰人道：「噢，那就莫怪要賃四間房了，人家三口人還是兩個房頭呢。」

鄉民只管議論，這三口客戶已搬進新寓。當地男子在門外打聽，鄰家婦女就一而二、二而三，溜到人家屋裡去問，人們都胡亂猜疑，這一男一女許是夫妻，趕情鑿真了問，人家並不是，就看神情，也覺得不似。老娘們問了又問，才知道這是一齣苦戲。這個光棍小叔子，從小在家務農，他的胞兄出門作幕，十來年沒有音信，都以為人已不在了。直到上年，忽聽人說，胞兄沒死，已在北京做官發了財，娶了小婆；又趕上故鄉鬧蝗災，他和嫂嫂商量，這才變賣財產，親送嫂嫂、侄兒，出來尋兄。哪知人言不可靠，到北京撲了空，不但發財的話是謠言，連他胞兄是存是歿，也生了疑問。這一來，在北京，沒找到胞兄，他們叔嫂侄兒三口，反害得欲歸不得，流在外鄉了。

他們出來一年多，望風捕影地尋兄，很受了些困苦。幸有餘財在手，才免為路殍。他們又摸到霸州來，也是誤聽鄉親的傳言，說是他胞兄現在霸州做官。哪知霸州的州官只是姓氏同音。現任州官姓稽，他們卻姓紀。

鄉村中人喜刺探別家的細事，若不打聽明白，大有死不瞑目之慨。經王大娘、李四嫂，不嫌討厭，徹頭徹尾打聽明白之後，左右鄰人這才放了心，都嘆息說：「大嬸子是個苦命的人哪。我想你們當家的，估摸做了大官了，死是不會死的，倒是保不準他要娶小老婆。哼，如今兒做官的人都講究個三房四妾的呢。大嫂子，你也想開著點。」

新客戶賠笑答道：「大娘說得對，我是往開處想，娶小老婆就娶吧。」

那偎在母懷的男孩子，翻著漆黑的小眼說道：「娘娘，我爹爹不娶小老婆，我爹爹也不會做官……」

那個年輕男子忙過來拉著小孩子的手道：「小孩子，少說話，來跟叔叔買東西去。」把小孩扯去了，單剩下紀大嫂應酬鄰婦。

娘兒三個整天不出門。區區四間小屋倒有三丈見方的空院子，鄉下的房都有寬大的敞院。母子倆把二道門一關，也不知天天做什麼。出門上街的，只有那個小叔子，名字叫什麼蔚叔。這紀蔚叔據說名叫紀蔚宗，搬到信安鎮之後，很謙和地跟街坊聯絡。閒過些天，便批發些零星貨物，趕集擺攤，針頭線尾、腿帶子、葉子煙，什麼都賣。人們看了，又覺納悶，這一家三口，指什麼過活呢？就指著那點點小攤嗎？後來才聽說，人家手裡原有些存項，人家還打算租地、賃鋪房、開小鋪哩。

半年過去，新來客戶漸與居民相安，不再遭人猜疑，不再被掛在齒頰間了。紀蔚叔跟街面上的人物漸漸有了交情，紀娘子也跟鄰婦處得很好，鄉婦愛小，紀娘子也不惜小費，一掛線，半塊煙錠，很邀得四鄰的歡心。那小孩子紀宏澤也漸漸關不住了，偷空摸空，從家中溜出來，找街坊小孩玩。

起初紀宏澤跟人不合幫，常常吃虧，大孩子欺負他，一天總有兩三次哭著回家。小些的孩子，又被他打哭，叫人找上門來。他的手溜灑，小孩子比他大個一兩歲，也打不過他。但是鄉下小孩會合群，一個吃虧，兩個幫打，紀宏澤總是吃虧的時候多。他娘很惱，反要打他，罵他沒出息。紀蔚叔嘆息勸道：「大嫂，你不叫他出門，豈不把他圈壞了？孩子正在貪玩貪長的時候，你把他憋屈病了，可又後悔遲了！」

這話說得紀娘子淚往肚子裡咽，想一想這話很對，小宏在外頭挨了打，回家再挨打，到了夜間，必要發囈症，踢被說夢話哭叫。白天順了心，晚上睡覺，他立刻會不鬧。紀娘子因此又不捨得再打了。紀娘子便屈意哄慰，設法把自己的孩子煩惱岔開，再找鄰孩，說一頓好話，管那半大孩子叫大哥，央告他們：「哥哥們多照應我們的孩子吧，他年紀小，他爹沒在家。」

或者拿出食物果餌，賄買鄰孩。一來二去，這些頑童也會拘住面子，不忍再欺生了。

小宏這孩子起初寡不敵眾，孤掌難鳴，就是有力氣，也要受氣。人家學他的口音，管他叫小侉子，一唱百和地哄他。現在日久熟悉，他的母親又會哄慰鄰孩，近鄰的小孩漸受感動，把他算入本街，也成了本街上孩子群的一分子了。他們拾柴火、挖野菜、摘地梨、放牲口，也叫著小宏，一面做活，一面淘氣玩鬧。有那半大的孩子，成群結夥地和鄰村打群架，比武，扮戲，偷果園子，鬧墳地比膽子。小宏人小膽大，也想參加，可是人家嫌他歲數小，「他們家裡大人太勝」，仍不肯邀他。

如此，直荒廢了前後兩年，紀大嫂長吁短嘆，紀蔚叔忙忙叨叨，紀宏澤卻得暢心縱慾地大玩了兩年。越是東奔西鑽，他越覺環境時變，觸目皆成新鮮。於是，在信安鎮定居之後，過了一年，他的蔚叔已經租好了「門臉」，開起小鋪來。他的娘也跟著忙，包貨包，稱份量，生涯漸有一定。這天過了正月十五，他的蔚叔已給他找好了書房，他的娘也給他做好了新衣服，新書包，並且，蔚叔也給買來一部龍文鞭影，和幾本三百千、仿本、筆硯，要打發他上學。

他的娘不甚放心，因為學塾還隔著一條街，地遠稍僻，她不願小宏野跑，比隔街還遠，她心旌懸懸，問蔚叔道：「近街沒有書房嗎？」

蔚叔答道：「有倒是有，那位胡先生年紀大了，好喝酒，管得不嚴，耍起酒瘋來，又無故亂打學生。倒是北街王先生，今年剛四五十歲，有耐性，教得好。好在隔壁張家那個學生也跟著王先生唸書，正好同伴，大嫂放心叫他去吧。」

紀娘子點頭應允道：「要說呢，孩子認幾個字，比一字不識好。咱們也不求他考秀才，中舉人；只要能夠念家信，能夠自己寫信，就夠了。咱們的孩子還是……咳！」把全盤心思寄託在這一聲「咳」中了。

紀宏澤已經玩荒了心，野鳥入籠，不肯上學。又聽說入塾規矩如何大，先生動不動要打板子，正和一般村童相似。這天早起，他娘給他洗臉，梳辮子，換上新衣服，挎好書包。他的蔚叔在一邊等候。紀宏澤心眼裡發毛，好像書房如地獄，先生就是閻王。他懶洋洋地挨磨，忽然看見他娘眼圈中含著兩行熱淚，終於忍不住滾下來了。紀宏澤人小心不小，他便覺十分不安，叫了一聲：「娘！」

紀娘子道：「孩子，我就指望你了。你要好好上學，長志氣，不要逃學。」

紀宏澤答應了一聲，他的蔚叔拉著他的手道：「走吧。」紀宏澤出了家門，到了巷口，回頭一看，他的娘送出家門，直到巷口。蔚叔一揮手，徑帶侄兒見先生，獻贄敬，把這歡老虎似的小孩送入寒窗冷硯邊。

鄉塾兩間，有鬍鬚的王先生坐擁皋比，有二三十個拖小辮的小孩，在那裡提筆寫字。靜悄悄沒有聲音，紀宏澤直覺發毛。蔚叔和先生談話，紀宏澤立在身邊，東張西望。滿屋的小眼睛都盯著自己，有的壞孩子衝自己擠眉歪眼。紀宏澤轉過頭來，旋見先生立起，引新生到大成至聖牌位前面，燒香叩頭拜聖門，拜老師。先生給紀宏澤找了一個座位，在歪桌破凳上坐了。蔚叔跟先生客氣幾句，走了。剩下宏澤，頓覺塾中空氣既冷又悶，勾得人發煩。偷看同學一眼，又偷看先生。先生是個黃病臉，有鬍鬚，手指爪很長，似乎不甚厲害。同學有的還銜他咧嘴——那個鄰村小孩，跟他一塊淘過氣，原來他們全拘在此處了。

第一天溫性，坐了半天，便提早放學了。已到吃飯時候，紀宏澤如飛鳥出籠一樣，倒不能撒歡，一步步走回家來，他娘已在門口等候著了。紀娘子把他拉到身邊，問了許多話，回到屋中，一面吃飯，一面還是盤問。紀宏澤只是怔怔地，沒精打采。紀娘子試摸他的臉，似有點發燒。遂哄他出去，找鄰孩玩耍。像這樣，直過了三天，先生才命執筆描「上大人」，又過了兩天，他才念起「堯眉八彩，舜目重瞳」。

幾月過去，紀宏澤度慣了書房生活，方才又歡起來。漸漸與同學結伴，下了學，湊到一處玩。這比那夥野孩子還熱鬧有趣，人多心思多，淘氣的法子另是一樣了。

紀宏澤上私塾唸書很歡。紀蔚叔開小鋪，買賣也很好。紀大娘子不做外活了，鄉鎮地方外活也小，倒是小雜貨舖零包賣貨，包糖包，切煙絲，也得用人。他們叔嫂不用徒弟，只自己對付，紀大娘子也成了大忙人。鄉鎮仍喜早眠，一到黃昏，小鋪上門板，紀蔚叔就鎖門回家，說是教侄兒打算盤，催著寫仿溫書。一到近子刻，紀蔚叔又回櫃，那時紀大娘子分包的零貨小包也打奐好了，就由小叔帶到櫃上。街坊們都說這叔嫂兩個好。

紀宏澤隨著村童入塾唸書，到十一二歲，也該念出什麼來了。聽老師說，這孩子很聰明，就是貪玩，不肯用功；倒練出一筆好字，唯獨背書，他怕得透透的，好像沒耐性，不肯熟誦。並且他人大心大，心專往別處轉，很夠淘氣了，貪玩胡鬧，誰都趕不上他。他身子骨很結實，面色微黑，二目有神，先生說這孩子壞就壞在眼上，一對大眼骨骨碌碌地轉，外面不哼不哈，一肚子調皮心眼。這孩子個兒不高，力氣也不見得大，可是同學們全打不過他。他有了外號，同學們管他叫小紀猴。為什麼叫他紀猴呢？倒不是因為他會上樹，鄉下孩子全能爬樹摘棗掏雀，因為紀宏澤和同學們摔跤玩耍，只一動手，他立刻佝僂下腰，縮背，曲肘，一手掩胸，那一手就去撥打人。

同學們年紀比他長的，力氣比他大的，只要跟他一抓鬧，總被他占了上風，他專會摔人。

小同學們全知道紀猴太詭，你就撈不著他。你打他，他會躲，你只一撲他，他彎著腰不知怎麼一閃，準把你誆一下子。

你只往前一栽，他小子準得翻起來，把你上手一推，下腿一絆。弄不好，摔你一個狗吃屎，他小子就樂著跑了。因為這個，同學們罵他是猴崽子。

同學中那個北街的二黑，就吃過大虧。剛一動手，紀猴的頭就鑽在二黑的胸前，被紀猴拿頭一頂，下面一絆，二黑整個跌了一個跟頭，摔哭了，直叫媽。二黑的叔伯大哥大鐵都十四五歲了，跑上來就抓小紀的小辮。小紀又這樣一扭，那麼一轉，同學全說小猴要吃虧，哪知大鐵到底沒有抓著小紀，他的腳叫小紀踩住，兩手照胸口一推，大鐵仰面摔倒了。

二黑和大鐵合起來，小紀且招架，且跑。忽然有行人經過，大聲喝彩。這個行人是個布商，就說道：「好哇，兩個打一個，這是誰家的孩子，別是把式匠的兒子吧？」終於鬧出大人來，這場孩子架才罷。

小紀這時不過十一二歲，同學中有比他很大的，還顯不出他來。村童上學，不過念雜字學寫算；上過一二年，最多三四年就罷了。小紀卻不然，他的母親、叔父還想大供給他。於是一晃到十三歲，他還是唸書，除了兩三個財主兒子，同學中可說頂數他學問大了。他雖然剛剛十三歲，在學塾中已熬到二學長的地步了，「四書」讀罷，又是《左傳》、《詩經》，並且也開了講。先生給他講《左傳》、講《大學》；他說《大學》真要命。他還是耍小聰明，不很用功。他的全部精神不在學塾中，實在下學後。他如今也熬成孩子頭似的了，他也跟鄰近學童結成一夥，一下了學，便成群結伴，到各處亂轉，想出法子來玩耍。削竹片為刀，縛竹枝做馬，耍棒弄棍，一到黃昏，就胡鬧起來。

若到夏秋收穫時間，村塾照例放假，先生也回家忙，學生也回家忙，只有這不種地的紀家，人家越忙，他們倒越閒在，小孩子更閒在。紀宏澤在這假期間，沒有同學和他做伴，他就獨自一人，孤蹤亂竄，跑到鄰村玩耍，或到河邊洗澡撈蝦。

信安鎮有葡萄園、瓜田、棗林，紀宏澤每每光顧，不但偷摘，而且毀壞。他雖然是小學生，倒成了野孩子了。他的母親和叔父也漸漸看出他淘氣來了，但他蔚叔經營著小鋪，他的母親也不能時時跟著他，也就沒法，只有說勸罷了。他又把好話當作耳旁風，大眼珠亂轉，自想主意，好話壞話全不聽。

一天下學，紀宏澤不知到哪裡淘氣，惹下了大禍，被人家打了個鼻青臉腫，覺得回家沒法交代，在外面盤桓不歸，直耗到酉戌左右。他母親等他吃飯，越等越急。偏偏這天紀蔚叔又跟人下棋去了，她實在不放心，就找到街上。半路上正遇見蔚叔，忙問：「七弟，你看見小宏沒有？」

紀蔚叔也慌了，說道：「他還沒回家嗎？大嫂您請回，我立刻就找。他上哪裡玩去了？」說著，大步走了下去。

紀蔚叔到各處喊叫搜尋，並且逢人打聽，直找了一兩個時辰，反倒在離街半裡地一座土谷祠旁，尋見小宏一人徘徊。紀蔚叔大聲喊叫，他竟不答聲。紀蔚叔怒極：「你在這裡幹什麼？怎麼叫你不答應？」就揍他兩下，立刻揪他回家。

剛進巷口，紀大嫂兀在口外佇望。她出來得急，沒加衣服，被夜風一吹，身上抖抖地打戰，心上一團急火。遠遠望見兩條黑影，便叫道：「是小宏嗎？是七弟嗎？」兩條人影全不搭腔，一直走過來，正是他二人。

紀大嫂一見孩子尋回，早忘了一切，心花驟開，上前一把抓住道：「你這孩子，你這孩子，你到底上哪裡去了？可是洗澡去了？怎麼不回來吃飯！」

紀大嫂驚喜忘情，拖住紀宏澤，就往家中走，卻忘了一聲不言語的紀蔚叔了。紀宏澤這小孩子仍然一聲不哼，甩開母親的手，一頭鑽入裡屋，竟脫鞋要睡。這樣孩子見識，如何瞞得住大人？被母親拖到燈影一看，原來面目有傷，血跡斑然，不用說，在哪裡惹事，挨了打了。

母親心痛，又氣又恨，叔叔更惱罵道：「你這書怎麼念的？你不知道你娘就只你一個嗎？你不知你的爹……你這孩子怎麼不學好，往下道走！你到底惹了什麼禍，叫人打得這樣？你是偷人家的果園子了吧？」

母親與叔父嚴詞詰問，他仍是一字不說。他倒倔強得很，打也不說，罵也不說，哄也哄不出實話。索性飯擺在面前，他明明餓，也不拿筷子了。鬧了半個時辰，母親看著心疼，只得把這場事隔過去。母親重給熱了飯，給他再端上來。他這樣才偷瞥了一眼，見他娘眼中含淚，他這才羞羞慚慚，挨到桌前，低著頭吃飯。

第二天晚上，母親、叔叔長篇大論給他講道，哄他學好，別再惹禍。他一對大眼骨骨碌碌的，臉上似乎不受一點感動。

他的叔叔又重到學塾，拜託先生。如此，紀宏澤也老實了十來天。

但他轉眼又忘了，玩伴找他。鄰村的小孩在某某土崗，安下埋伏了，土坑中埋著石子，要乘夜前來，跟本村打架，「他們要偷營」！

本村的軍師就是紀宏澤，他不出馬，大元帥有勇無謀，無才聚眾，這些小孩只可回家睡覺了。那麼這一場大戰，只可高懸免戰牌了。小紀接得小將的密報，立刻又躍躍欲動，把竹片刀拿出來。可是「事機不密」，有好幾個小孩的「家裡大人」知道了，忙把自己的孩子老早拘在家中，也給紀大嫂送話，「他們要打群架」。

那個大元帥是十五六歲的大孩子，叫他爺爺打了一頓拐杖。只剩下紀宏澤，孤掌難鳴，部下也星散了。他還是不死心，在巷口徬徨，往各家探頭，唱出他們的集眾的軍歌，想把玩伴嘯出家來。被他的紀蔚叔尋到，厲聲叫道：「小宏，你不回家吃飯，在人家門口鬧什麼？」

紀宏澤翻了蔚叔一眼道：「小黑借我的仿圈了，我找他要仿圈。」

小黑的姑姑開門罵著出來，忽見紀蔚叔，立刻告發他們的密謀。紀宏澤便被蔚叔捉回家去。母親、叔叔都跟他講道理，說了許多話，「你要知道，你不是鄉下野孩子。你怎麼引頭打群架呢？」他低了頭，一聲不哼，也不知道這些話打動他沒有，臉上表情卻是那麼木然漠然。紀大嫂哀嘆了一聲，流下淚來。

又有一次，紀宏澤不知在外面幹了什麼，臉上沒傷，可是回家嗒然若喪，待了一會兒，就忙著削木棒，擊石做戈，好像又吃了虧，要打算報仇。他的娘看出情形，就防備下。並且明知問不出來，也不再問，只泛泛勸解，略略提示：「你跟人家孩子可不一樣啊，你知道嗎，人家可是有爹有娘。」說到這「爹」，紀大嫂聲音哽塞，眼淚直轉。

紀宏澤偷眼一看，不禁自語：「哼，又掉淚了，哭不夠！」

「哭不夠」三字，本是他心中的話，可是一時忘形，竟說出聲來。紀大嫂突然立起，面泛紅雲，她勃然大怒了，罵道：「你，你，你這個沒心肝的奴才！」紀大嫂渾身打戰，氣得手腳冰冷。

紀宏澤看出不好，扭身要溜。紀大嫂喝道：「小鈴子，你給我站住！」

紀宏澤感覺到母親動了真怒，他究竟是孩子，他立刻奪門要跑。紀大嫂往前一趕，只一步，到了紀宏澤身後。紀宏澤失聲一叫，還想支撐，被他娘像捉小雞似的擒住，只一帶，紀宏澤跟頭踉蹌，栽到內間。紀大嫂回手關上屋門。

屋中微有聲息，旋即聽見小紀失聲一叫，立刻又沒有聲息了。如此，直到晚飯後，紀蔚叔在鋪中餓得肚子叫，還是不見家中送飯來。紀蔚叔只得提早上板，連帳也沒算，就回家了。

家門竟沒有上閂，紀蔚叔進了院，轉身閂上。一看正房，屋門交掩著，推了推關著呢，紀蔚叔忙叫了一聲：「大嫂！」

屋中人半晌才啞聲答應，立刻開了屋門。紀蔚叔急道：「大嫂怎麼了？」紀大嫂早已扭過臉去，退到內間。紀蔚叔道：

「大嫂，飯熟了沒有？」在堂屋打轉，忽一眼看到內屋，這才明白了。小紀正在內屋當地跪著呢。

紀蔚叔道：「小宏，你又惹你娘生氣了。」偷看紀大嫂，面色蒼黃，兩眼通紅，在床上坐著喘息，滿臉都是淚，連衣襟都濕了一大片。小宏在地上跪著，渾身是土，手面有傷。紀蔚叔還道是他在外面打架了，哪知紀大嫂恨兒不爭氣，把小紀大打了一頓，打完又罰跪，已然鬧騰了兩個時辰了。這孩子口中就不肯說出半句求饒、知悔的話來。要罰他跪，他更倔強起來，打死他，他也不下跪。紀大嫂傷心斷望已極，幾乎要自殺。母子倆關上門鬧，大加責罰，不許出聲，小紀也不肯出聲，又沒有人勸，母子全下不得臺階。直等到紀大嫂拿出刀子來，小紀方才害怕。方才下跪，可是到底不告饒。

紀蔚叔代為求情，把小紀拉起來。紀大嫂痛哭起來，說道：「七弟，我一點指項也沒有了！這孩子越大越沒出息，您聽他說什麼，他挖苦我又哭了。我實在不爭氣，一想起來，就不由得掉淚。別人沒笑話我，他倒笑話我，這東西多夠渾！小鈴子，你越大越叫我傷心。你一個沒爹沒娘的孩子，你身上擔著多大的債！你胡吃悶睡，你跟人家比嗎，我這個娘本來也不配做你的娘……」

紀蔚叔立刻變了色道：「大嫂啞聲！」又低聲道：「大嫂別跟他小孩一般見識，您是最有打算的，您不是早把主意打好了嗎？現在他十三，還有三年，到了那時，您再看。」

紀大嫂嗚咽道：「我哪還能管得了啊！這孩子又不好好學能耐，又不好好唸書，從小看大，三歲至老。這孩子從前還差不離，哪知他由打去年，一上學更學壞了。還叫我有什麼法呢？想到我姐姐，先一步去了，他爹別看是……他們全比我強，我如今是活受罪。哪一天我才熬出來呀！」

紀大嫂吞聲掩面痛哭，不使哭聲外揚，雙肩聳動，連嗓子都啞了。紀蔚叔急得抓耳搔腮，看了看小宏，又看看紀大嫂。

心中也自嘆恨，因勸道：「大嫂，小孩子都有這麼一個犯渾的時候，他如今十三，由十一二到十三四，正是小孩子犯糊塗的時候。他已然有大人的心路了，還沒有大人的見識，一定要胡鬧。我記得我小時，也有這麼兩三年。大嫂是最有骨氣、最有見識的人，您別看在一時，小孩子總忘不了貪玩，犯渾。好在他如今練的初步功夫卻還差不多，您再多忍耐，再看他三年。別的話千萬少說，您早先打的那主意很對。」

這叔嫂含淚對談，紀宏澤明知是議論他，他也迷迷糊糊想起舊事來了。他也曾盤問過大人，大人從來不叫他問，一問就打岔。現在他也聽出好歹話來了，他們大人話裡話外，還含著別的意思，他可就推測不出了。可是母親對自己不滿，他是知道的。他也想討母親的喜歡，無奈一玩起來，他又情不自禁了。並且他又想：母親本來好哭，說她好哭，也是實話，怎麼就值不值生這麼大的氣？我說的是實話啊！

紀蔚叔直餓到半夜，才把母子安慰好，把小宏私勸私哄，費了五車唾沫，小宏這才過去，給母親磕了三個頭，說了四個字：「娘，我不了！」

入睡以後，母子躺在枕上，紀大嫂澀著嗓子，又講了半晌。這可是多此一舉了，她正翻來覆去地比喻，紀宏澤早已鼻息重濁，扯起鼾聲來了。

自經此次，紀宏澤好像也略受感動，很安靜了七八天。但是不久，他又鬧事了。這一次大概又是跟人打架。早晨起來，他母親給他先梳小辮，次打臉水，梳洗乾淨了，才打發他上學。母親拿著梳子，給他拆開髮辮，剛要往下通了，他帶出護疼的樣子。乃至用梳子一梳，竟格格不下；強通下來，隨著梳子掉下來一縷頭髮；又一通，又是一縷。母親停梳細驗，才知道他的頭髮直掉落十分之二三，不用說，又跟人揪小辮，打死架了。他才十三歲，他竟這麼好勇狠鬥。母親唉喲了一聲道：「好孩子！你！」料著也是白問，只得好歹給他梳上，打發他上學。

到了晚上，對紀蔚叔說了。叔嫂二人苦苦盤詰，嚴加勸責。這孩子還是那麼擰，一言不發，把耳朵交給母親、叔叔。

紀蔚叔也不禁失望道：「你這孩子怎的這麼不聽人勸呢？你爹爹一輩子好漢，你母親精明強幹，都是很爽利的人，怎麼單單你這孩子，又硬又擰，又不學好！」

可是，自從那一回母親動怒之後，他就怕見母親落淚。因為他這位母親，與別家母親不同，從來溺愛他，沒有加責過。

紀宏澤脫口失言，譏誚母親好哭，沒有想到母親會如此痛心。

他口頭上儘管倔強，他可是不敢看母親眼淚汪汪的那模樣了。

母親一哭，他立刻受不了，抓耳搔腮，恨不得把母親的嘴堵上，把眼淚也給止住才好。紀蔚叔漸漸體驗出這一點來，暗告紀大嫂：「這孩子不是沒心，只是口硬，不肯認錯罷了。」

紀大嫂嘆道：「但願他有心，我才不白活著！」

又過了些日子，突然又激起大波大浪。時候正值大秋，學塾又放秋假，小學生們隨同家裡大人全都上地了，連王先生也回鄉收糧去了。於是紀宏澤又成了閒人一個。每逢紀宏澤惹是非，多在陰曆五月麥收、七月大秋放假的時候。現在又到了惹事時候了。

紀宏澤竟拿著三隻真鏢，滿野地亂跑。這不是兒戲的假鏢，竟是真鏢。他拿著這三只真鏢，一把竹片假刀，獨戲無伴，一頭跑到隔村場院那邊。他噌噌地爬上樹，他上樹的功夫比村童都高。他攀枝踞樹，往下試打一望，望見了人家的院落，正在餵豬。相隔足夠數丈，他要試試腕力。同時他模仿鄉下戲臺中武生武醜武花臉的本領，他就一揚手，「著鏢！」鏢奔小豬打去了。

他的腕力居然不弱，他沒有白練，小豬「唧」的一聲，掉著尾巴亂跑。豬主人立時聽見亂群的聲音，壯男壯婦全都「下地」收割去了，村舍中只有老弱。一個老嫗、一個梳丫髻的女孩跑出來，看見小豬屁股上插著一隻帶布條的冰鑽，登時叫起來，要給豬拔下。這豬負痛亂跑。在灶下做飯的主婦也被鬧出來：「誰扎的?誰扎的?」

正在亂嚷亂罵，往門外尋找，驕陽下照，樹上的人影在地，忽被那小女孩瞥見，叫道：「奶奶，奶奶，你瞧樹上有人!」

紀宏澤一抱樹，出溜滑下平地，一溜煙跑了。可是他丟了一隻鏢，這隻鏢成了贓證。

他又一陣亂鑽，鑽到人家葡萄園，他要施展他飛簷走壁之能，盜取人家的葡萄。頑童們慣用秫稭劈成細篾，做成筷子簍的形狀，縛在長竿上，可從園外偷摘人家的葡萄嘟嚕。細篾小簍留有小口，探到葡萄嘟嚕上，齊蒂只一擰，就摘下一小嘟嚕。

小紀嫌這個竹簍形小力軟，竟用鳥籠改造，製成一個大簍，把人家大嘟嚕葡萄一擰，就擰下一大串，足夠一二斤。他說：「看園的老頭子好罵街，本夠可惡。現在換了他的女人，這老婆子更是可恨，小孩子在她葡萄園左近一走，她就跑出來罵，她把人全都當作偷葡萄的賊了。這不可不懲罰她。」

巧極了，葡萄園外沒有半棵樹，定是主人防人攀樹來偷，把樹砍掉了。可是園中有巨樹，他人上不去，距牆根很遠，小紀居然想出法子來。他在牆外只一跑，又一攀，就能上牆，然後用繩子照樹上一掄，做成活套，掛在樹枝上，小紀就借力一悠，悠到樹上。然後居高臨下，大摘葡萄，且摘且糟蹋。

葡萄園有狗，小紀竟加以賄賂，給它投下食物，狗不再咬他了，反拿他當好朋友，在樹下搖尾乞憐，另發出歡迎之聲。

小紀瞎胡鬧，在樹上以孫大聖自居，大摘大吃。饒他心眼多，到底忘了一樣，跳牆上樹易，摘了這些大嘟嚕葡萄，要想回去，可就不大容易。他只顧打算入園上樹，忘了「飽載而歸」時怎樣下牆頭。他回不去了。

狗在樹下歡迎他，久等食物不再投下，狗就發出低哼，尾巴搖得更急，而且跳前跳後。小紀在樹上徬徨四顧，有心下地，又望見園門上鎖，這仍得翻牆，但園中地窄，竟沒有向上躥的餘地。他抓耳搔腮，盤算逃走的辦法。

忽然看見看園人從屋中出來了。卻又不是那個老婆子，這是一個二十幾歲的娘兒們，臉上還抹著紅紅白白的，原是老婆子的侄女兒，慪氣回家。這女人因園中無人，就在葡萄架旁蹲下小解。忽然聽見樹葉子簌簌作響，又見狗衝著樹搖尾巴，這女人未免有點疑怪。忽然「啪嚓」一響，小紀怕人家看見他，就往葉密處一鑽，兜中的葡萄有的掉下來，嚇得他手忙腳亂，索性滿兜葡萄全落下來了。

那女子大駭，慌忙提衣要起，沒有起好，竟坐下來，坐了一屁股泥。小紀忍不住撲哧一笑。女子大怒，繫好衣褲，找了一根木棒，站得遠遠地罵道：「哪裡來的野小子，偷看老娘撒尿？」

小紀笑道：「誰看你來？」

女子越怒，揚著木棒奔來罵道：「好小兔羔子，你還笑？你就沒有姐姐妹妹嗎？你的姐姐妹妹就沒有撒過尿嗎？你他娘的偷看什麼？」

那女人起初當是野男子，她心中只是爹著膽。小紀一還口，她聽出童子音來，倒放了心，越往樹下湊來，一個勁地罵。最恨小紀偷看她了，她把偷葡萄的事倒沒擱在心上。

小紀道：「我看你做什麼，看你又有什麼稀罕？」小紀的笑聲，鬧得這女人滿臉通紅，手持木棒仰望，要認準小紀的面目。小紀借枝葉把臉護起來，女子已看出是個十幾歲的小孩，罵道：「我看你咋著下來，你滾下來，奶奶打不死你！你給我滾下來！」

小紀道：「你快回去洗洗你那身上的尿去吧，我都替你怪髒的。」

小孩子不知男女之嫌，十分調皮，女子惱羞成怒，教唆狗咬人。狗又不聽支使，小紀也沒有下樹的舉動。這婦人嗔極，撮碎磚來打小紀。小紀不依，就把成嘟嚕的葡萄往女人頭臉上砸。

女人大嚷起來：「這是誰家的小兔蛋，你還要造反？偷了葡萄，還打人。你等著，我叫人去，把你吊起來，打個臭死。」

婦人示威之後，調頭就走，故意推門弄鎖，卻在葡萄架後，靜等小紀下樹，她想痛打他一頓出氣。小紀十分詭譎，仍不下樹，笑著說：「大娘兒們，你別冤小爺，我看見你的衣襟了，哈哈，哈哈，藏不住了。」

婦人使詐語，紀宏澤也使詐語。婦人藏不住，忍不得又跳出來罵：「反正你小兔羔別想下來了，奶奶跟你耗了。」

紀宏澤在樹上笑道：「小太爺也跟你耗上了。你瞧吧，太爺這一輩子就不下來了，看你有啥法？」兩人一遞一口的鬥罵，小紀忽然說：「大娘們，太爺要走了，太爺會駕雲！你瞧著，小太爺要駕雲走了。」樹葉簌簌一陣響，正不知樹上頑童又弄何把戲。這女人疑疑思思的，真不敢過來，怕用葡萄砸她。可是她橫身遮住路口，小紀想下地逃走，實在不易。

那女人又威嚇道：「回頭我們老爺子就回來，叫一群大小夥子，上樹拉你小兔羔子。」這女人也自納悶，這小孩何故這麼大膽，他居然不走，這是誰家的孩子呢？聽口音又很特別，不像本村的。這位已出嫁的姑娘竟不熟悉母家本村的細情，更不知信安鎮新搬來的客戶。小孩越倔強，她越顧忌，真怕吃了虧。她想這小子許有十六七歲，哪知紀宏澤今年才十三。

紀宏澤口頭上發橫，其實心中發慌，他也怕老娘們撒潑，所以猶豫不敢下樹。但時不容緩，將到飯口時候了，他還遠遠望見一個老頭兒，從大道奔這邊來了。越走越近，越看得真，果然是那個看葡萄園的老頭兒，後面還隨著一個中年漢子。

他暗想：不好！

他急急往地上一瞥，女人堵著園門，距樹兩丈多。他又急急往西牆一看，自料已不能一躍登牆。可是情形越逼越緊，那老頭兒越走越近。那老頭兒倒是空著手，那中年漢竟挑著兩隻空筐。空筐不相干，大概是來躉葡萄的，最糟的是擔這空筐的還有一根長扁擔。紀宏澤自覺搪不了這根扁擔。

紀宏澤鄉居已數年，深知鄉農捉住竊莊稼的小偷，必然有一頓苦打，而且捆上打。他如今深入人家果園，又糟蹋了這些半生的葡萄，看園老頭子必不肯輕饒。他在樹上高高地望見來人，他至此越發著急了，這才打算立刻逃走。可是遲了！那女人不知怎的，會聽動靜，突然大嚷起來，「有賊了，有賊了！」

紀宏澤大驚，急往園外看。老頭兒和中年漢驟聞呼聲，俱都站住，露出張皇觀望、欲前不敢之相。但只一停頓，園中女子又喊起來，老頭兒也喊了一聲，立刻奔園門跑，中年男子也跟著跑。到此刻真是危髮千鈞，那女子大叫園中有小賊。那老頭子奔到園門，用力推門，那男子把筐一放，抽出扁擔，雄糾糾擺出要打誰似的架勢。原來他們已聽見女人告訴明白，園中只是一個小賊罷了。

女人看看門，又看看樹，催老頭子快進來。可是忘了開鎖。老頭子催她開鎖，她又忘了拿鑰匙，還得進屋去取，不開鎖，人便進不來。這女人三腳兩步奔到屋內，當此之時，紀宏澤可就急紅眼了，再不顧一切，唰的盤下樹來。恰好女人已從屋中奔出，大嚷道：「小賊下樹了，不好，不好，你們快截住，奔西牆了，奔到牆根了，快快快！」

女人且叫且開鎖，且回頭盯著小紀。小紀也不知哪裡來的力氣，本來不敢也不能一躍登牆，現在一般急勁，居然在地上一抹地搶奔西牆，糊里糊塗一躥，兩手居然攀住牆頭，又一翻，跨上牆頭。

老頭子從園內開鎖追到，罵著來揪腿。中年男子繞到西牆外，扁擔一舉，喊罵一聲：「好賊，大白天價，你就……」

「就」字沒說完，扁擔照脖頸肩背砸下。紀宏澤急急一滾身，腳往下一蹬，踢開老頭兒的手，扁擔啪嗒一聲，也落了空，砸在牆頭上。小紀又一擰身，往下一栽，身落平地，輕如飛吹柳絮，挺身站起。看葡萄園的老頭子在內看不見外面情形，哎喲了一聲，大喊：「逮住他，逮住他！」

園外的中年漢舉著扁擔，再往下打，忽看出落地的是個十幾歲穿長衫的小孩。好像紳士家的少爺，不禁心中稍一猶豫。

小紀比野兔還快，眼往四面一看，伏著腰，撩長衫一竄，落荒跑下去。

中年漢子愣了一愣，園中的老頭子和少婦全都繞從園門追出來。老頭兒已驗明樹下糟蹋了那麼多的葡萄，又已問明這小孩膽敢花馬調嘴，戲弄少婦，越發地怒氣衝天，大聲吆喊。四鄰齊被驚動，都出來看。偏偏正到晚飯口，村邊收禾的農夫有的路經回家吃飯，就碰見這事。

少婦指天劃地，且訴且罵：「二哥，大叔，快給我截住他！」一五一十訴說前情。

鄰家婦人也幫著叫罵：「這是哪村的小兔蛋，跑到咱們這裡撒野？快把他逮住，吊起來，拿鞭子抽他！」四鄰動了公憤，六七個小夥子奔過來兜拿紀宏澤。

紀宏澤心知這個亂子惹得不小，只顧落荒逃走，回頭一看，好幾個赤膊漢子分兩頭堵上來。他歸路已斷，人小究竟膽小，一看這陣勢，又急又怕，慌忙往青紗帳裡鑽去。有兩個壯漢撥青稞追來，被他揚手一把土對準頭一個人的上盤，登時揚了個滿臉土。第二人趕到，伸手剛一抓，被他一伏腰，從肘下衝出。他終於一溜煙逃走，六七個大人沒把他圈住。這些村民遠望著小紀逃走的背影，罵著回來，都說這小孩比「大眼賊」（一種鼠類）還溜灑，這是哪村的？

村民畢竟有認得他的：「這不是信安鎮開小鋪姓紀的孩子嗎？」另一個人說：「哪有這家姓紀的？」剛才那人又答道：「是新搬來的客戶，在王先生書房上學。」又一人道：「這還了得！這小孩，哼，準是他娘的賊種。還穿著長衫，我只當是誰家少爺哩。五大爺，您得找他們家大人去。」

老頭子和那少婦早將爛葡萄包起來，小紀上樹的那根繩子，摘葡萄的竹簍竹竿，也都拿了來。好歹吃了飯，就往信安鎮找去。這相隔不過十一二里，好管閒事的鄰舍，也跟了兩三人去，一來做見證，二來看把戲。

看葡萄園的老人和少婦還沒有找到門，那養小豬的老嫗的次子，已先一步到了。也是在回家吃飯的時候，得知有一個小孩，登高攀樹，拿拴布穗的冰鑽，把他們小豬打傷。有鄰家小孩做證，說這冰鑽是信安鎮紀家小學生的玩意兒，有人看見他拿這玩意兒打鳥。人證、物證俱全，焉肯甘休？吃完了飯，登時拿了冰鑽，帶了小豬，由鄰家小孩做眼線，一直找到紀蔚叔的小鋪門口。

紀蔚叔正在櫃臺照料買賣，豬主人嚷著進來。紀蔚叔看見來人手中托著一支鋼鏢，登時心中一驚。豬主人從頭到尾訴說：「你們家的孩子拿這冰鑽，打傷我們的小豬……」

紀蔚叔長吁一口氣，把這顆懸起的心放下。閒人們圍上來看熱鬧。紀蔚叔忙將豬主人讓到櫃房內，情願出重價，把小豬買下。賠了許多好話，要過鏢來，又問小紀現在何處。

豬主人說：「他打傷我們的豬，就跑了。」紀蔚叔又賠說了幾句話：「等他回來我一定打他。」

豬主人得錢欣然走出，紀蔚叔細看此鏢，果是己物，便拭淨藏起來，過來驗看小豬的鏢傷。傷在臀部，入肉數分。據豬主人說，是在數丈外樹上打的，那麼小紀的腕力已然不小。恨人的是，不許他把鏢帶在身邊，他居然拿到外面施展。

紀蔚叔心中狠怒，在鋪中坐不住，又不能出去尋找小紀，忍不得走到鋪門外，往街上看，心想此時小紀惹了禍，不知又逃到哪裡去了？於是縱目往街南看，又往街北看。這時候那葡萄園老人和少婦連同四鄰，一共五六個人遠遠地走來了。紀蔚叔眼神很足，遠遠一望，便看出這幾人氣勢洶洶，似找誰尋隙。哪知相隔漸近，便見一人指著他說：「這就是那個姓紀的！」

那個老頭子和少婦立刻直衝過來，嚷罵道：「好嘛，你就是姓紀的，你倚仗什麼勢力，你們開著一個臭鋪子，就要橫行霸道！」

老頭子要撞頭，少婦湊過來，要打紀蔚叔的臉。紀蔚叔人縱然精明，也猜想不到是怎麼回事。可是他究竟是不大好打的，伸臂一格，架住老頭子，抽身一閃，躲過少婦的耳光，連忙叫道：「什麼事？什麼事？」

老翁少婦依然吵鬧。紀蔚叔惶驚萬狀，連叫：「老大爺，大嫂，您先息怒，到底是什麼事？我在下是外鄉人，全靠諸位鄉親照顧，我一個做買賣的，我哪敢賣假貨欺人哪？」

年輕人最怕「棺材瓤子」拚命，更怕村婦撒潑，偏偏全叫紀蔚叔一人趕上。這一老翁一少婦，抓不著紀蔚叔，又要砸他的鋪子，又不敢下手，只是一味地吵。

紀蔚叔受窘不堪，旁人看不過，忙把老翁、少婦勸住。隔壁燒餅鋪掌櫃勸道：「你老人家消消氣，咱們有話說話，有理說理。這位紀掌櫃實在是規規矩矩的買賣人，到底為了什麼事，得罪您了？」亂嚷了一陣，張羅了半晌，還是由同來的鄰人代為說明，是小紀偷葡萄，戲耍了看葡萄園的少婦，如此而已。

然而紀蔚叔竟嚇得渾身一震，比剛才還吃驚：「這真想不到，小紀這孩子竟會這麼沒出息！剛剛十三歲，竟敢調戲良家婦女！」紀蔚叔胸口像被冰刃刺了一下，按住驚愕，細問來人：「到底他說了些什麼？他有什麼無理的行動？您請告訴我，我一定狠狠地責打他。」

同來的鄰人說不來詳情，紀蔚叔轉問少婦：「大嫂，他到底怎麼得罪你老了？」

少婦似乎含羞，把頭這麼一低，又這麼一抬，突然把嘴一張，照紀蔚叔啪的吐了一口唾沫，拍手打掌地罵道：「好嘛，你們孩子犯混帳，你還要問我一個心服口服？你他媽的也不是東西！」

紀蔚叔側臉賠笑道：「大嫂別生氣，這怨我不會說話，我不過是問明白了，才好責打他，叫他給您賠罪。」說著口中嘖嘖著急，竟猜不出小紀究竟惹了多大的禍。同來鄰人便將那堆爛葡萄、繩子、竹竿、竹簍，都拿給紀蔚叔看。把小紀的罪狀，加倍控訴一番。

一面官司難打而易判決，紀蔚叔唯有認罰從打，先給老翁、少婦作了三個大揖，另拿出十吊錢，算是賠葡萄錢。鄉下人來勢很凶，一見十吊錢，登時雲消霧散。

那個同來的鄰人忙說：「我叫您侄兒揚了一臉土，你看我眼珠子都紅了。」立刻揉眼。紀蔚叔立刻送上一小瓶明目散。

鄰人說：「這個藥上得嗎？」紀蔚叔忙又送上五百錢：「這個藥上不對付，二哥您再自己買別的藥。」鄰人的眼也登時雲消霧散。

但還有些人不滿意，有的說：「小孩哪有不淘氣的呢，不過人家小男婦女誰家不撒尿，這孩子太嘎，又偷瞧，還又喊好兒。」

紀蔚叔連道歉帶安慰，又說了一堆好話，索性把貨架的錢線煙葉等等零碎，隨便分贈同來的鄰人。老翁、少婦這才心平氣和，鄰人也都換了口氣，不再說「你那侄兒沒出息」了，改說：「小孩子都是這樣，其實他不懂事，他哪裡知道男女的分別呢。」

到底有個結局，眾人走了，紀蔚叔怒氣填胸，憶起前情，十分傷感，替嫂嫂難過。尤其先入之言深入人心，由不得暗想：這孩子才十三歲，就調戲婦女！從來好色的必無義，這幾年苦心難道真白費了？靠櫃臺想了一會子，到底忍不住提前上了門，先回到家，問了一聲：「大嫂，小宏在家嗎？」

紀大嫂說：「他吃完飯就出去玩去了，怎麼著蔚弟，他又惹事了？」蔚叔道：「沒有，我找他有點事……叫他替我抄帳。」

扯了一個謊，忙到各處尋找紀宏澤。

紀宏澤竟在數里外，同幾個頑童下河撈魚呢。

紀蔚叔大喊了一聲：「小宏，小宏！」紀宏澤應著上岸，仰著臉問：「七叔，什麼事？」蔚叔道，「走，快給我回家。」紀宏澤道：「你等我把這些螃蟹穿起來。」

紀蔚叔一把抓住他一隻胳臂，拖著就走。行到無人處站住，兩眼盯住小紀。小紀也就預感到情形不對，翻眼不言語。

紀蔚叔越看越有氣，猛打了他一掌，低罵道：「小鈴子，你這東西這麼沒出息。你怎麼打人家的豬？我不是不叫你拿著鏢往外擺弄嗎？」

紀宏澤護住挨打的地方，一聲不言語。紀蔚叔又打了他一掌，審問道：「你怎麼還偷人家的葡萄？你怎麼還偷看人家老娘們撒尿？」

小紀還是老脾氣，隨便你怎麼問，他只是不出聲。紀蔚叔又打他數掌，末一掌打重了，他不由得伸出小胳臂來招架，脖子梗梗的，似乎不服氣。這神氣越勾起紀蔚叔的怒火來，立刻又把小紀的胳臂抓住，照臀背狠打了幾下。小紀猛一掙，掙脫了手，要想跑，又跑不開。紀蔚叔趕著，且打且問，恨不得他說一句認錯悔過的話，尤盼望他訴說真情，但願鄰人的控訴不是實情才好。偏偏小紀擰性犯了，挨打不過，負疼不堪，竟也急了。紀蔚叔又一抓他胳臂，他立刻一撥，說道：「你幹什麼老打我，你憑什麼打我？你是我的什麼人，你要打我，你賴我偷葡萄，偷看女人了，你看見了嗎？」小頭一歪，小眼一瞪，似乎要咬紀蔚叔似的。果然這幾句話有效，紀蔚叔高高舉著巴掌，再打不下去。如冰刃穿心一樣，倒噎一口氣，呆呆地愣在那裡了。

死盯著小紀的臉，半晌，紀蔚叔浩然長嘆，頓足道：「好！我不打你，真是的，我憑什麼打你？好孩子，有你這麼一說。咱們走吧，回家吧。」

小紀不走，紀蔚叔道：「你怎麼不回去，你娘叫我找你回去吃飯，你不回家行嗎？」

小紀嘟噥道：「我回去，你好告訴我娘，回頭叫她又衝著我哭啊！」

紀蔚叔失聲苦笑道：「我告訴你娘做什麼？走，我也不打你了，我也不說你了，我也絕不告訴你娘，你放心好了。我趕明天就回老家，我這是何苦，招小孩子的不願意！」越說聲音越澀。小紀偷眼一看，那麼剛強的七叔，那麼大的老爺們，竟也掉眼淚了。

紀宏澤今年已十三歲，出言雖冷，但不是一點人事不知道。他覺出自己又惹出大麻煩來了。他也曉得自己剛才說的話紮了七叔的心，他陡然說：「七叔！……」

紀蔚叔道：「做什麼，我一定不告訴你娘。」

小紀搖了搖頭，又叫了一聲：「七叔！」

紀蔚叔不明白擰性小兒的心理，他不知道這兩聲「七叔」，實含著無盡的告饒，說道：「走吧。」

小紀還是不走，眼中越發露出可憐的乞憐相，在默默無言中，他已表示悔歉。而紀蔚叔思索不透，紀蔚叔已然透心冰涼。

紀蔚叔督著小紀，小紀在前頭走，紀蔚叔在後頭跟著。到了家門，小紀翻身堵門，又低聲叫了一聲：「七叔！」緊跟著又說了一句：「您可別回家去說。」

紀蔚叔至此時心中沸沸騰騰，更不做理會，把小紀一推，一同進院。

紀大嫂正給這叔侄燒火做飯，回頭一看，道：「小宏，你給你七叔抄了幾篇帳？」大人、小孩全不回答，大人進了西屋，小孩鑽進了東屋角落。而紀大嫂竟一點揣想不到。

少時飯熟，在堂屋擺好，連叫數聲，叔侄方才出來。小紀低頭吃飯，紀蔚叔捻筷子，半晌吃一口，愣一愣。紀大嫂尚不知內有文章，於是飯罷，泡上茶。小紀溜出去了，紀蔚叔手接茶杯，低頭沉吟。紀大嫂忽然看出他眼含著淚，這才愕然。她是曾經憂患的婦人，又是個精幹的主婦，忙設詞動問：街面上有什麼事？對頭有什麼動靜？新遇見眼岔的人了沒有？小宏又惹事了嗎？……連發許多問題，紀蔚叔不肯直答，可是滿臉懊喪，再掩飾不住。紀大嫂實在問不出，就淒然長嘆道：「我娘倆累贅七弟好幾年，七嬸子在家也不知怎麼樣了。若不然，你把七嬸也接來吧！況且七弟你還沒有小孩。」

而紀蔚叔還是不說實話。

紀大嫂可就沉不住氣了，暗道：「想必是七叔年輕一個壯漢，恐怕為我們母子，耽擱了前程事業，許是日久生厭了吧？我不要太不識趣。」她說：「七叔，您要是想家，您就回家看去。」話風愈逼愈緊，紀蔚叔不能再隱瞞了。他站起身，先往外面一尋，小紀像避貓鼠似的，雖然溜出去，竟沒有遠離，在街門外自己擲錢呢。紀蔚叔把他叫到屋內，時已掌燈。

紀蔚叔對著小紀母子，未從開言，先搔頭為難半晌，末後才說：「大嫂，我說了，您別生氣。小宏他今天又淘氣去了，他拿這東西……」從衣袋內取出鋼鏢來：「把人家一口小豬打傷。人家找到鋪子，我說了許多好話，又賠給人家一錠銀子。這事剛剛了結，人家東村看葡萄園的老頭子和他侄女，還有七八個鄰居，跟手也找來了。說是小宏摘了他幾十斤葡萄，全糟蹋了。那女人還說，小宏偷看她小解，還說便宜話……」

話剛到此，紀大嫂驀地站起身，旋又坐下，道：「好！他，他，他，他偷看女人……」

紀蔚叔忙道：「大嫂別著急，您聽我說。」紀大嫂嘻嘻冷笑道：「好孩子，你才十三，你你你……」一雙星眸盯住小紀。

小紀這時真害怕了，圓臉蘋果樣的兩腮頓時雪白，叫了一聲：「娘！我沒有！」

紀大嫂呻吟道：「你七叔會冤枉你？是不是你……」說著眼尋屋角，似欲覓杖。紀蔚叔一看嫂嫂氣成這樣，登時後悔不迭，但已不可挽救，忙站起來道：「大嫂，大嫂，你先聽我說，我還有下情。」

紀大嫂閉目道：「好，七弟，你只管說吧。」

叫他「只管說」，他竟噤住，說不出來了。自己滿腹憋氣，已不敢再訴。橫身遮在小紀的面前，只得勸解。紀大嫂氣得嘴唇直抖：「小孩淘氣不要緊，他竟這麼下流，他會偷看人家婦女小解。好好好，我算沒指望了。」

紀蔚叔道：「大嫂竟氣成這樣，我真不敢說了。大嫂，我剛才已經狠打了他一頓，我已經帶著他，給人賠不是去了。這也不是他故意偷看，想必是他跟別的小孩一同淘氣，上了人家的房。他們這地方的茅房，都在房後，扎個籬笆障，就算是茅房，他們在房上，自然就看見了。一定是大孩子調皮，亂喊看女人撒尿，他也跟著人笑。人家欺負咱們是外鄉人，所以單找上咱們來了。準是這麼一回事，您別生這麼大氣，等著咱們細問問他。小宏，剛才你不肯告訴我，你看你娘氣得這樣，你還不快說，到底是怎麼一回事？是不是他們野孩子惹了禍，故意往你一個人身上安？」

紀蔚叔後悔失言，有意替小紀開脫，哪知確正道著真情。

紀宏澤這小孩天生口羞，不肯直供己過，他只點了點頭道：「是他們賴我，我沒有偷看。」

紀大嫂道：「你不用扯謊，怎麼人家單賴你？你爹爹一輩子英雄，你親娘也不是尋常女人，怎麼偏偏生下你這麼一個現世寶！」

紀大嫂越說越怒，越想越恨，定要責打紀宏澤。紀蔚叔極力勸止。紀大嫂定要紀宏澤下跪，宏澤性情掙，寧折不彎，如今竟似知道理虧，居然下跪了。抬頭望瞭望紀大嫂，又瞥了紀蔚叔一眼，低下頭叫道：「娘，我改了，我下次再不了！」說得聲調那麼低啞可憐，一句話引得紀大嫂嗚咽不止，終於痛哭起來。

這回事就這樣含糊過去了。

可是紀蔚叔心中總憋著一個疙瘩。因為小孩子話太傷人心了。紀蔚叔想：自己千辛萬苦，為了手足之情，同門之囑，捐棄壯年的前程，專做著像保父一般的娘們事。嫂嫂年紀輕，侄兒年歲幼，自己周旋其間，外涉艱險，內避嫌疑，受盡多少挫折？結果，落了小孩子這句話，「你憑什麼打我？」是呀，非親，非舅，我憑什麼打人家？

紀蔚叔年紀輕，卻是有耐性、想得開的人，為此更加難處。因為他明白，這是孩子話，你真能認真嗎？跟小孩一般見識，豈不成了笑話？然而這話是多麼刺心啊！我憑什麼打人家？

紀蔚叔於刀林箭雨中，不說一不字。獨獨這一句話格格難茹，嚥不下去，忍受不住了。他從此憂憂不樂，怏怏寡言，再打不起精神來。每逢無人時，便由不得想到古今以來的孤臣孽子，抱忠誠而反遭誣衊……更由今天推想明天，由今年推想明年，若是一番苦心竟成徒勞呢？

當他猝聞小紀那句話時，擠在氣頭上，恨不得一跺腳回鄉完事，又恨不得面見大嫂，細說己情，然後一揖而別。……但他是有理性的人，及至見了紀大嫂，那麼一個健壯的少婦，如今圓臉幾乎瘦成長頰！那麼有說有笑，如今變成寡默無言，只低頭做飯，做活。做做做，不願片刻閒，想以勞苦消愁埋恨。

紀蔚叔他就是有多大的難堪，也就抵面氣沮了。他吞不下，也要吞；忍不了，也要忍！嫂嫂人家還是個女人，我又算了什麼？

他想而又想，終於不忍也不能一怒告別，甚至連那句話也不敢一吐了。因為，如今剛剛一說小紀淘氣，嫂嫂就惱成這樣，而且嫂嫂和我正不是一樣的人嗎？全算託孤之人啊，嫂嫂已夠難過了，我還能把自己受的小小一句話說破，更惹嫂嫂悲憤不成？

但是冷言實如冷箭，叫人越想越涼。紀蔚叔終不免受這一句話的影響，對於小紀，不知不覺竟客氣起來。若小紀稍有不馴，他有勸無攔，未說話先拿出笑臉。小紀想：七叔待我更好了，不像從前厲害了。哪知大人心中苦惱，就怕的是他人大心大，似明白，而實際是更糊塗啊。

這樣又過了些日子。但是這種情形不久便被紀大嫂覺察，看破，詰問起來：「七弟，這是怎麼回事，您怎麼不管他了？」

孩子不敢說，也早忘了一言傷人；大人不忍說，過去了何必再折騰？

然而這種情形實在延遲不下去，也支持不下去。因為每天晚上，七叔還得督促小紀做功課哩。教不嚴，便是師之惰。紀大嫂自然訝怪，小紀的夜課怎麼鬆懈下來了？

每逢飯後，小紀照例稍休，再寫字，溫書。然後，再開始另一種夜課。

這種夜課，一向由紀蔚叔親傳，紀大嫂有時也在旁指點。

不過紀大嫂差多了，雖知之而不精，傳習之業仍靠七叔。而七叔忽然改了樣，從前是嚴師課徒，現在成了益友伴教了。

「七弟，你得加點勁呀。他的架勢不好，得校正他，別依著他的性子糊弄。」

紀大嫂挑了出來，於是七叔走過來，把小紀的胳臂腿擺弄擺弄，並且告訴他：「這個力該這樣發。」

小紀扭頭道：「這麼發太吃力，又不得力呢。」七叔道：「練的就是這股力，孩子，你要聽話。」

每天大概就是這情形，小紀遂心了，紀大嫂感覺不是：「七弟是怎麼回事呢？」她怎知蔚叔心中梗著那句話呢！對小紀似乎每想嚴管，便覺氣沮了。

似積雲密雨一般，終於到了霹靂震撼的時候。一天月下，恰只紀蔚叔與紀宏澤二人對練，紀大嫂沒有在場。不知怎麼一來，紀蔚叔怫然發話道：「小鈴呀，不是我不心疼別人家的兒女，不是我定要苦苦地管束你，我實在是不敢耽誤你呀。我一味由著你的性，你固然順心了，那還練什麼功？」說著，忍不住長嘆了一聲：「小鈴子，你別叫我左右為難了，我對得住你，我可就對不住你的父母了！」

這一句話把小紀說了個臉通紅，又恰恰被紀大嫂聽見。紀大嫂愕然了：「七弟從來不說這樣的話，他這是怎麼了？怨不得他這些日子悶悶不樂，怨不得小鈴子的功課越練越鬆，這必定……有緣故！」

紀大嫂忙走過去，說道：「七弟，練累了吧，茶泡好了。你剛才說什麼來著？」紀蔚叔忙一轉身，立刻改口道：「大嫂，我沒說什麼，我們正練呢。」

紀大嫂不肯放鬆，忙又問道：「是呀……你剛才好像是……說什麼左右為難。莫非小宏又不好生練了？又不聽管教了？」

紀蔚叔急忙說：「沒有，沒有，我們練得好好的哩。剛才麼，剛才是他，是我勸他幾句。」可是忍不住嘆了一口氣，又提起一口氣道：「沒有什麼，其實沒有什麼，我們正練劈掌哩。」

紀大嫂更恍然了，忙著看紀蔚叔，又看紀宏澤。紀宏澤此時把個小胳臂挺得棒棒的，腰背立得直直的，正在呼呼哧哧，左一拳，右一拳，越要越加緊，越帶勁。可是一顆小腦袋轉向別處，不肯和他娘對臉。紀大嫂更恍然了，默立在那裡，想了一想，當下也不說什麼，只道：「天可不早了，你們爺倆也該歇歇了。」將一壺熱茶，送到東屋紀蔚叔的住處裡，搭訕了幾句話，把小紀叫進正房，母子關門熄燈睡下了。

紀蔚叔自在東屋，端著茶杯，且喝且默默地發愣。過了一會兒，也就掩門歸寢。忽然心血來潮，翻來覆去不能成寐，忽然又坐起來，側耳聽了聽。忽然心中又一動，忙摸索著穿衣，點燈，開門，悄悄走到院中。

院中月色皓然，萬籟無聲，唯有遠處的狗吠和風聲，偶破沉靜罷了，卻有一種淒愴的悲咽，發現在耳畔。

紀蔚叔心頭如被刀刺了一下，忙潛足走到正房窗根。果不出料，是哭聲，是強遏不令出聲的哭聲。但在這咽泣的聲音中，還有別的聲音。紀蔚叔忙側耳凝神，過細地聽，暗道一聲：哦，不對！忙叫了一聲：「大嫂！哦，大嫂！」

屋中淒咽之聲頓住，紀大嫂似乎吃了一驚道：「誰呀，七弟嗎？」紀蔚叔道：「大嫂，是我，大嫂還沒睡嗎？你怎麼了？」

屋中起了一陣輕微的聲音，紀大嫂說道：「七弟你還沒睡嗎？……我嗎，我沒怎麼，我早睡了。」

「剛才大嫂……我聽見好像有誰哭似的……大嫂又難過了吧？」

紀大嫂又接著答道：「沒有，剛才我睡得著著的，許是小宏發囈症了吧。」紀大嫂說著，打了一個呵欠。

紀蔚叔不禁一嘆，又問道：「小鈴子呢？……小鈴子，你睡了嗎？」

紀大嫂忙代回答：「他早睡得著著的了。」

竟問不出來，只在屋中發出簌簌之聲，恍惚聽見紀大嫂低聲說道：「上來吧，別言語！」

紀蔚叔愣在窗前，忍不住也淒然下淚，半晌才說：「咳，大嫂，凡事你要想開一點，這一條路，我們還沒走出一半哩。我們打起精神來，一步一步往前闖。小鈴子這孩子，你不要管他太緊，怕管出毛病來。你別一味打他呀！好比一棵小樹，不修理也不行，若是一個勁地摸摸按按，苦往上巴結，倒不會長得好。大嫂，你剛才是不是打他了？」

紀大嫂道：「沒有，沒有。」

紀蔚叔再問，紀大嫂不再搭茬。紀蔚叔只得海闊天空地虛勸了一陣。屋裡寂靜無聲，蔚叔也就回房歸寢。

第十二章　慈孀傷心龍蛇鬥

孀婦訓子，昏夜關門加責，不欲人知，不叫孩子哭喊。打得極狠，打完又心疼哭泣。這情形最為悽慘。紀蔚叔聽見上房隱泣之聲和撲打的動靜，趕忙起來，站在窗根下再三叮問，紀大嫂竟不肯搭茬。紀蔚叔只得海闊天空地虛勸了一陣。半晌，屋中既無動靜，也就回房歸寢了。

等到第二天早晨，果然看出紀大嫂眼圈紅腫，似徹夜慟哭過的，就是小紀也是兩眼通紅。為了自己，致使母子傷心，紀蔚叔很覺過意不去，到了晚飯時，又勸了一頓。紀大嫂只唯唯諾諾地應著，心中另有打算。

又過了幾天，紀蔚叔回家吃飯，剛一進屋，突覺異樣。紀大嫂滿面春風，給他備飯，竟是很豐肥的大酒大肉。紀蔚叔微微一錯愕，不知是什麼緣故，剛要詢問，紀大嫂搶說了：「蔚弟，我前天給人又做了一點零活計，得了幾個銅錢，咱們今天把它吃了吧。」紀蔚叔道：「哦，好哇，還有酒？」便坐下來，紀宏澤母子也跟著坐下。紀大嫂向宏澤施一眼色道：「給你七叔斟酒。」

紀宏澤很恭敬地站起來，給斟上熱熱的一杯燒酒。連飲三杯，連斟三杯，紀大嫂又親自給紀蔚叔斟了一杯。紀蔚叔微覺不安道：「大嫂，我自己會斟。大嫂也喝一杯呀！」紀大嫂道：「喝，我今天是想喝一點。」

她素來能喝酒的，可是自經憂患，早已不茹酒醪了，今天居然也斟了三盞。紀宏澤這孩子素來吃飯很快，見了魚肉，吃得更快，此刻竟斯文起來。這位嫂嫂、叔叔和侄兒如享賓宴，且吃且談。紀大嫂竟說起當年那場憂患事。這在以前，本是諱而不言的。談著，紀大嫂又問：「七弟，可是想家嗎？要不然，我看現在也安定下來了，莫如七弟回去看看，或者把弟妹接來。不過，咳，我又不放心。我們的事，誰知道將來怎樣呢？我又怕連累了七弟妹，她又是文靜人，豈不擔驚受怕？」

紀蔚叔道：「嫂嫂怎麼談起這個來？他們娘倆在老家有吃有喝，我惦記她們做什麼？她是個無能的笨女人。多了她，萬一出了事，倒多累贅。她哪能比大嫂呢？」

紀大嫂浩然嘆道：「我也是個廢物啊，我母子若不是七弟，早死在小辛集了！」

紀大嫂的話，有意無意，往舊事上引。紀宏澤在旁聽著，低頭吃飯，一口一口慢慢地咽，一對大眼骨骨碌碌地轉。紀蔚叔不做理會，可也覺出紀大嫂心中有事，唇邊有話。喝完了半瓶酒，旋即吃飯。飯罷，小紀居然忙著給七叔泡茶。天色已晚，忙著掌燈，跟著小紀又跑到街門口，把大門關上，又加上了門。回轉來，到堂屋旁邊，找一小凳坐下。

紀大嫂臉色嚴肅起來，低頭默想不語。過了一會兒，抬起頭來看了紀蔚叔一眼，走出正房，旋將門簾一撩，手指東房說道：「小宏你請你七叔到東屋坐！」

紀蔚叔愕然說道：「大嫂什麼事？」東屋乃是紀蔚叔住的屋子，他忙即走進去看，屋內情形已變。燈光明亮，香菸繚繞，在屋心放著一張方桌，上面擺著香爐蠟扦。一對白燭一炷香，供著一個靈牌，橫擺長短兩把劍。靈牌寫的是：「紹興鏢頭林府君諱廷揚之神主」；下款是：「孝男林劍華」。在右上方寫著亡人的生卒年月日。

那一對白燭已燃點著，兩點星星黃光，映著桌上擺著的兩把劍，發出青瑩瑩兩道微光。這方丈的東間屋，頓然顯出異樣的情調。紀蔚叔平素睡覺的木床已然移開了，當地上放的是一具拜氈。桌兩旁是兩張椅子，此外別的東西也全挪開了。紀蔚叔這才明白，嫂嫂是要紀念那慘死的亡人！可是又有一樣奇怪，「林府君諱廷揚」的靈牌，一向是用黃布蒙了，擺在正房空間，還用別的東西擋上。此刻反移到紀蔚叔這屋內，看來又不僅是紀念亡人了。

紀蔚叔一睹靈牌，不禁喟嘆：「呀，一晃六年了！」不由得肅然側立，面對靈牌，轉問紀大嫂：「嫂嫂，您這是……」

紀大嫂滿面鄭重，卻不帶絲毫戚容，正色說：「七弟，這到如今，整整六年又兩個月了。小鈴他已然十三歲，我想我該對他說實話了！這孩子一天比一天大，還是這麼糊塗貪玩，我本想等到他十六歲成年的時候，本領學得差不多，體力發得夠了樣，我們再從頭到尾，細細告訴他。但是，我近來越看這孩子越似乎發渾，他迷迷糊糊地忘了他是什麼人了。我們再瞞著他，他就許越往下流走。就說前天吧，七弟苦心費力地教導他，他人小心大，自作主張，居然有不肯受教的神氣……」說到此，目視紀宏澤。紀宏澤隨在七叔背後，已然跟進來，低頭垂手，立在門邊，一臉敬懼的神氣，與往日不同。大約他的母親由打那夜起，不知怎樣誡飭過他了。

紀大嫂厲聲道：「小鈴！」紀宏澤忙應了一聲，又叫了一聲：「娘！」聲調中似也含著激動的感情。

紀大嫂遂說道：「而且他又跟著野孩子玩，到處惹禍，管也管不過來，勸也勸不動他。我沒有旁的法了，只好把他的身世告訴他。他若是有人心，他就起誓改過；他若是沒人心，我也不強巴結了。難為七弟一番苦心，這孩子總該記得。我聽說七弟你打他，他居然還口，說七弟管不著他……」又轉眼看著小紀道：「孩子呀，孩子呀，你可記得嗎？想當年你才七歲，仇人把你父害了，又來殺你和你娘。那時候，若不是你七叔捨生忘死，把你這塊臭狗肉背救出來，你和你娘都是一個死呀！怎麼你倒說七叔憑什麼管你呢？若沒有你七叔，還有你的狗命在嗎？」

紀大嫂說著說著，淚又滾下來了。紀蔚叔忙道：「嫂嫂，小孩子的話，誰還理他？大嫂千萬別往心裡去。」紀大嫂嘆道：「我不往心裡去。不過我想，這孩子太渾，我打算叫他由今日起，對他父靈牌起誓，同時叫他拜七弟為師。從此以後，七弟要好好管他。他若敢不服教，不肯好好學，這兩把劍，一把是仇人的，一把是他爹的！七弟你只管把這沒志氣的孩子給我殺了，這一把劍我就拿來自刎。我不能替夫報仇，又不能教子雪恨，我只好跟了他爹去，我實在不願再活下去了。」

泣淚交流，遂一轉面，命紀宏澤肅立在拜氈前聽訓，叔、嫂二人分坐在供桌左右。紀大嫂略為沉默片刻，首先發問：「小鈴，你還記得六年前，你叫七叔背著，冒雨乘夜逃難嗎？」

小鈴道：「娘，我記得。」

紀大嫂道：「孩子，你還記得，好！我再問你，你知道我們為什麼逃難嗎？」

小鈴道：「娘，我現在剛才知道一點。記得從前我七八歲的時候，我問過娘，我們為什麼跑？是誰追我們？娘那時候告訴我，是鬧賊了，鬧翻了；我再問時，娘又說沒人追咱們，那不是追咱們，是追賊。那時候，我到底不知道是怎麼回事。直到昨天夜裡，娘才告訴我，那是仇人，殺了我爹，又要斬草除根，來搜我們。可是娘，您到底還沒有告訴我，誰是我的仇人啊！」

紀大嫂道：「好，孩子，那年冒雨逃難的情形，你全記得清楚嗎？」紀宏澤道：「我都記得，我就是不明白怎麼回事。娘，到底殺我爹的是誰？追咱們的是誰？」問的態度很焦切。

紀大嫂、紀蔚叔看著他，互相以目示意，好像覺得此子還有盼望。

紀蔚叔厲聲道：「小鈴，你要想知道仇人的姓名嗎？」小鈴忙道：「我昨夜問娘，娘總不說，要叫我起了誓，一準替父報仇，才告訴我。娘，七叔，你們快告訴我，我就起誓。我一定要報仇，蒼天在上，我紀宏澤在下……」小孩子會看閒書了，就模仿戲詞來起誓。紀蔚叔忙攔住他，教給他套誓詞。

小紀立刻燃香叩頭，對著父親的靈牌，用本姓真名「林劍華」，起了決志報仇的誓願。「父仇不報，誓不為人！」誓罷，跪在靈牌前，等著寡母拭淚敘說舊仇。

紀大嫂真名叫程玉英，就是安遠鏢頭獅子林廷揚的繼室，也就是小鈴的後娘。小鈴的生母名叫程金英，是名武師黑鷹程岳的愛女。這紀大嫂程玉英，乃是小鈴生母的族妹。她和小鈴雖非親母子，可是她愛撫她姐姐所生的這個孤兒，比生母還要恩深情重。小鈴也很愛他這個繼母。

不幸程玉英嫁後數年，獅子林廷揚遭仇人暗算，慘死在洪澤湖。仇人飛蛇鄧潮十分歹毒，雖把獅子林戕殺，仍要殺家復仇，陰糾同黨，潛逐遺櫬，趕到山東曹州臥牛莊，縱火靈棚，半夜圖刺孤兒。當時被林廷揚同門師弟和鏢行好友、趕來弔喪的人所發現，把飛蛇的黨羽逐走。飛蛇仍不甘心，又二次潛來。未亡人程玉英痛遭大喪，為人明決，見事不好，遂與亡夫的七師弟摩雲鵬魏豪商計，乘夜攜子逃亡。這七師弟摩雲鵬魏豪，就是現在化名的紀蔚叔。他們逃走時，已被仇人綴上，半路奔到小辛集，已與仇人交手，幸虧小辛集的聯莊會仗義逐賊，才將這年輕的寡母和孤兒救了。

他們見仇人死纏不休，又不知暗中究竟有多少人，他們慮禍深遠，就輾轉遠遁到這信安鎮，化名隱居，蓄志訓子復仇。

摩雲鵬魏豪乃是獅子林的七師弟，也算是奉同門諸友公推，叫他擔任護孤之責。至於獅子林的二師弟等人，就專管尋仇雪怨。

當獅子林的未亡人程玉英，攜子逃亡時，仇人大舉搜追，他們已然動上手。林鈴兒這個孤子那時真是虎口逃生。他那時雖小，已然能記事了，並且冒雨奔命，他小小年紀曾經大病了一場。等到難後，他曾經詢問他母：「這是誰追咱們呢？他們為什麼要害咱們？」

程玉英母子和亡夫的七師弟摩雲鵬魏豪，曾經計議，一切真相還是不告訴小孩，免得他年幼失言，泄了底細。這叔、嫂二人遂設詞哄他：「那是追劫道的小賊，那是鄉團。咱們是趕上了，咱們到底跑開了。」

小孩子想像力薄，大人編得謊很圓全，只要小孩一問，就設法打岔。未幾時過境遷，林鈴兒把當時的險難漸漸淡忘。等到他十二歲，貪玩好耍，更不憶舊。大人不提這事，他早不放在心上了。戀往事，懷宿怨的，只有大人；小孩的心如一片春光，只往前看，再不會流連陳跡。林鈴兒把逃難的事全丟在腦後了，他更想不到逃難就是避仇，避仇還要復仇。

現在他已十三歲，依著他母親原定的主意，是要熬到林鈴成年之時，等他十六歲初度那天，武功練成之後，再把父仇告訴他。叫他起誓發願，把仇人的寶劍，他亡父的寶劍，全交給他；叫他天涯海角，尋找仇人。但是，紀大嫂也就是程玉英再等不及了，這孩子的頑梗脾性引起了程玉英的疑慮和傷心。她想，再不痛切地激勵他一下，只怕他越大越趨下流。他既強項不肯受教，那麼，武功何日學成？他又貪玩不知自愛，那麼，將來怎保他以父仇為念？程玉英左思右想，只有拿出這最後一招，要把實話全告訴紀宏澤，要告訴他，為什麼他要改名紀宏澤；要告訴他，他不比尋常兒童，在他肩上，還背著戕父的血海深仇，要他去報。或者這一揭穿真情，小孩子就能懍念身世之悲、不共戴天之恨，或者就能折節發奮，努力求學……這就是今日的紀大嫂的打算。

靈牌寫著林府君，供桌擺著兩口寶劍，紀大嫂目睹嬌兒靈前設誓，她面色如鐵青，眸中無淚，閃閃吐寒光，從胸坎發出一聲「噫」，然後命紀宏澤退立一旁，她也拜倒在亡夫靈牌之前，喃喃默禱，有聲無字，雖然無字，痛淚已奪眶而下。她用手一拭，強按心頭悲痛，挺然站起來。

那紀蔚叔，也忍不住要下拜對靈牌叫了一聲：「大哥，你逝世六年了！大哥，我們一事無成。大哥，我對不住你！」禁不得嘶聲欲哭。紀大嫂忙叫了一聲：「七弟，忍住一點。我還有話，對他細講！」說著用手一指紀宏澤。紀蔚叔忙即三頓首起來，退立一旁。紀大嫂便指著上首椅子，請紀蔚叔落座，她自己坐在下首。紀蔚叔不肯就座，紀大嫂揮手示意，紀蔚叔看了看這剛才十三歲的孤兒，心中暗嘆，因向紀大嫂說道：「嫂嫂，你打算……不太早點嗎？他才十三呀！」紀大嫂笑道：「不早，七弟，你聽我講吧。」

這一笑，神情很慘，紀蔚叔只得在上首坐下。紀大嫂就在下首扶桌角坐下了，命紀宏澤重對靈牌跪定。然後，紀大嫂很沉著地發問：「鈴兒，你知道你姓什麼嗎？」

紀宏澤直溜溜地跪在拜氈上，左看紀蔚叔，右看母親，低聲說道：「娘，我知道，我從前是姓林，自從咱們搬家之後，您告訴我，咱們不姓林了，咱們姓紀了。」

紀大嫂點頭，又問：「你知道你為什麼不姓林了？」

紀宏澤搜尋七歲時的往事，想了想才說：「您不是告訴我，咱們本來就不姓林嗎，咱們的老姓姓紀，由我爺爺起才姓的林，不對嗎？」

紀大嫂又點點頭，衝紀蔚叔苦笑了一聲。紀蔚叔沉吟不語，也正回想當年，是怎樣揑詞瞞哄小孩，居然把小鈴蒙信了。

紀大嫂突然提高了聲調，叫道：「傻孩子，你今年十三歲了，你從前的事，真格的就一點不記得嗎？你、你、你還記得你那個保鏢的爹爹嗎？」

紀宏澤真有點茫然了。宏澤喪父之年，雖已七歲，正因他父是個鏢客，經年不在家，在他「有父之年」六個年頭裡，不過有兩年多的聚首罷了。這兩年多又全在他乳臭不能記事之時。他苦索舊情景，只記得在他五歲那年，他父曾在家中，過了一個年，是臘月初回家，二月二龍抬頭回轉鏢局的。他記得他穿上小小的馬褂長袍，被他父親攜抱著，出去拜客拜年。他父親的面龐已記不清了。他只記得他父親僅用一隻手抱著他，別人都用雙手。他父親大概很有力氣，並且很疼愛他，只是不會抱小孩子。他覺得在他父臂抱之中，很不舒服。他記得他掙扎著要下地，而他父親愛不忍釋似的，偏要以抱他為樂。

他想而又想，漸漸想起來了。哦，他記得他父親青黑馬褂，藍長袍，那還是拜年的景色。他又記得他很愛他父手指上的玉扳指，他父就褪下來，給他小指頭戴上；他擺弄擺弄，失手墜地，給摔壞了。別人嚷，娘也罵，他父似乎抱起他來，連說：「不怕，不怕！」他又記得父親給他兩錠銀錁子，裝在荷包內做壓歲錢。然而，他玩了一天，就丟了。娘又心疼尋找，他父似乎直笑，照樣又給他一對荷包、兩錠小元寶。……紀宏澤默想亡父，他母親又催問了一聲：「孩子，你就不記得你那保鏢的爹爹了嗎？你一點也不記得他了嗎？唵？」

紀宏澤忙應道：「娘，我記得。我父親是個鏢客，你不是囑咐過我，千萬別說嗎？你不是告訴我，我父親不是鏢客，是個幕客嗎？」紀大嫂眼中忍不住蘊淚，當年的假話和真情攪在鈴兒的腦中，叫他分辨不清了。

紀大嫂道：「孩子，罷了，你還記得。你可知道你父親叫什麼名字嗎？」

紀宏澤眼望靈牌，遲疑起來，嚅囁道：「我的父親，你從前告訴我，是叫紀輔清……我的父親許是叫林廷揚吧？」

紀大嫂、紀蔚叔不覺聳動，一齊問道：「你怎麼知道你父叫林廷揚？」紀宏澤道：「靈牌上這不是寫著了？」

叔、嫂立刻側臉觀看靈牌，這明明寫著「林府君諱廷揚之神主」。紀大嫂立刻面呈喜色道：「罷了，這孩子還算有人心！」

紀蔚叔道：「大嫂不過是盼子成名，心太急些，這孩子錯不了。你看他心眼夠多快？瞞了他整六年，現在一點全透了。」

紀大嫂嗚咽道：「但願他有心才好。只是這孩子兩隻眼睛太秀，我只怕他一為女色所迷，就忘了血海深仇，那我可就白熬了。」轉臉對紀宏澤道：「鈴兒，我今天告訴你實話吧，咱們並不在旗，也不姓紀，咱們實在是姓林。」手指靈牌道：「這牌位上寫的，果然是你亡父的名字。這孝男林劍華就是你。」

紀宏澤道：「我知道，我寫仿還寫過這林劍華三個字呢。」

紀大嫂說道：「你聽著！林廷揚就是你父，林劍華就是你的官名。小子……」突然厲聲道：「小子，你可曉得你為什麼更姓改名嗎？你可曉得咱們的老家在哪裡？咱們為什麼忽然搬家？為什麼這六七年，東奔一頭，西藏一陣？你、你可曉得嗎？」

紀宏澤有點思索出來了，這真是怪事，更名改姓，遷地搬家，六年間挪了許多地方，忙答道：「娘，我知道，我們老家在臥牛莊，有一所大莊院，跟這裡房子不一樣，咱們的房子是石頭起基的。我可不明白，咱們為什麼要逃出來。你從前告訴我是鬧土匪，回頭又說不是，我實在想不出來。」

紀大嫂嘆道：「孩子，你還懂事，咱們確實有家，你也知道咱們是逃難啊！孩子，咱們這些年東逃西奔，不是為鬧土匪！」說到這「鬧土匪」三字，聲如裂帛。紀宏澤忙道：「那麼，是怎麼回事呢？」

紀大嫂斬釘截鐵說道：「孩子，你問怎麼回事嗎？告訴你，咱們有仇人！」

「有仇人？」紀宏澤道：「我們的仇人叫什麼名字？」

紀大嫂切齒道：「孩子，咱們有仇人，要殺你！孩子，這仇人先害了你爹，還不算完，他還想斬草除根，要把你我母子全殺了才罷。孩子，你雖然小，總還記得，那天夜裡逃難，那不是鬧小賊，那就是仇人追上咱們了。殺了你爹，還要殺你，還要殺你娘！」

紀宏澤突然從拜氈上立起，說道：「真的嗎？」

紀大嫂喝道：「跪下！」紀宏澤忙又跪倒，一疊催問。紀大嫂道：「傻孩子，你自己往回想吧，那不是逃難鬧賊！」紀蔚叔這時候在旁搭腔了：「鈴兒，我來告訴你，你仔仔細細聽著。你的父親就是叫林廷揚，是有名的鏢客。六年前，你父和我保著三隻鏢船，行經洪澤湖，突然遇上強盜。這不是尋常強盜，乃是你父的仇家。賊們把你父圍上，你父……」說到這裡，把桌上長劍舉起，道：「你父親的武功精強，力敵群賊，把為首一個賊的劍打落！」又將那短劍拿起，道：「這就是仇人的劍！……可惜你父親一念之慈，只想借道，無心殺人，雖把賊人的劍打落，把賊人踢倒，卻說了一句客氣話，『承讓！』還要伸手把這賊扶起來。哪知無恥的惡賊恩將仇報，驟施暗算，立刻由賊船上發來一陣暗器雨。你父武功實在太好，這些暗器全不能傷他，反被他接住幾支。就在這工夫，那被打倒的少年無恥賊，突從背後驟下毒手，照你父腦海猛然一搗，你父立刻殞命……」

紀宏澤一對大眼幾乎努出，直勾勾盯著這兩把劍，忙問：「他是誰？他叫什麼名字？」

紀蔚叔道：「孩子，你且留神聽，我都告訴你。」立刻接述奪路之事，移靈之事，賊人仇家窮追不捨之事。說到此，紀大嫂忙又接說：「仇人又狠又毒，你父親的棺木前腳到家，仇人後腳綴下來。那時候，只有你娘一個年輕寡婦，只有你這沒爹沒娘的小肉蛋！那時候，仇人找上門來，一來好幾十個！那時候，你才七歲，我才二十六歲！那時候，孩子呀，若沒有你魏七叔豁出死命來護前護後，捨生忘死，為了跟你父是同門師兄弟，拿出全副精神來救我母子二人，那時候，若沒你魏七叔，哼哼，孩子呀，你這小狗命還活到今天？……」

紀大嫂一口氣說出來，語無倫次，聲淚俱下，把個紀宏澤說得毛髮聳然，如臨鬼域。當此深夜，鬥室雙燭，吐出淡黃的微光，對著這一個靈牌、兩把利劍，紀宏澤竟滿臉是汗，渾身亂抖起來。

他今年才十三歲。

他抬眼往上一看，靈牌上「林府君諱廷揚之神主」；靈牌左是森然枯坐、瞠目無語的紀七叔；靈牌右是他的矢志撫孤的繼母。母親、七叔，兩人四隻眼全注在紀宏澤一人身上。紀宏澤驚愕，惶駭，慘痛，七情交迸，都裝在他小小十三歲的少年心坎上。

他駭然半晌，仰面問道：「娘，是七叔救的我們嗎？」紀大嫂道：「好小子，你一點也不記得了？」紀蔚叔忍不住哼了一聲，道：「孩子，你難道忘了嗎？你趴在我背上，叫雨淋得小水雞似的。你哭也不敢哭，啞著小嗓子，低聲問我：『七叔，咱上哪裡去呀，是誰追咱呀？』你，你全忘了嗎？」

紀宏澤沒忘，這一節他一點也沒忘。是大人矇騙他，告訴他是搬家，他雖年幼，也覺得不對。他每一詢問那夜之事，七叔和母親就百般打岔，不叫他打聽，他至今懷著疑團。現在明揭出來了，他於是把前後事，聯想起來，加以貫串，他徹底省悟過來。亡父棺木進家，靈棚的失火鬧賊，半夜的冒雨搬家，半路上的巧遇追賊，一切的一切，原來恰是一樁事的急轉直下。

他忍不住大聲說：「我全明白了！娘，我全明白了！」

他熱汗交流，二目如燈。他忍不住失哭而號，登時被兩面的手指頭按住。他立刻吞聲，雙肩聳動。

他更不能再說感激的話，他就在拜氈上一扭身，磕頭如搗蒜，他叫道：「七叔，七叔，你是我們紀家，不是，不是，七叔你是我們林家的大恩人！七叔啊……」他竟栽在拜氈，打滾哀哭起來了。

他嗷然叫道：「七叔，七叔……」

紀大嫂看了紀蔚叔一眼，二人互相示意，暗暗點頭，兩個大人也忍不住熱淚交流了。紀大嫂尤其是淚如斷綆。但忍不住還要忍，紀大嫂強咽悲聲，仍然嗚咽著，喝令小紀噤聲。

當此時，屋內雙燭微閃淡光，香菸繚繞，外面萬籟無聲，但聞蕭蕭風吼，木葉瑟瑟作響。一鉤斜月，淒涼地掛在天半空，正不知照到誰家的歡聚、誰家的生死難愁！

良久，良久，屋中悲咽聲斷續漸住，紀大嫂澀然說道：「小鈴子，你還說七叔管不著你嗎？你可知七叔為什麼管你嗎？……」

紀蔚叔侷促不安，忙道：「大嫂，小孩子不知輕重說一句糊塗話，揭過就完，大嫂再這麼說，我越發抱愧了！」紀大嫂浩然深嘆道：「七弟，話不是這麼講，小孩子糊塗，大人不糊塗啊。越是小孩的話，越沒有掩飾，才越扎人的心。他這是說七弟你，他也可以說我啊。我這麼苦苦地拉巴他，管束他，誰知他心上怎樣呢？他也許說我是後娘，說我虐待他……」

紀蔚叔咳道：「這可沒有，大嫂子千萬別這麼存想，這孩子在大嫂跟前足夠十成十。這是大嫂換出來的，您娘倆可不要犯心思呀。那可就毀了，大哥的怨仇永遠報不得了！」紀大嫂點頭道：「我也知道，他常常說，我是他的親娘。他小的時候，我只一逗他，說他不是我親生的，他就哭鬧。必得我承認是他親娘，他才不哭。但那時他是小孩子罷了，現在他人大心大，他肚子裡轉什麼彎，我也不知道。小鈴子，我告訴你，論理，你七叔是多管你，連我也是多管你。你如今也十三了，我得叮問叮問你，你叫我管我就管你，你七叔也一樣，你求人家管，人家才肯管你呢。小渾蛋，你明白嗎？」

小紀泣道：「得了，娘別說了，我明白了！」

紀大嫂道：「但願你明白不在一時，要永遠明白才好。」

這才命紀宏澤拜紀蔚叔為師，行了大禮，師徒之分已定。

紀大嫂道：「七弟，他再不聽你管，再不好好學，七弟，你狠狠地打他，問他可對得起死去的爹爹？」

然後，紀大嫂又提起那桌上長短兩把劍，厲聲叫道：「小鈴，你可知你為什麼叫紀宏澤？你可知你為什麼忽然姓紀？孩子，你爹爹慘死在『洪澤』湖，我望你這一輩子記著！紀宏澤，你要永遠記住洪澤！這仇人的劍，你要記牢，使這劍的人就是殺死你父的人！……這是你父的劍，你父生前轟轟烈烈，仗著這把劍，浪跡江湖，無人不怕，哪知一念之慈，遭了綠林宵小的暗算。孩子，我要你用這把劍，加在仇人的胸坎上，不然，你就拿這劍把你娘殺了。我眼不見，心不煩，我何必守這無味的寡！」

紀大嫂的語調，聲如裂帛，她的語意更是火辣辣充滿了辛辣之味，唯恐刺戟不動她的這孤兒。她的雙眼如火，紀宏澤噤不能語，接過劍來，滿眼眶的淚，只一迭聲諾諾。

然後，紀大嫂命紀宏澤對劍嗚誓：務必要用仇人之劍，割仇人之頭；用亡父之劍，雪林門之恨。這才命他叩頭起來，立在一旁。然後，紀大嫂跪倒靈牌之前，頓首，默禱，禁不住抽噎，由抽噎禁不住淚隨聲下，低低地哀叫道：「亡人啊，亡人啊！你可知我這無能的女人，這六年真真不容易呀！你知道我都受了些什麼罪？你保佑我母子，你保佑鈴兒學藝早成，你保佑我，叫我死在仇人後頭！」

第十三章　成童勵志武林遊

一年半之後，孤兒紀宏澤彷彿成了人了。身材很高，快趕上七叔，只是身相略瘦，生得面貌微黑，長眉入鬢，一雙眸子尤其清澈英銳。小時的濁氣漸除，頗知勤學勵志了，看來頗有後望。紀大嫂盼子情殷，見狀大慰；可是心上還有點缺欠，覺得這孩子剛勁有餘，韌勁不足，做少年時的張良可以有望，做含辛茹苦、忍辱負重的陸遜，似乎遜色。

他現在已經算是十五歲了，每日只讀半天書，是在下晚。

至於早半天，據紀蔚叔對塾師說，是鋪子裡生意忙，雖然招了一個學徒，還是忙不過來，叫他侄兒幫著照應一會兒，所以只能上半天學，學金照舊，塾師自然沒說的。可是就在上半天，紀宏澤也只在鋪子裡打個晃，鋪中塾中甚至街上，都少見紀宏澤的影子。

紀宏澤真是不貪玩了，就是下晚在塾唸書，也比較從前不同。從前他敢跳敢闖，玩得最歡，念起書來，扯起喉嚨喊，和一般村童正是一樣。現在成了大學長，在學塾裡很沉默，小聲唸書，有時低頭想心思發愣，彷彿換了一個人似的。而且他時常在白天打呵欠，好像患失眠，舊學伴再邀他玩耍，他也不幹了。他如今的趣味，已不在貪玩了，他喜歡看小說，喜歡寫字。他雖是大學長，他的叔父並不教他念八股，也沒教他開筆。他如今不過念《左傳》，念尺牘罷了，也學學珠算。其實在這村塾中，學八股文章的確是有限，大抵念雜字、學珠算的居多。

紀宏澤既然是大學長，塾師自然另眼看待。每見他精神不振，坐著打瞌睡，塾師便覺詫異，這不是十五六歲孩子所應有的，除非是少年新成家，貪色戀內，才會如此。因此曾問：「宏澤定了親沒有？成了家沒有？」紀蔚叔回答說：「他歲數很小，還沒定親呢。」

塾師便把宏澤在塾晝寢打呵欠的情形，告訴了紀蔚叔。意思是怕學生春情初啟，有了非法自瀆的情事。紀蔚叔聽了，很感謝塾師的好意，忙代侄兒分說：「這倒不是的，鋪子裡的帳目，現在都歸小侄管，他每天睡得很遲，差不多總到三更天，才能上床。小孩子氣力短，白天免不了要打呵欠的。」

塾師自然不知底細，紀宏澤正在刻苦勵學。他的白天功課稀鬆，他的夜課正在加倍上緊。紀蔚叔全副的能耐，已然傾囊而授了。然而可惜的是，紀蔚叔是一把好手，卻不是一個好師父，他把學生教到歧途上去了。就實際說，紀蔚叔的藝業並未大成，比起宏澤之父親差多了。而且由他做啟蒙師，更是不對路。他就不會量材設教。這一點，紀蔚叔自己也明白，紀大嫂也曉得，無奈他們限於境地，在紀宏澤尚未成年，不能離母的時候，又有大敵當前，不知何時猝至，所以紀大嫂終不忍叫兒子另訪名師。就這樣敷衍了這些年，也可以說，把孩子耽誤了。

即如紀宏澤現在白天打呵欠，這就差事。因為他們太把學生趕碌緊了。好比填板鴨一樣，貪多騖廣，紀蔚叔恨不得把自己一切所學所知，一滴不剩，全傳給這個學生。好幾樣拳法，好幾樣暗器，好幾樣兵刃，他都掏弄出來，教小孩子今天學這樣，明天弄那樣，這樣剛練了個粗枝大葉，又把那樣開始了。

紀蔚叔並沒想到人與人不同，紀宏澤這孩子天生體質較弱，只當以巧勝，不能以力施。紀蔚叔卻生來體氣堅實，他師兄教他時，截長補短，按照他的體質，傳授他所能勝任的拳技。他所學的藝業，可說偏於硬功。這硬功對紀宏澤來說，就根本不合適。一個好學生，可惜叫笨師父耽誤了。

紀宏澤這孩子心靈口訥，體弱手巧，他若學一點本領，不但要知其當然，還想知其所以然。紀蔚叔只能自己心裡明白，若叫他講出訣竅來，他可就拙於措辭了。並且他也是這樣學來的，師兄如此教，他就如此學，有時他不問，師兄也就忘了說。現在偏偏遇上這一個好問的學生，凡事必要打破砂鍋問到底，每每把紀蔚叔問得翻白眼。雖不致以訛傳訛，已落到盲教盲練的地步。這便是紀宏澤九歲開蒙，到今年十五歲所得的成績。

他所學的玩意的確不算少，七叔不藏私，早已傾囊而授，可惜這些玩意都類乎淺嘗：一趟八仙拳，一趟臂掌，一套青萍劍，一套六合刀，和甩箭、鋼鏢、彈弓、袖箭，紀宏澤都能擺弄得來，卻都不算拿手。苦心勵志的孤兒在今日憑這區區技業，若與那久歷江湖、鋒芒不可忤視的草澤一龍一蛇，拿來一比鬥，莫說他才十五，他就是二十五，莫說紀蔚叔不敢信，就連紀大嫂也不敢相信他準有把握。

所以，又過了一年，到這一天，十月初二，恰是紀宏澤的十六歲初度，紀大嫂又備酒肉，宴請七叔，算是謝師，又算是為兒子慶成了。

酒食已罷，重擺上靈牌，點上香燭，紀大嫂這才當面把兒子獎勉了幾句：「兒啊！你還罷了，這三年你還有心，你居然把七叔傳給你的藝業，好好用心習練。我已經看見你練的劍法了，比起你父自然還差得多，可是放在你十六歲一個孩子身上，我做娘的已然心滿意足了。這都是你七叔恩待你的地方。看你這樣，我就是一口氣上不來，死了，也甘心了，準知道你還有心了，你一定能夠替你爹報仇。」

紀大嫂又道：「可是，你七叔告訴我，你這點能耐，論年紀已然沒算虛度，想拿出來在江湖道上施展，還差得太多，更不用說報仇了。再說這樣關上門練能耐，就是真練到家，實際拿出來用，還先得見過真陣仗才行。你七叔只給你餵招是不成的，那是假的。真個遇上仇人歹人，拚上性命一鬥，你一個初學，未免心慌躁進。所以我們練武的人，功夫學好之後，還得師父師兄帶出來闖練闖練，經過幾次真殺真砍，那才算有了把握。這些日子，你七叔對我說了幾次，打算帶你另投名師，換一換門戶，再到江湖上闖個一年半載，一面搜尋仇人的下落，一面拜訪武林高手。你七叔的意思，要叫你滿了二十一歲，再行出門，滿了二十四歲，再去尋仇……」

紀宏澤對著靈牌——這一次叩拜之後，沒再下跪，只規規矩矩站著，面現沉毅之容道：「娘，我已經十六了，再熬到二十四歲，我那個仇人誰知還有沒有呢？兒子的意思，也知娘怕我年紀小，敵不住仇人。這樣辦，我不必另投名師了，我再苦練兩年，我等到十八歲的時候，就去尋找仇人。我先把他殺了，回頭再說別的。您不要不放心，我現在就是膂力不夠罷了，若論功夫，我看我足能頂一氣。娘不信，我練給您看看，連七叔都破不了我。我的手很快，我只是沒有七叔那大手勁罷了。」

此時的紀宏澤確是有志了。卻又踏入少年不可免的覆轍，「初生犢兒不怕虎」，他又過於自信了。這也是實情，他的持久力不如七叔，他的手勁不如七叔，可是一招一式打起來，他比七叔快得多。師徒過招時，七叔有時被他抓撓得手忙腳亂。若論招數的靈巧圓熟，紀宏澤今日可說青出於藍了。他之學藝，既長於理解，又肯出力苦練，可說是勤學好問。

所差者，紀宏澤似乎失之於自作聰明，凡七叔講不出的拳理，他就一知半解，自加揣摩；也有的被他思索透了的，也有的被他誤解，走入歧途。他究竟十六歲，近半年他每和七叔過招，常能搶占先著，他卻耗不過七叔。他想：這是我勁頭不夠，等我到了十八九歲，七叔就怕不是我的對手了。

他是這樣設想，雖然稍微，究算志氣可嘉；七叔為提起他的興趣，又為安慰苦節的寡嫂，也常常獎勵他。七叔用心獨苦，實在是努力，要成全這個慘亡的師兄的孤兒。哪知教小孩子如扶醉漢，「扶得東來又西倒」，這一招弄錯，也會得了不良結果，越發使少年自負的紀宏澤不知天多高、地多厚了。

幸而紀宏澤的自負，才是近一年來的事，紀蔚叔還有法子補教。紀蔚叔對宏澤說：「宏澤，你覺著你現在的功夫差不多了吧？我告訴你一句攔高興的話，你如今剛十六歲，照這樣你再練五年，還是拿不出手去。」

紀宏澤道：「怎的呢？」

七叔道：「這顯而易見，我比你父親差得多了，你父親和那一龍一蛇比鬥起來，不過剛剛能夠取勝。如今又過了十年來，你這裡苦練才有幾年，你的仇人只怕精益求精，到現在越發難惹了。你必得想法子，壓過他們一頭，才行。」

紀宏澤眼光霍霍地說：「我要現在就訪訪他們去，我們應該訪實他們的底細！」

七叔道：「當然了，你母親已經跟我商量許多次了。你現在才十六，你的本領不如敵人。你的歲數卻很小，你的前途無量。只要你有志氣，一步一步往前走，管保有志竟成。可是，你千萬不要自滿，你和對頭比，正如小雛雀追老鷹，說實在的，你差得太多。你要明白，你我現在不過是過招喂招，到底不是性命相搏，彼此心情是鎮靜的。等到真拿出來，到江湖上闖，莫說尋仇爭殺，一刀一槍拚命，就算跟尋常的一個武師較量一下，不管是爭名，是奪利，只一動真的，我們心中就不知不覺要浮動。況且事先又未必準知對手練哪一門，用的哪一招，過起手來，一個接不上，看走了眼，就要當場認輸。那時十成本領，就剩六七成了。等到遇上對頭，性命相搏的時候，那又是一番心情了。生命呼吸，轉眼就分人鬼，那時我們就把整個性命交到自己一雙眼和一手一腳上。這一掛勁，十成本領連對半也剩不到！」

紀宏澤聽了，翻著眼揣摩，半晌道：「七叔，我們這試招，您不是掏出真本領，和我真打嗎？」

七叔道：「自然是真打，可不是拚命啊。你想想，站在你面前的是我，我是你師父，這就差多了。換過話來，站在你面前的是你的死對頭，他不殺你，你就殺他，那時又是什麼心情？你是不是精神震動？你就是有膽，無奈大敵當前，也難免進攻退守，兩面照顧不到了。我們武林中人，初次臨敵的，全是這樣，不單是你。平日學會的千招百式，一拿到陣上，不覺全都忘掉。那時，就只看見敵人的胸口，只一紮就報了仇；又只看仇人手中的刀，挨著我，我就要受傷。這另是一種滋味，你還沒有嘗過。我們是假裝真拚命，不管怎樣，也裝不像。」

紀宏澤不覺點頭道：「七叔說得對，可是我該怎麼樣呢？想個什麼法，真試一試？」紀蔚叔道：「你母親跟我商量好了，要盡著兩年工夫，訓練你實際應敵的膽智，然後叫我帶著你，出去尋師訪友，更求深造。你現在跟著我，可是孤學無友，只學會本領，沒有真用過，總不行的，何況我教給你的這點玩意還差得太多呢。我看你近來很有點自負的意思，自負本是好事，人要信得自己，這才有膽量，敢殺敵。可是還得有真功夫，真經驗。現在咱爺們先習練闖江湖的訣竅吧。總而言之，你應該自負，卻不可自滿；你應該虛心，卻不可氣餒。」

從此，紀宏澤隨著七叔，又展開另一種學習方法。在從前，他們是關上院門，在家中暗練。現在他們師徒二人每到夜間，悄悄出去，到村外面亂走。此殺彼搜，此逃彼趕，或猝然相攻，或潛施暗器，練逃跑，練勘尋，練跟綴，練偷竊，練行刺，練偷聽窗根。凡是江湖上追、逃、尋、鬥，明攻暗算的功夫，苦苦地又學了一年半，紀宏澤已然十八歲。

紀宏澤居然有志氣，預定學兩年，他不到一年半，便學會了。凡夜行技擊的本領，粗枝大葉，其學已備。他現在自信可以保鏢，可以做賊，可以賣藝，可以從戎。但是，他自覺他的本領越學越多，越練越精。可是紀蔚叔從前總誇獎他，鼓勵他；現在卻總警誡他，說他差得還遠。好比行路，倒越走越遠了。到他十八歲，體力發育已足，身子骨又高，已顯出十分堅挺了，紀蔚叔反倒說他：「還得另投名師，再練五六年。」紀宏澤恨不得現在就去尋仇。他母親也說：「還得另投名師，再練五六年。」固然紀蔚叔曾說：「對頭此刻的本領更大了。」可是轉念一想，對頭此刻也許歲數更老了。紀宏澤以為此刻一味懸想對頭可畏，究竟沒有訪實。他的意思，現在無須先訪名師，正當先去撈一撈仇人的行蹤。

他這主張，跟母親、跟七叔說了幾次，母親與師父全不以為然。他們的意思是寧願宏澤苦練技擊，要超過仇人多少倍，再拿出去施展。不找仇人便罷，只一找，便探囊取物，把仇人的頭顱割來。不但要有十成把握，恨不得要有十二成把握，方才出頭尋仇。這辦法當然把牢，紀宏澤卻以為做得太過了，好比日暮途遠，只苦苦往前奔跑，何妨且跑且問，打聽打聽前途的距離呢？照這樣，豈不要跑過了地頭，自己還不知道？

紀蔚叔和紀大嫂警告他：「你要知道你的身分，你上無伯叔，中無弟兄，孤零零只你一人。你是想跟仇人見一面，能勝利則勝利，不能勝利再去埋頭苦練。你可知道這主意未免太懸，這豈不是打草驚蛇？我們埋頭十幾年，仇人只當我們孤兒寡母已經絕滅了。我們做得很對！孩子，你那試碰運氣的打算太險，你打不過仇人你還想再練。仇人怎能容你？恐怕那時你連跑都跑不開了。你沒有涉足江湖，你還不曉得仕途上的艱險。」紀大嫂說著又落了淚，她已經很久沒有哭，雖然人見瘦弱，如今目睹兒子爭氣，已然撥開愁懷。遂又勸解兒子道：「你很有志氣，可是娘只有你一個，我固然願意你父仇早日得報，我卻也捨不得叫你孤注一擲啊！」

痛切之言，說得紀宏澤默然，眼中也不覺含淚。紀蔚叔又道：「宏澤，我知道你心急，你說的話也有理，你是急想知道對頭現在的情形。仇人現在的本領究竟怎麼樣，我們也該設法探探。不過這不是容易事，我們必須踏遍江湖，方能獲得他們的底細。」遂目視紀大嫂道：「大嫂，你思索思索看，要不然，我就帶著宏澤出去闖闖。我們本打算他二十一歲的時候，再帶他出去。現在他本領已然將就用得，他體格很好，他現在的膂力已跟我差不多了，莫如我們就提前一步。大嫂，你說呢？」

紀大嫂嘆道：「既然你師徒都以為然，那麼你們就收拾收拾，出去闖一下看。」低頭又想了一會兒道：「你們先試著出去，半年為期，你們早點回來，我實在不放心啊，孩子你還差得遠呢。」又叫道：「鈴兒，你知道你現在的本領，連你父親的一半還抵不上哩。你信嗎？」

成年人老成持重的話，少年人常常不以為然。但一面闖練，一面訪師，一面尋仇，實在是面面顧到的好主意，三個人到底決定這樣辦了。師徒擇日出發，母子趕辦行裝，定規半年內登程。行前先佈置小鋪的買賣，已找了一個夥計照應。其實紀大嫂頗有積蓄，本不指仗小鋪餬口，區區雜貨店只用來掩飾行藏罷了。依著紀大嫂的心情，恨不得停了營業，親自伴同兒子出頭。她卻自知種種不便，把這出門之事全託付七弟了。

這時剛剛在春暮，紀大嫂祕問紀蔚叔：「對頭的動靜怎麼樣？孩子的本領到底拿得出手不？他一天也沒有真用過，想什麼法子，叫他實做一下看看？」紀蔚叔略有成算，對紀大嫂說：「嫂嫂請放心，我暫且帶他出去闖蕩半年，看成績如何，再定第二步。」為免得叫大嫂懸念，把實底也透露出來：「照這樣看，也總得再過五年，才有把握。大嫂沉住了氣，我絕不帶他犯險。」

紀大嫂點頭微喟，紀蔚叔遂命宏澤到小鋪櫃上，督促夥計，照應生意。然後紀蔚叔告訴宏澤：「你先練練處世之道。我趁這工夫，先回家看看你七嬸去。不到三個月，我準回來，那時我就陪著你出去闖練一下。你在這時候，夜間千萬不要再出去了。萬一闖出枝節來，你年紀輕，弄不圓全的。」又囑咐紀大嫂，千萬看住宏澤，夜間不要叫他獨自出去。囑罷，紀蔚叔首先收拾，獨自出門。對外面說，又聽見哥哥的消息了，要找找他看。對宏澤說，是先回家一趟。實際卻只有一半對，他到故鄉看了看，只耽擱半個月，立刻又出去了。到別處尋找舊友，有所刺探，又到各處轉了一圈，耽擱數月，方才回來。把自己所訪所聞，祕密告訴紀大嫂。紀大嫂面有疑難，跟著又露喜色。叔嫂兩個好比下棋，已然布下棋子。

然後到了七月二十一日這天，這是他們在小辛集逃出虎口，最可紀念的一天。紀宏澤驚恐雨淋，生了一場大病，經紀大嫂提心吊膽地護視，不見起色，延醫調治，也似無效。紀大嫂寸心欲碎，竟倒用了割股療親的愚昧療法，自己潛割臂肉，揮淚默禱，給孤兒下在藥內。居然，也不知是棄物有靈，是精誠感動，小紀的病由危漸漸好轉。現在紀大嫂臂上，就有銅錢大小的創疤。她可算對這亡夫的孤兒、亡姐的遺孽，懸下苦心。七月二十一日，就是她割肉療孤的紀念日。她擇在這日，命孤兒成行。由打這天起，孤兒便算成童，將離開她的懷抱。

她這番苦心，連紀蔚叔也不曉得。

當天也如餞送大賓一樣，紀大嫂給他叔侄設小酬，又命孤兒對亡親靈牌叩頭，又將自己的臂傷袒露，叫宏澤看。紀宏澤哎呀一聲，十分感動，抱住母臂不禁淚下。

紀大嫂點了點頭，然後含淚說：「兒啊！你總記得我們逃出虎口，你被暴雨激淋，害了一場重病，差點死了。是我萬般無奈，親自割肉來治你的病。我不敢說我的苦心感動天地，反正我對得起你的父親、母親了。孩子，今天我們應該歡喜，因為你到今天算是成人了。可是我怎麼喜歡得來？我不是給你添煩，我也不是表白我的苦心，我是叫你知道，你的命就是我的命！孩子，第一，你要保重自愛，為了你死去的親父母、苦命的我，你在外面，要愛惜生命！凡是用不著的冒險，你千萬不要逞膽量，路上你要聽七叔的話。第二，你學成之後，那就盼望你拿出本領來，和仇人一拚。你要把仇人全殺了，才是我的心願。萬一你被仇人所害……」

紀大嫂想了半晌才說：「那就是你對不起我，那就是你貪功急遽，功夫沒練好，硬要跟仇人撞大運，你可就做鬼也對不起我了。你若有好歹，我還怎能活？孩子，你要記住，做娘的我，不是叫你一味跟仇人拚命，我是要你好好地練精本事，越精越好，不妨多耗幾年工夫。不出手便罷，一出頭就把仇人的首級，探囊取物地弄來。總而言之，我不盼你冒險成功，只要你抱著十二成的把握去一舉成功。」

又道：「你該明白，你的身分太重，你是林家報仇的人，你又是林家接續香煙的人。我還盼望你復仇之後，成家立業，娶妻生子，好歹給你們林門留一後代啊！」說著，又淚隨聲下了。但她不願在兒子初登世途的第一日，過形淒苦，於是勉咽悲聲，轉為強笑。把一杯清酒先獻給紀蔚叔，再把一杯酒給兒子斟上，這好比誓師了。

紀宏澤肅然敬受，說：「娘，放心！娘的話我一定不能忘掉，我一定照你的意思做。」紀大嫂目視宏澤的昂藏身軀道：「我但願你這樣出去，還這樣回來。」紀蔚叔忙道：「大嫂放心，天道有靈，必然要成全你母子這番苦心的。」紀大嫂道：「我謝謝七弟的吉言，但願這樣才好！」

紀大嫂的悲苦，也無怪其然，從今日以後，她的愛子即將漸漸離開她的懷抱，去做那儲材尋仇拚命的大業，在前途恍見如狼似虎的兩個巨賊巨仇，今遣一個沒閱歷的少年，去跟他相抗。就算照七叔的話，敵明己暗，量力伺機下手，也究竟是可慮的事，非同小可！

但紀宏澤並不如此設想。學技小成，渴望一試，就是敵強我弱，秦始皇又該如何？也怕搏浪沙的一擊。這區區不過兩個強盜罷了，只怕尋不著他，但能找到，便跑不了。他面前彷彿已展開圖畫，似有兩個積寇，年已老，力已衰，如掉了牙的猛虎，自己卻是火爆的少年，仗鞘中劍，囊中鏢，要用仇人之劍刺入仇人心坎，要用亡父之劍割取仇人之頭，精誠所至，何事不成？他胸中早燃起熊熊憤激之火，要將仇人燒成劫灰。他翻來覆去，只盤算如何尋仇，忘了中間還需訪師尋友，他恨不得一出門，即碰到對頭，一劍便成功，轉身回家：「父仇得報，歸慰寡母。」現在母親怎麼囑，就怎麼應，免她懸念罷了。他一雙眸子只是亂轉，仇人的年貌，他已問明，此刻仇人就好像正在鄰村哼哼。

紀蔚叔在旁胸有成竹。他知道少年人的狂傲，他知道少年人看事太易，慮患不深。他已在外面佈置好，雖說是偕孤侄尋師訪藝，潛作尋仇，他卻要第一步邁出去，先試試少年人的膽氣、機智。以為在少年的前途上，必須有一番示戒，教給他慎重，比教給他勇猛還緊要。當下，見母子均有惜別之情，連忙打岔。紀大嫂所設的酒食，三人全吃不下去。祭奠林廷揚的靈牌之後，三人草草喝了幾杯酒就算送別。

鏢客都好喝大碗茶。飯後，紀蔚叔又喝了一頓茶，站起來說：「咱們走吧，大嫂在家，多多保重！」紀大嫂道：「你們爺倆在路上多多保重！」紀宏澤目視寓廬，不敢和母親對面，於是趴在地上，給母親磕了三個頭，說道：「娘，我們走了！」

紀大嫂已看出宏澤這孩子是個多情的人，忙把心中的悲感抑住，只一揮手，向門口一指，陡然厲聲道：「孩子，孩子，你今天不出門，你還是孩子。你一出這門口，就是大人了。你不要忘了我，不要忘了你父親，你不要忘了洪澤湖，你要記住，你為什麼叫紀宏澤！你要記住洪澤二字。」說罷，奮身先走出去。紀宏澤叔侄各提起小小行囊，跟出大門。

紀大嫂直送出村口，方才站住，又叫了一聲：「宏澤，你要記住了！」紀宏澤忙道：「娘，我記得！」紀宏澤剛走上大路，紀大嫂竟調頭不顧，徑返家門。卻將街門一閂，急急進屋，扯被往床上一倒，哀哀低泣起來。

她不願把惜別之象，留給兒子。報仇之事，須有悲壯之情，她願意她的兒子看見她的怒容，不願稍露淒戀之意。可是這屋子頓然只剩下她一個人了，她孤影吊獨，怎會不悲痛！

紀宏澤被母親一再策勵，奮然上道，恨不得立刻去訪仇人。他們已約下暗號，把仇人二字喚作「債戶」，他們把尋仇叫做「討債」。叔侄二人仗策而行，當天走出一段路，投店打尖。紀宏澤便問紀蔚叔：「債戶到底在哪裡了？您先領我看看去。」紀蔚叔道：「你不必催，我自然領你去。在家中我怕你母親掛慮，沒肯對她實說。現在我領著你，是一面訪藝，一面討債，你就跟我走吧。欠債的就在河南。」

紀宏澤忙道：「在河南什麼地方？」紀蔚叔道：「在河南開封，我早訪好了。你跟我走，先奔邯鄲，那裡有你父親一位老朋友，他知道得最詳細。」說罷，叔侄繼續趕路。

第十四章　賭拳技小試成敗

曉行夜宿，渴飲飢餐，叔侄二人走出三四百里地了。紀蔚叔時時察看宏澤的神氣，要先磨練他耐勞，所以不坐車搭船。

繼而又訓練他耐煩，又故意僱車代步，和車船店腳打交道，都命宏澤接洽。紀宏澤固然很機靈，出門的經驗雖沒有，倒是懂得人情世態。做出事來很大方，又不肯吃虧，也不太傲。只有一節，宏澤有一身武功，常想找人打架似的，紀蔚叔也明白他的意思，是要借端試一試對手。紀蔚叔不由得暗嘆：「這孩子也還罷了。」

在出門第四天，坐了一回船，為爭小費，紀宏澤要打船伕。被紀蔚叔攔住了，告訴他車船店腳最是齊行欺生；你打不過他們，他們吃了虧，會號召成百的人來，和你搗亂。論拳頭真打人，不如微露拳技，把他們鎮住。紀宏澤竟不甚會用江湖市語，他的年貌氣概也像童生秀才。船伕和他對吵，紀蔚叔過去，只說了幾句話，便露出老江湖態，船伕就老實了。紀蔚叔告訴宏澤：「這一招你也該學。」

這時連走了七八天，已到八月初旬。在這七八天中，紀蔚叔引領紀宏澤，拜訪了兩家鏢局，全都沒吐露真姓名。不過教他看看鏢行的情形，讓他認一認鏢行中人的氣派。在邯鄲縣城，又領他到一家當鋪，拜訪當鋪護院的一位武師。紀蔚叔跟人家說了幾句武林行話，這護院武師居然披長衫出來，邀紀蔚叔到酒樓一敘。

紀宏澤打量這位武師，年約五十歲以內，肚大腰圓，扇背渾厚，兩眼很亮，可是說話似乎帶喘。這人生得面黑微麻，手團一對核桃，直挺胸腹，好像練的是外功。紀蔚叔給宏澤引見，說：「這位是趙秉元趙老師。」又指著宏澤說：「這個孩子是小弟的新收徒弟，他名叫紀宏澤，今年十八歲了。」趙秉元武師道：「很好，你這弟子很精神，一定功夫夠料。」兩人在酒樓上飲酒暢談，紀宏澤很想聽聽他亡父生前的軼事，紀蔚叔不曾提，這趙武師也沒有說，竟一味說他自己的得意事。

留神聽來，趙武師管紀蔚叔叫魏老弟，可見他們是舊友了。紀蔚叔向趙武師打聽這個人，打聽那個人，總是問話時多，自敘時少。這趙秉元武師是一個話簍子，亂說一陣，口氣之間，十分自負。並說他收了六十多個徒弟，在本街上也有十幾個。他是在當鋪護院，同時還在一家煤鋪，鋪著把式場子。

跟著說起上年有人來踢他的場子，被他的大弟子展開半趟羅漢拳，就給教訓得鼻子破，牙花流血了。說罷哈哈大笑，幾乎笑翻了酒杯。

酒過三壺，趙武師的話更多起來，越發誇說自己當年的勇力。紀宏澤在旁聽著，很覺無趣，這樣的人見他做什麼？酒足飯飽，搶著會鈔，趙武師便邀紀蔚叔到煤廠子玩玩。在櫃上小坐，打發人把他徒弟全邀來，高高矮矮，十二三位。趙秉元指著說：「你們見過這位魏師父，這是我的老朋友，是咱們北方有名的鏢客，我把他邀來，練幾套拳，叫你們見識見識。」

徒弟們哄然說：「魏鏢頭多指教吧。」立刻往場子裡讓。紀蔚叔也不很拒絕，也不很踴躍，淡淡地說：「我早擱下了，不怕諸位見笑，我是令師手下的敗將。」隨即解衣下場。這場子就在煤鋪後院，一塊有盡有。

空地上，也曬煤，也練武。牆隅擺著兵器架，放著春秋刀、石鎖、石墩、箭堆子，還有沙土袋等物，應有盡有。

紀蔚叔抱拳說了聲：「諸位師兄們，我在下早把功夫擱下了，我現在只算是個買賣人，貴老師既叫我獻醜，我是恭敬不如從命。諸位師兄們多多指教，練錯了，您別見笑！」

紀蔚叔講完外場話，就拉開架子，練了一套八仙拳，一招一式交代得很清楚。由紀宏澤看來，七叔這不過是點到為止，比劃了一個大致不差罷了，並沒有掏出真的來，可說是有勢沒勁。那夥徒弟打圈聚觀，哄然叫好，趙秉元武師更是讚不絕口。紀宏澤潛觀群弟子的舉止，似乎在竊竊私議。

紀蔚叔練畢收式，剛要穿長衣服，便見群徒中一個黑矮子走過來，對趙武師低聲說：「同門師兄弟要請魏鏢頭當場指點，不知可不可以給弟子們領領招。」這徒弟說的話倒很客氣，稱呼紀蔚叔為魏鏢頭，可知七叔拿出真姓名來了。但只引見紀宏澤，仍說是徒弟姓紀。這黑矮徒弟只有二十幾歲，正在壯年，體格精悍。先跟同門嘀咕了一陣，跟著站在師父和紀蔚叔二人面前，不時用眼角掃著紀宏澤，挺胸腆肚，頗有挑逗意思。

紀蔚叔向趙秉元謙讓不遑，叫著趙武師笑說：「老哥，你們貴師徒就把我扣在這裡，我也不敢伸手。你這幾位高足都夠可以。強將手下無弱兵，我的玩意瞞不過老哥，我可不能自找丟臉。」趙秉元笑著說：「賢弟，你別說反話挖苦我們爺們了。我說佑明，你們也偌大個子了，你們真敢向魏鏢頭跟前討臉。

魏鏢頭豈肯跟你們對招，算了吧。若不然，你們小哥幾個湊湊吧？」一轉臉，對著紀宏澤說道：「老弟，你下場子玩玩嗎？你們年輕人跟年輕人過過招，彼此都有益處，要不怎麼叫如切如磋如琢如磨呢？你們來磨試磨試吧。」

紀宏澤躍躍欲試的神色，紀蔚叔、趙秉元全都看出來了。

紀蔚叔仍說著謙辭話：「小徒年紀輕，學藝沒成。他剛剛入門兩年不到，他哪裡成呢？諸位師兄都比他大，又是名師教的，老哥別叫我們師徒栽在這裡，出不去門啊。」口裡這樣說，卻湊近一步，對那黑矮徒弟說：「我說這位師兄你貴姓啊？貴排行第幾？練了幾年了？你們老師父傳給你的是哪一種拳學，哪一種傢伙呢？」

黑矮徒弟道：「弟子姓高，我什麼拳也沒練好，我也是初學。」趙秉元代答道：「他是我的第五個小徒，他是本縣人，名叫高佑明，今年二十四歲了，跟我學了五六年。我又不會教，他又沒有長功夫，恁什麼也沒練好，倒是會打一趟猴拳，六合刀也會砍兩下子，就是下盤太慌，眼神也不足。」這高佑明也算是煤廠的少東，乃是東家的侄兒。

趙秉元接著說：「我說，魏賢弟，左右你今天也走不了，你爺倆就在咱們這裡多盤桓兩天，叫他們小哥們全把所學的師門本領拿出來，彼此對一對，賢弟你不是說帶著徒弟訪藝尋友嗎？你真格瞧不起愚兄，站起來一走不成？來吧，叫他們練練吧。反正誰摔倒了，誰自己爬起來，自己弟兄沒有說的。」趙秉元拍著紀宏澤的肩膀，催他脫長衫，又向群徒點手，含笑道：「你們別淨盼人家師徒賜教。你們也該拋磚引玉，把咱們那點臭的爛的，都擺弄擺弄，好叫魏老師給你們改正改正。練武這玩意，跟做文章不同。這不是關上書房門，自己一個人鼓搗的事。魏賢弟，還有這位紀師兄，難得今天光臨，咱們應該別客氣，說來就來。」

紀蔚叔笑說道：「好，好，老哥吩咐，小弟從命。不過小徒是後進小孩子，歲數太小，師兄們多多容讓他。你們真把他打哭了，我可不答應你們老師。」說得眾人嘻嘻一笑，全說：

「您太客氣了！」

兩位老師遂命門徒，先下場子，各走一趟拳，各試一套兵刃，借此教他們認識認識別派的手法，隨後才叫他們開手較量。

紀宏澤與生人乍試身手，滿心爭強好勝。當下心眼一轉，想到人家年長人多，自己只一個人，須得留著氣力到後頭使。

走拳試劍時，他只把十分本領，用出六七分。也和剛才紀蔚叔一樣，只稀稀鬆鬆，走了一趟排掌，刺了一套三才劍。趙氏門徒看了，並沒把他一個十八歲小孩看在心上，他們只想把小的打敗，再要求和這位魏鏢頭動動手。因為這很合算，勝了就很露臉，敗了也不丟人。十幾個弟子紛紛下場，有的耍春秋刀，有的走拳腳。一個高身量的少年，氣勢虎虎，把春秋刀耍起來，插花蓋頂，金鉤釣魚，挺刀獻刀，舞動起來，居然氣不喘，面不改色。這人乃是趙門三弟子。四弟子和六弟子兩人對練了一套單刀破花槍，七弟子和八弟子打了一套拳，又發了三鏢。紀蔚叔看著，一迭聲喝彩。那五弟子高佑明，獨自打了一趟崩拳，雖然手疾勢快，形似猿猴，只是下盤果然像趙武師所言有點不穩。

趙門弟子先後練罷，紀宏澤夾在中間，也匆匆練完。兩方面的老師都盛加讚許，隨後便該對手過招。高佑明顯見年長力強，趙秉元武師特把他叫到一邊，囑咐了幾句話，好像有所關照。紀蔚叔也把紀宏澤叫到一邊，告訴他要量敵，要小心，要記住從前指示他的那些話，還要「做事須留餘地」，不要叫人太過不去。紀宏澤諾諾答應：「七叔放心，我全曉得。」

紀宏澤蹬了蹬靴子，又重勒了勒腰帶，凝神靜氣，湣相對手。高佑明湊了過來，兩人互相謙讓，紀宏澤心上明白，嘴上說不出，只說了一句「多指教」，高佑明叫一聲「別客氣」，唰的一探，進步發招，照紀宏澤衝來。疾如速風，一拳打到，這才緊跟著又說出一聲「請！」

紀宏澤一側身，不覺得退下半步，急急地應式還招。紀蔚叔和趙秉元都在旁觀陣，就在這一交手之際，高佑明已連發三招，好似下馬威，急三槍，嚇唬小孩一樣。紀宏澤似乎應接不暇，一連六七招，只守不能攻，只退不能進。趙氏門群徒都湊過來看。紀宏澤似已覺出眾目睽睽，都盯著他，他的心情果然浮動。

紀蔚叔又替他擔心，又願他碰個釘子。按高佑明的拳路，此刻分明用的是外家拳，拳風純以勁勝，步步搶取先招。紀宏澤應該用內家拳來抵擋，或用劈掛掌來拆卸，才能得勢。一連走了十九招，紀宏澤一味用他的八仙拳，有點硬碰硬，分明碰不過。紀蔚叔並不提醒他，任由他自己應付。突然間，見高佑明搶進招，唰的打一掌。大概紀宏澤吃了虧，只聽他哼了一聲，霍然又退。旁觀群弟子登時起了欲抑反揚的一片噥噥聲。

高佑明越發得勢，攻勢愈猛。紀宏澤耳根通紅，百忙中眼光往外一掃，立即迎上去。拳風一變，唰唰，避實蹈虛，冒險爭勝，往上緊釘起來，依然硬碰硬。這兩個人心境不同，湣勝者輕敵，揮霍越力，有恃無恐；暗敗者志存雪恥，應招變化自然加急。又反覆了六七招，高佑明往前一欺，往旁一閃，紀宏澤合身正撲進去。紀宏澤的右臂竟被敵人拿住，高佑明側身用力一帶，不禁失口喝了一聲：「倒！」砰的一聲大響，出乎意外，紀宏澤往敵人右側搶去，踉踉蹌蹌栽出三四步，到底旋身泄力，凝步拿樁，要倒未倒，終於站住了。高佑明猛然一個趔趄，竟仰面斜栽，整個身子摔得仰八叉，摔在地上。

勝敗陡分，趙秉元武師大叫了一聲：「好一個大脫袍，難得難得！」

紀宏澤喘吁吁立住，高佑明紅頭漲臉爬起。紀宏澤這才想起江湖上的交代，過去要扶，連說：「承讓，承讓！」高佑明臉上含愧，要找場面，說道：「我大意了，紀師兄真可以，你能賞臉再跟我比兵刃嗎？」趙、魏二位師父連忙攔阻，趙門弟子群請繼續比武，都以為高佑明恃勝大意，輸得冤枉。趙秉元也說：「魏賢弟，令徒怎麼樣？還能夠跟他們鬥一陣嗎？反正都不是外人。」紀蔚叔轉問紀宏澤：「怎麼樣，這比餵招差多了吧？這還不是真上陣，你就手忙腳亂了。這幾位師兄還要跟你過過兵器，你的力氣用不勻，現在還行不行？」

紀宏澤自覺力氣還有餘。這時趙門弟子公推出一個二十一二歲的少年，體格高矮和紀宏澤差不多。由兵器架上取了兩把刀，直抵宏澤面前，問道：「師兄用什麼兵器？」兩位師長忙道：「你們要真拚命嗎？」另挑了兩根短棒，作為刀劍，分遞給二人。紀蔚叔乘便低告宏澤：「用勁不要太猛，要留後手，留餘力。」

兩個少年各提短棒，下了場子，先彼此客氣著，問了問對手使什麼招，隨說一聲：「請！」便過起招來。紀宏澤把短棒做寶劍用，那少年名叫謝良弼，把短棒當短刀用，兩人對砍了起來。實際的戰鬥，並不似把式場面的演樣，把式場每每一來一往，對鬥數十招。真的鬥兵器，只一接觸，也就是十幾個照面，便分勝敗。

那少年謝良弼竟用先發制人之計，容紀宏澤一棒劈來，側身一讓，猛然提棒照左肩一刺，一轉，又往下一掃，招招迅疾。紀宏澤只發出一招，竟挨了三下，登時慌亂起來。急調棒還招，奮力鬥了十來手，啪的一聲，被敵人砍中一棒，正斜削在大腿上，其疼無比。少年人不服氣，負疼也打了謝良弼一下。兩個人還要動手，紀蔚叔、趙秉元急忙喝住，笑說道：「你們這一下子，若是動真的，一條腿砍斷了，一個胳臂砍掉了，你們還要打嗎？」

紀蔚叔稱讚謝良弼刀法純熟。趙秉元說：「還是紀師兄，他是剛比完拳，累了。」嘴裡這樣說，趙秉元心中畢竟高興，趙門群弟子也似吁了一口氣。

紀蔚叔面對宏澤，隱含笑意。紀宏澤臉色通紅，還要比一比。本講的是試三場，還差一場。趙門弟子又走出一人，名叫高佑光，乃是高佑明的族弟，大聲說：「我跟這位紀師兄過過招。」

兩人都想用兵器，兩位師長說：「你們試試暗器怎麼樣？」

紀宏澤忙說：「很好，弟子的暗器比兵刃更壞，很願意同師兄切磋切磋。」心中暗暗歡喜，他學了三四種暗器，很可以借趙氏門徒的肉身，做箭堆子了。不想這把式場設備得很周到，試暗器也有代用之具，有禿頭鏢、木鏃箭、裹蠟的彈弓等物。趙氏弟子一聽說要試暗器，把箭靶子抬了出來。

趙秉元道：「那麼試，沒有用處，你們還是一面過兵刃，一面用暗器。」

高佑光用鏢和鐵蓮子，紀宏澤用甩手箭和錢鏢、袖箭。甩手箭沒有替代，卻幸紀蔚叔早做下牛皮箭鏃的皮套，帶套打人，不致負傷。兩人各提木棒下了場子，側身旁睨，揮棒動手。只換了八九招，這個往外一跳，那個也往外一跳。高佑光棒交左手，回手發鏢。紀宏澤暗把一枚厚錢扣在掌心，容得對手鏢到，揮棒一打，就勢將木棒交到左手，左掌心的錢鏢交到右手，倏地一揚手，照高佑光上盤打去。高佑光一伏身，又一竄，直竄過來，抬手一棒打到。紀宏澤略一招架，轉身便走，翻身又打出一甩手箭。跟著高佑光也發出一鏢，兩人全都閃開了。可是人已迫近，立刻又旋身動手。

紀宏澤連發三招，高佑光還了兩招，立刻往圈外一閃，唰唰唰，發出三個鐵蓮子。紀宏澤也冒險進撲，提棒往下劈；打算以進攻為虛，以發暗器為實。他袖內早裝著一筒袖箭，借這一竄一撲，陡然揚腕打出一袖箭。高佑光突地一斜身，揮棒往外一削，又發出一隻鏢。兩人相隔又近，各一頓足，交錯跳開。紀宏澤借勢一咬牙，唰的抬手，一隻錢鏢脫手打出去，未容高佑光閃讓，又捏出一隻袖箭。錢鏢瞄準，直打上盤；甩手箭估量著對手必往右側閃竄，就故意錯開半尺的準頭，平發出去，只要敵人一躲，恰好碰上。

滿心這一招定能取勝，哪知敵人不旁閃，陡然反欺，伏著腰直竄到自己這邊來，唰的一棒，照下盤猛掃。紀宏澤這時手中又提出一支甩手箭，右手既要發暗器，兵刃自然要交在左手了。敵人猛襲，已到側首，閃躲不及，必須招架，一時慌張，竟用左手棒往下一擋，右手甩手箭唰的也打出來。啪的一下，哎喲一聲，紀宏澤的反把左手棒被人打飛；順手挨了一棒，恰又打在左股上。高佑光進攻太猛，一棒雖然取勝，臉上也挨了一甩手箭，正打在眼眶下，立刻酸淚交流，掩面往旁一跳。紀宏澤兩次挨棒，全在左股，也咧嘴往旁一躍。全場大笑，兩位師長也發笑道：「你們全都是手慌。」

比武已畢，總算不分勝負。唯有紀宏澤心中有點沮喪。叔侄旋即辭別趙氏師徒，回轉店房，歇了一天，收拾行裝上道。

到了沒人時，紀蔚叔這才對紀宏澤講道：「怎麼樣，我告訴你的話不假吧？學藝是學藝，上陣是上陣，比武是比武。你要想報仇，還得多多實習。趙門這幾個弟子還不是什麼了不得的人物，你不能把他們打敗，你還想找那一龍一蛇江湖上的老賊巨寇，硬碰去嗎？」

其實這話不用紀蔚叔說，只這一試，紀宏澤已經爽然覺悟。紀蔚叔道：「現在你也不必灰心。咱們出門，就是先訪藝，不是先訪仇。賢侄，你跟我闖闖吧。十成本領，還靠十成經驗，你只多多跟人過招，多識多見，熟能生巧，自然神定心閒。神定心閒自然攻守自如。這小小一試，你就灰心，未免太脆了。」

紀宏澤卻不知他已上了紀蔚叔一個當。紀蔚叔是故意叫他學乖碰釘子來的。在訪趙之始，紀蔚叔已將宏澤所學所擅，一一告訴了趙氏師徒，並且再三拜託，務必警誡他一下。人家已經摸透紀宏澤的技藝，紀宏澤卻不知道人家會什麼，故此比起來自然吃虧。而且趙氏弟子下場的，也全是硬手。實際上饒這樣，紀宏澤還能不大敗，這在他十八歲的少年人，也算難得了。紀蔚叔苦心成全這個孤侄，可說是想盡了方法，然而這不過是一端，以後還有別的方法。

叔、侄二人重上征途，遇上江湖事，紀蔚叔就講道：遇上江湖人就叫宏澤比量。紀宏澤想這樣瞎闖，何日是了局？紀蔚叔卻有深心，每遇宏澤心厭要改計，便給他掀出一點事故來，刺激他。這天打店，紀宏澤嘆了一口氣。紀蔚叔忙道：「宏澤，這近處有一位能人，我領你去拜訪拜訪。」

說話的地方，是在山徑小店，十分荒僻。紀蔚叔竟不用代步，也不用爬山虎，引著紀宏澤步行翻山越嶺，走的全不是正道。只走了半天，紀宏澤腳下的鞋已爬掉了底。紀蔚叔先有預備，從行囊中，取出兩雙扳尖灑鞋，命宏澤和自己都換上，又往前走。一片荒山，當秋荒落，山徑窄隘，崎嶇起伏，紀宏澤初嘗此苦，走出不多遠，不由得說道：「這道怎麼這樣難走？」

張眼四顧，不但道險難行，天上只有片片浮雲，地上儘是叢莽枯草，走了這半晌，連個行人都少見。紀宏澤自然不曉得，這地方正是冀南、豫北、晉西三交界的群山，並不是行人通行的大道，紀蔚叔故意叫宏澤嘗嘗爬山越嶺的滋味。

一口氣走出三十多里，山路回轉，漸往下盤，群谷中露出一段隘地，由山坎往下望，林木掩映，似有山村市鎮。紀宏澤走出一身大汗，方才下了山嶺，奔向山村口外。在山上看，山村只在腳下，卻又走了二十多里，方才到達。紀蔚叔回顧宏澤笑道：「望山跑死馬。你看不遠了，越走越遠。我們進村歇歇吧。」紀宏澤問道：「這是什麼地方？」「剛才我們盤的那道嶺，就是冀豫界嶺，我們已然來到山西邊了。」

宏澤問道：「我們上山西做什麼？債戶不是在河南嗎？」

紀蔚叔答道：「倒不是債戶，是你父生前的一位老夥計，名叫張士銳，我要引你見見他，將來也有個照應。還有你的三師叔，我們何正平何三哥，當年和你父在洪澤湖一道遇仇，拒敵苦戰，當場傷了一條腿，已然成了殘廢。你如今出世也該見見他，好叫他放心。你要知道，自從你父一死，我們獅林第三支幾乎星散。我們四師兄虞伯奇也是當場水鬥歿命的，和你父死在一天。他也有個男孩子，要替父報仇，如今也有你這麼大了。還有我們二師兄解廷梁，搜尋仇人，要替你父報仇，在十幾年前，突然失蹤，恐怕早遭仇人暗算，已然傾生了。我們三師兄何跛子，自恨殘廢，灰心喪氣，退出江湖，已然多年。我們今日能夠倖免仇人毒手，你又長大成人，我們本門一線之望，又可以重張旗鼓了。不但是報仇，還要光大門戶哩。宏澤，你要勵志，我引著你去挨個拜訪他們。他們見了，一定歡喜。你將來在江湖獨闖時，有這些老前輩照應，多少可得便宜。」

說話時，兩人進了村口。這小村只寥寥十幾戶人家，在村後才有一條通行大路，有車轍馬跡，也有了行人。紀宏澤拭汗道：「剛才我們竟是橫越山嶺吧？」

紀蔚叔微微一笑，也不置辯，只引領宏澤進村，住店打尖。這山村過小，竟沒有店。只在村後道旁，有一小茶館，帶賣熟食，有一口井，行路車馬可以在此上料飲水。小茶館搭著木架草棚，架上堆著生柴鮮枝，可以上遮陽光，人在下面可以納涼。只擺著三張長木桌，也無旅客，只有一個背筐的行販，在棚下歇腳，還有兩三閒人，在茶棚底下棋。

紀蔚叔投過去，要了兩碗山茶，味道苦澀，水味的苦比茶味還濃。茶館只有一個老翁，一個半大孩子，照應買賣，都睜著一對迷離瞌睡的眼，強打精神，給客人泡茶。看那食物，有燒餅、煮蛋、煎餅、豆乾，也好像擱了好幾天沒人買，倒有鮮果可食。紀蔚叔兩人爬山用力，全都饑渴，好歹買了些，吃用起來。

茶館老頭打量著紀蔚叔師徒，說道：「客人，你二人這是從哪裡來？往哪裡去？」

紀蔚叔信口支吾道：「我們是往前邊去，前邊是什麼地方？」老頭子聽了這話，臉上顯出驚訝的神色道：「前邊是姚山村。怎麼，二位可是應徵去的嗎？」紀蔚叔道：「應徵？我是過路的，應什麼聘？」那老頭又打量了一眼，方才說道：「二位原來是過路的，那就是了。」

這時，那兩個背山貨筐的行販，喝完了茶，自拿出乾糧來，叫老頭子賣給他鹹蛋、豆乾。老頭子回頭看那半大孩子，又倚著棚柱睡著了，便罵了一句，起身自去拿蛋。兩個行販也順眼角，端詳紀氏師徒，兩人全是急裝緊褲，身形矯健，帶著小小長條形的行囊，拖著爬山助力的短棒，那行囊分明看得出來，內有防身兵刃。兩個行販也似面露疑訝，等著老頭子端過鹹蛋來，兩個小販且吃且問：「近處還有別的捷徑，可以繞過去不？」

老頭子搖頭道：「沒有沒有，你趁早吃完了，走回去。別說二位是空身人，昨天有三輛大車，走到這裡，都照樣退回去了。你不要找不心靜，還是老老實實退回去，走那蔡各莊，不也一樣嗎？」

二行販道：「好老爺子，那麼一繞，就得多走一天半的路。」老頭子咧嘴道：「那有什麼法子！你要是不怕死，敢豁得出去，你們就往前闖。他們那邊可是真刀真槍，玩出好幾條人命，你二位豁得出去嗎？」

老頭子把兩隻迷離睡眼全睜開了，臉衝行販說話，眼睛溜著紀蔚叔師徒。紀宏澤也聽出話風來了，就要插口動問。紀蔚叔悄悄攔住他，叫他少問多聽。哪知道老頭子連那兩個行販，都覺得紀氏師徒眼生得很，說話全留著餘地。老頭子只勸行販繞道而行，千萬勿往前闖，卻始終沒有說出前途如何險阻。兩個行販深以繞道為苦，更不問前途因何過不去。

兩個行販嘟嘟囔囔，連喊倒楣，彼此商量，終於打定了繞道而行的主意。卻又轉問那下棋的人道：「我說二哥，你是住在鄰村的，他們這個村子到底鬧了多少天？還沒有完嗎？官面也不問嗎？」

下棋的抬頭說道：「有好些天了。哼，快半個月了。他們這事起根發苗，可遠了去啦，足有十六七年的茬口。山角落裡，官面會知道啊？官面就知道催租。」

茶館老頭子點點頭道：「足有十八年了。地方看見了，還裝看不見呢。」

紀宏澤還沒有聽懂，紀蔚叔遙望前村，林崗掩遮，雖然一無所睹，可是聽話聽音，已猜出前途的阻難，十之六七是出了械鬥，到此忍不住閒閒插言道：「我說老爺子，前邊是不好走嗎？」老頭子半晌才應了一聲道：「你老說什麼？前途的道倒不難走，就是生人過路，不大容易。」紀宏澤道：「為什麼呢？」

這老頭子想必誤疑紀蔚叔是與前途有關係的人，依然遲疑不肯直言。紀蔚叔忙解釋：「我們正要往姚山村去，如果不好走，我們就繞一繞。」老頭子道：「你老想繞，就跟著這兩位繞一繞吧，前邊真是不好過。」紀蔚叔道：「可是前邊有人械鬥嗎？」

紀蔚叔一口說破，這老頭離離即即的，往四面看了看，方才答道：「你老料到了。可是說不得。他們這事跟尋常械鬥不一樣，也算械鬥，也算鬧賊。叫他們聽見，一犯疑心，把人捉去，輕者一頓苦打，重者就活埋了，可不是鬧著玩的。」

紀蔚叔忙問：「怎麼又算械鬥，又不算械鬥呢？為什麼又算是鬧賊呢？」那老頭子搖頭不答，勸紀蔚叔少打聽為妙。

少時，兩個行販算還茶錢，背起山筐繞道走了。老頭子衝紀氏叔侄一努嘴道：「你們想走，快跟他們走；繞遠道，要是地理不熟，可留神走迷糊了。」

紀蔚叔似乎另有打算，並不想借仗行販做嚮導，口頭答對道：「我們認的道，不用人領路，我們還想歇歇再走。」遂低聲對紀宏澤說：「你聽明白了沒有？」

紀宏澤道：「我聽明白了，前邊是有人攔路，不讓行人透過嗎？」紀蔚叔道：「正是，一定有人械鬥。宏澤，你願意借此機會，試試本領嗎？」

紀宏澤一聽登時躍然道：「好極了。你老叫我幫拳嗎？」

紀蔚叔搖頭道：「那可不好，一來寡不敵眾，二來又不知誰是誰非，三來咱們就去自告奮勇，人家也不相信。我的意思，要看看你偷渡關卡的本領。他們前邊既然正在械鬥，村前村後，要路斜徑，一定佈著很嚴密的卡子，有人值崗巡風。你可有本領偷渡過去嗎？」

紀宏澤大喜，連聲說好：「還是七叔，處處心路快。您想成全我，真是無微不至。那麼咱爺倆就走嗎？」紀蔚叔道：「走！」師徒二人丟下錢，出了茶館，徑奔前途。那茶館老頭子年老熱腸，連聲喊叫：「客人，客人，你可小心了。那邊走使不得，可真不是鬧著玩的！」

紀蔚叔含笑答道：「我們跟姚山村的莊頭認識，不要緊的，你老放心吧。」口頭這樣說，卻不直趨前村，反而斜奔這旁山岡，引領紀宏澤，未從涉險，先登高一望。

第十五章　窺械鬥山村蹈險

這地方正當河南西北部，與冀南兩交界，太行山盤旋在西北，林崗交錯，夾著山谷盆地。姚山村就在土崗南邊。和姚山村對壘的，是鐵牛堡。兩處山村為爭水道，久已結仇。近因姚山村運輸貨物，重新引起一場糾葛。

紀蔚叔和紀宏澤，登土崗遙望多半晌，因這土崗太矮，竟看不出什麼來。遠遠只看見隨山起伏，有一座山村，被叢林掩遮，露出紅牆黃旗，好像有廟建在山腰。有廟的村莊，一定不小，相隔太遠，也看不出人蹤。盤山而下，有兩股交叉的土路，路上不見行人，田間已然收割，也看不見農夫。這便與尋常的村莊不同了，無論多麼偏僻的山村，也不會路斷行人。

紀蔚叔觀望良久，忽然一陣風過處，西南方浮起了呼噪聲，似在林叢後面，暗暗點頭道：「是了，這必是集眾的聲音。」再傾耳細聽，過了一會兒，果然又有鑼聲。

紀宏澤立在紀蔚叔身旁，也聚精會神地看，看著又聽。半晌，見紀蔚叔面露疑訝，便發話道：「七叔，這裡看不清楚，咱們索性越過這道土崗，前邊不是有旗杆嗎？那裡一定有人煙，咱們到那裡打聽打聽，豈不更明白了？」

紀蔚叔哂然說道：「你怎麼知道前面那片人家，不正是械鬥的村子呢？」紀宏澤道：「那當然知道，你老請看，他們村口一個人也沒有，一定不是械鬥人。若是械鬥的人，一定聚著不少壯丁。」

紀蔚叔聽罷，失笑道：「你猜得不對。我正因為這個村子一個人影沒有，才不肯冒險前去。正因為他們村口一個人沒有，我才斷定他這村子就是械鬥的人家。你想，若是尋常老百姓，一聽見鄰村械鬥，他們老的少的一定出來許多人看熱鬧。現在他們這村口竟如此寂靜，足見他們已然傾巢出動了。你看表面沒有人，但是在暗處一定有埋伏。咱們只一過去，他們一定會鳴鑼聚眾，把咱們包圍了。我告訴你，凡推測事情，你要往兩面想，千萬別只猜一面……」

叔侄二人正在亂講究，饒紀蔚叔這樣擬議，紀宏澤還是半信半疑。忽然間，山根大路開來了三輛馱轎和五六匹馬，一直趨向前村。紀蔚叔哼了一聲道：「不好，這就要出事！」紀宏澤道：「怎見得呢？」紀蔚叔答道：「一邊械鬥不讓過，一邊恃眾硬要過，還有不滋事的嗎？」可是這馱轎相隔很遠，要想招呼他，也搆不著。宏澤忙說：「七叔，怎麼辦？倘若照你老所料，這幾輛馱轎，一定惹出是非來。我們趕過去，把他們攔住，怎麼樣？」

紀蔚叔在土崗上，仔細端詳道：「這也不行，你我兩個人全是空身，又是這樣打扮，你一攔他，他們還疑心咱們是劫路賊人踩盤子的呢。你再看，這馱轎分明是由官兵護送，也許不要緊，闖得過去。」紀宏澤笑道：「他們要能硬闖過去，咱們何不跟過去？」紀蔚叔也笑了，說道：「你的心路倒不慢。」兩人立刻下了土崗，奔向馱轎後面湊去。

還沒容二人奔到，馱轎已闖到山村腳下，忽然聽見村中發出一陣鑼聲，從山村對面竄出十幾個壯漢。同時村內也撲出十幾個人，各持兵刃，把大路截斷，三輛馱轎陷入重圍。紀蔚叔二人已落平地，看不見怎樣動手，也不知做何交代。在喧騰聲中，支持了一會兒，那一群壯丁竟將三輛馱轎、六匹騎馬的官役，全給裹進山村去了。

紀蔚叔、紀宏澤一齊止步，避到路旁矮林中，聽了半晌，聽不出聲息。又登高眺望，只望見村口留下三四個壯丁，持刀扛槍，在那裡比手劃腳，想必正在講究。更望村對面，埋伏的人又埋伏好了。依著紀宏澤就要繞道進村一探。據他估料，這三輛馱轎絕不是好好進去，一定是被押，因此他很想進村，探一個水落石出。

紀蔚叔竟不言語，引著宏澤，過一道土崗，尋一密林，找一塊平地，拂土一躺，也催紀宏澤躺下。紀宏澤道：「這幹什麼？」紀蔚叔道：「這叫養精蓄銳，快躺下歇歇。」紀宏澤明白了，依言枕行囊，也那麼倒下。

轉瞬耗到夕陽垂落，天空群鴉歸巢，山風也更見淒厲。紀蔚叔突然坐起，出林看了看天色，對紀宏澤說：「時候差不多了，我們可以先出去探探道。」

兩人剛剛拂土站起來，忽聽見林邊有腳步聲，兩人連忙躲到樹後。少時人聲走近，也是兩個壯漢，身上都暗帶兵刃東張西望，似在窺探什麼。察看外表，布衣粗服，穿短打，繫扎包，又似鄉團村漢，又像江湖人物。看神氣，鬼鬼祟祟，躲躲閃閃，似要趨奔山村，又不敢一徑過去，很有疑畏的意思。紀蔚叔猜想他們或是械鬥對方派出來的探子，哪知沒有猜對，這兩人竟是派出來給對頭送信的。兩人拿著一個小包袱，內中包的便是一封信。

紀宏澤向師叔做一手勢，悄悄地綴在二人背後，要聽聽他們的議論。這兩人一高一矮，竟一聲也不言語，快出林路，方才嘀嘀咕咕低聲說話。

那矮身量的人說：「他們在這裡也設下卡子，咱們只要遇見他們的人，就把信交給他，我們就回去交差領賞。」高身量那人說：「不行，頭兒還要回信呢。你既然膽小，就不該來，怎麼當著人自告奮勇，貪圖領賞，出來了又害怕？」矮漢子說道：「誰害怕來？我是盼望遇見他們的人，省得拿咱們當奸細。」

兩人說著話，又往前蹭。越迫近村根，越加疑畏，不敢舉步。果然繞過斜徑，突從埋伏處竄出數人，把兩個送信的人圍住。送信人打開包袱，高舉雙手大聲地說明來意。設卡子的人置若罔聞，奪過信來，把二人蒙上眼睛，押進村中。這小小的山村居然佈置很嚴，白天絕不能混進去。

紀蔚叔和紀宏澤見狀停步，想等候送信人出來，設法賄問械鬥的情形。哪知送信人因為膽怯，路上耗時過久，來到山村太晚，村中竟沒有當場釋放。村中人大概是看完了信，寫好回信，竟將二人扣留，預備明午再放。

紀氏師徒不知究竟，伏在路口旁窺伺，眼看已到黃昏時候，還不見送信人出來。紀蔚叔拿出乾糧，和紀宏澤吃了，又尋山澗，飽飲清流。一霎時深山入暮，星黑無光。紀蔚叔對宏澤說：「來吧，咱們兩人闖闖看，我也看看你的夜行功夫。可有一樣，我們只可奪路，不要生事。村民械鬥是不管王法的，凶氣一撞，真敢活埋過路行人，剛才那幾輛馱轎，此刻，還不知怎樣了呢。我們人單勢孤，去尋找我們的路，千萬不要妄想多事。你別看是山村，內中也許有能人。」

紀宏澤諾諾答應了，師徒二人讓開正面，從側面南山根往上爬。這是一道橫嶺，山村恰當夾谷，兩人在昏夜中往上爬山，只隱隱見山坎的一星星燈火。村民多是早起早睡，這山村反倒透露火光。紀蔚叔心知他們這燈火必是守望的號令。偕同紀宏澤，爬了半個更次，居然登上山坎。時值山風振振，草木蕭蕭鳴動，兩人展開夜行術，居然躲開卡子的監視，繞到山村的西面。

紀宏澤身到山坎平地，不由得呼了一口氣道：「只看下面，他們好像戒備得很嚴，想不到顧下不顧上，顧外不顧裡。師叔，咱們索性穿村而過吧。」

紀蔚叔忙拉他的手道：「低聲，你別大意！」先引他到暗隅蹲下，說是緩一口氣，實是貼著地皮，往村中窺影聽聲。居然被紀蔚叔看出前面土坡後，還有一道卡子，黑影晃來晃去，似有兩個人。又往南面看，一片漆黑，看不出虛實，好像這片濃影並非山坡，頗似民房。在這濃影后，就有一支燈竿，立得很高，西北面卻是廣場，恍惚也有人影。

紀蔚叔看清四面，命紀宏澤隨己蛇行上前，躲著卡子，衝南溜過去。直爬出數箭地，且爬且看，好像山腰沒有人似的。

紀宏澤放了心，因蛇行太累，禁不住一直腰。紀蔚叔忙喝命：「趴下！」

果然這一站，引出麻煩來。突從旁邊拋來一塊碎磚石，跟著現出兩三個人影來。沉默的空氣中，聽見遙遙喝道：「誰呀？」立刻履聲踏踏，奔這邊尋來。紀蔚叔急一拖宏澤，四無避處，只有坎坷的土坡，忙趴伏在土坡上。紀宏澤也臥在附近土坡上。

那投磚的人往這邊走了十幾步，又喝問了幾聲，無人回答。凝目看了半晌，天色太黑，二人屏息蜷伏不動。投磚的人又立了一會兒，看沒有動靜，一個人就說道：「你一定看岔眼了。」一個人說：「不是，我真是看見一個人影一晃似的，哪裡去了呢？」投磚的人正是巡邏的鄉丁，其中一個仍不放心，叫著同伴，尋了過來。尋岔了路線，岔到別處去了。卻將紀宏澤嚇了一跳，紀蔚叔噓唇了幾聲，禁他勿動。直耗過好久工夫，紀蔚叔這才展開蛇行的方法，很迅速地往南爬去。紀宏澤不敢再冒失，也只得跟著往南爬。

南邊有濃影處，居然設有卡子。紀宏澤納悶剛才紀蔚叔東張西望，暗有選擇，西邊四面漆黑的山腰中，正不知七叔會怎樣辨出虛實來。撲到濃影這邊，竟是一片民房，家家關門閉戶。紀宏澤尚在遲疑，紀蔚叔竟直起腰來，引領宏澤，鑽入民房小巷。吁了一口氣，四面一望，急貼牆疾走，到一民家，手向牆頭一指，又往旁邊一指，紀蔚叔自己竟伏身一躥。留出一面，催紀宏澤也躥上去。

在牆頭半俯身，往下看了一眼，抬頭看那有火光處，就在隔巷，果然是長竿挑燈，估摸是村中廟宇的旗杆。紀蔚叔輕輕從人家房頂上，藏在房脊，一直奔有燈竿處爬去。仍不敢直腰，恐讓地上巡邏的人瞥見。紀宏澤至此也加了一份小心，學著紀蔚叔的舉動，彎腰在人家房上走，腳步很輕。每從這所房改跳鄰舍房，紀蔚叔必先側耳聽一會兒，方才擁身急急一跳。

不走平地，只在房上牆上透過。這些民房全熄了燈火，除了燈竿，也有二三處地方偶透火亮，山村全都很黑。

兩人輾轉踱到有燈竿處的隔壁民家，不敢再往前湊。只從房脊後，徐徐探頭，果然是一座廟。廟中內外燈火輝煌，有數十名壯丁七出八入，似正有什麼忙事。廟門已閉，廟門外和院內都有人持槍站崗。白天村中所截留的那三輛馱轎和六匹馬，都在廟中拴著。廟中大殿也透露燈光。紀蔚叔和紀宏澤從廟牆隔壁往廟內遙窺，實在不能看清一切。

紀蔚叔本該就此溜下平地，由這裡尋路穿村下山，就可以闖出去了。只是武林中人物既已上房窺見廟中似有異動，總想看明白再走，也想叫紀宏澤看看究竟，見識見識世面。紀蔚叔便打定主意，引領紀宏澤繞奔廟後。從民宅跳下去，貼牆走了幾步，便躍上廟垣，順廟垣急走，躍上偏殿。約莫廟宇的形勢，兩人分據在這座偏殿的房脊左右，微露半面，凝目往大殿裡面窺望。

大殿供桌上，點著許多燈火，並擺著兩張方桌，幾條長凳。有幾個穿長衫的人物，正在說話。還有幾個雄糾糾的漢子，在那裡比手劃腳，正似議論械鬥。桌旁有一個秀才模樣的人，正在伸紙寫字，也不知是寫信，還是寫狀子。旁邊有一個赤紅臉老者，指指點點斟酌字句。紀氏師徒像這樣遠遠地窺看，竟窺不出一點眉目來。

紀蔚叔想，馱轎既然押在廟內，那坐轎的官眷料想也必押在此處。微挪地方，凝目光往前後大殿兩邊配殿尋看，竟沒有一點徵兆。再側耳傾聽，只偷聽見影影綽綽幾句話，說是村中首事的人少時就來。紀蔚叔要看看這首事的是何等人物，在房脊伏了一會兒，忽聽見外面人馬喧聲，廟門呼隆大開，從外面擁進三四十人，全都急裝緊褲，拿著刀箭兵器。

紀宏澤也凝目下看，見這三四十人亂哄哄地進了廟。內有兩個中年壯漢，像是領隊，一個生得高顴瘦頰，一個生得大眼濃眉。這兩個人剛到庭院，廟中人便迎著問道：「怎麼樣？」兩個壯士得意揚揚，回手一指。果然在後面有幾個人，蜂擁著兩個倒縛雙手的囚虜，推推搡搡，把兩個囚虜直押到院心，先拴在小樹上。紀宏澤細看這兩個俘虜，全都用黑布套蒙著面目，看不出是何等人物來。廟中人七言八語，圍觀詢問：「這捉住的是誰？」有一個人上前伸手，要摘罩面的布套，被那兩個壯士喝道：「不叫他們看見咱們這裡的虛實，才給他帶上套，你怎麼要摘？」

紀宏澤不深悉江湖上的事，還以為這兩個俘囚就是白晝送信的人。紀蔚叔伏脊下望，只一瞥便已斷定：這是另外兩人，只看身形體格，顯然和那送信人不同。因為罩著面幕，到底也推測不出是什麼人物。那個領隊的高顴壯士，吩咐廟中人好好看住俘囚，又命隊下去休息。二人便大步走上正殿。大殿上正寫文書的人，立刻停了筆，讓座獻茶，說道：「二位師傅辛苦了。」兩個領隊壯士說：「姚大爺呢？已經回去了嗎？」寫字的人答道：「請去了，這就來。」

旋又聽見一陣喧呼：「姚大爺來了！」廟門重開，兩人提燈，兩個護衛，引著一個長衫男子，一個短裝男子，走進廟來。才到庭心，便看見俘囚。那長衫男子軒眉似喜，立刻又眉峰緊皺道：「又捉住兩個嗎？」廟中別的人全都雄糾糾，面籠殺氣，已帶出械鬥場常有的那種暴戾神情。唯獨這個長衫男子，大家稱他為姚大爺的，面上頗帶憂容，立刻見他趨至樹下，到俘囚面前，伸前要解除面幕，那隨行的短裝壯士忙道：「姚大爺，且慢，留神叫他咬著手。」殿中的兩個領隊也迎出來，說：「姚大爺，你要審問，可以把這兩個押進殿上來。」姚大爺點了點頭。

姚大爺全副的精神都注意到這兩個俘虜身上，廟中人又全注意看姚大爺。唯有短裝偕來的武士，短小精悍，一對圓眼炯炯含光，似乎武功熟練，眼光四射，精神旁馳，不知怎麼一來，聽他失聲大喊了一聲：「不好，有奸細！」

廟中人詫然，張皇四顧：「奸細在哪裡呢？」

這短衣壯士虛向殿內一指，大喝道：「好奸細，藏在佛殿佛頭後面呢！兄弟們，快抄傢伙，快跟我來。」廟中人登時亂奔亂竄，亂尋兵刃。那兩個領隊也張皇四顧，竟搶一步把俘囚的繩索扯斷，一人夾一個，提俘虜反倒奔進大殿。

偏殿房脊上的紀宏澤，見狀十分詫異，把身子緊貼著，極力從殿脊後，往下窺看。想看看這個所謂奸細，是怎麼會藏在佛頭上。冷不防背後被人抓了一把，急忙回頭看時，正是紀蔚叔。手掩口唇，往下一指，道：「不好，我們形跡露了，快走！快走！」

紀宏澤還在納悶。因為廟中人一味注意俘囚，似乎全沒有抬頭往上看，自己藏身很祕，怎麼會被人察出？但等到再往下一瞥，下面情形已變。廟中這些人口嚷著正殿有奸細，全都撲奔正殿去。卻從正殿後門穿出來，立刻人人手中有了兵刃。紀宏澤剛覺不對，一剎那，突然聽背後騰的一聲，已有兩三支箭直衝自己射來。紀蔚叔低頭喝道：「快快！」倏地一長身，劍已在手，往外一掃。紀宏澤也往旁一閃身，抽出了兵刃。

紀蔚叔立刻一指西南，說道：「快走，快走！」紀宏澤應聲往下一躥。下面是牆，牆裡牆外竟全是人了；同時廟中敲起鑼聲，長矛短箭，紛如亂麻。師徒本想看一看這鄉中械鬥訊俘的實情，然後再借道一走，現在顧不得了。師徒二人揮劍奪路，往廟外奔闖。那短裝精悍壯士，提一口刀，驀地現身，直撲過來。那高顴大眼兩個領隊，指揮鄉丁，把全廟包圍，竟也直趨西南，先剪斷紀氏叔侄的出路，就是來路也被堵塞。同時還有幾個人不顧拿賊，奔出廟外，似乎送信勾兵。

紀宏澤到今日，才算是初臨大敵，初嘗性命相撲的滋味。

他先把心神一定，認定西南，由偏殿跳到大廟牆頭，當先開路，順著牆飛跑。敵人用箭追射，他直著腰，揮劍格打。紀蔚叔就揮劍斷後，一面遙拒敵人，一面又照顧紀宏澤。見紀宏澤全形畢露，忙喝命：「喂，小宏，伏下腰！」

一言未了，那持刀的短裝壯士已從別處繞登鄰牆上房，繞追到近處，大喝道：「好你鐵牛堡狗黨，你們真敢入虎口拔虎牙？」揚手一鏢，照紀蔚叔打來。紀蔚叔一閃身，早已跳到牆上。持刀壯士已撲過來，兩個人幾乎對了面，卻還隔著一道牆。紀蔚叔忙道：「朋友，我們不是什麼鐵牛堡的人，我們是借道的。」急急說了幾句江湖話。持刀壯士不肯置信，喝道：「你真是借道的，請你邀著你的朋友下來，咱們到廟中一敘。」

紀蔚叔道：「對不住，我的事忙，改日再會！」

說罷側身一看，紀宏澤已奔出廟外，落到平地，正與攔路拿奸細的鄉丁交手奪路。紀蔚叔不敢與紀宏澤隔開，連忙也竄落平地，跟蹤過去。鄉丁立刻打圈圍上來。持刀壯士也急忙綴下。剛追了幾步，突然撤回，招呼眾人道：「快快分一半人追賊，分一半人留守，不要叫敵人偷營，不要中了敵人的調虎離山計。」

這一喊倒放鬆了紀氏叔侄。他二人孤掌難鳴，假道窺廟犯了眾疑，惹起眾怒，本已陷入重圍，被隔兩處。壯士一聲大喊，廟中人頓悟，立刻分出一半人重往回跑。紀宏澤已被那高顴大眼的兩個領隊綴上，兩個領隊展開刀法，上前攻打紀宏澤。

紀宏澤身在房上，被亂箭攢射，落到平地，又被鄉丁圍攻。自想鄉下人沒甚本事，不意一交手，這些鄉丁雖然武功不濟，卻是護鄉情深，戀戰不退。紀宏澤又不敢殺人行兇，心存顧忌，劍法不由得透慢，兩個領隊攻上來，居然也是行家。紀宏澤且打且回顧紀蔚叔，心神一分，腳步一遲，鄉丁趕過去，往回一兜，這才陷入重圍中。

紀蔚叔也是如此，一面奪路，一面尋伴，心上既然懸慮，手上又不肯下絕情，當然很吃虧。鄉丁越聚越多，挑出長竿燈籠，照著二紀奔逃的去向，左奔右堵，右奔左截。兩個人剛剛衝出大廟，穿過兩條小巷便被鄉丁遠遠地圈在垓心，紀宏澤用劍背連連砍倒兩三個人，又用石子打退一兩人，膽子便大起來。回頭一看，紀蔚叔還在後面，他竟大吼一聲，仗劍一衝，甩開了兩個領隊，專奔鄉丁反撲回來。鄉丁不由得驚退，紀宏澤竟振吭大叫：「七叔，快過來，快快過來！」

紀蔚叔貼牆根且戰且走，冷不防，又上了房，火光中，恰恰望見紀宏澤鏖戰情形，初出茅廬，應付敵人十分鎮定，心中大慰。見紀宏澤返尋回來，實是失策，忙厲聲叫道：「宏澤，往外闖，不要管我，有路就走！再晚了就逃不出去了！」紀宏澤遠遠聽見呼聲，也沒有十分聽明白，只當是叫他上房，他便就近一躥，登上臨街的土舍。鄉團見狀，火把燈籠齊又團團撲來。這叔侄二人一先一後交錯著，一面往西南逃，一面往一塊湊。那兩個領隊起初不知奸細來了多少人，未免備多力分；現在跟追之下，已與奸細見了面，不過兩個人，又全在房上，便放了心，立刻指揮鄉丁，齊奔二紀叔侄。

這一集中兵力，頓與剛才不同，鄉丁越聚越多，能手也漸趕到，弓箭手也尋了過來。一陣梆鑼，箭如飛蝗，照紀宏澤、紀蔚叔，上上下下攢射過來。兩個人在房上東奔西竄，揮劍不住地格打，無奈矢石太多。兩人一面格打，一面還是往南奔。

更往開處望去，山村沒有燈火處，此刻全有了燈火。奪路下闖，實非易事，而且兩人當中隔開二三丈，必須合在一處，互相掩護，才好一同往外闖。二人才往一處奔湊，被那高顴骨壯士窺破此情，喊了一聲，竟率二三夥伴，從半腰中登房橫截，把二紀分隔在二處。

紀蔚叔見狀驚道：「不好！」可是敵人追上房來，下面的矢石恐誤傷己眾，不由得放緩一步，不再攢射了。紀蔚叔又向紀宏澤吆喝：「快下平地！」

紀宏澤急應了一聲。叔侄二人容得兩個領隊剛剛追上房，便哈哈一笑道：「朋友，對不住，我們是借道的！借光吧，朋友！」紀氏叔侄一翻身，又全跳到小巷了。

追兵和逃跑人恰好換了個。兩個領隊大怒，居高臨下，用刀一揮，向鄉丁喊道：「快堵住西南！」二領隊也一翻身，跳到小巷，迎頭來截。紀蔚叔催紀宏澤往沒人處速奔，他自己橫劍斷後，截住兩個領隊。紀宏澤忙往開處一跑，劈頭又被人擋住，立刻喝道：「呔，看鏢！」迎面敵人驚得一躥，紀宏澤一溜煙衝出巷外。一個鄉丁仗長矛刺來，紀宏澤倏地一伏身，撲到鄉丁臉前，又倏地一劍，鄉丁怪叫了一聲，倒在地上。紀宏澤從此人身上跳過去，一味往黑影中鑽。

紀宏澤藉著七叔斷後的機會，奮力闖出小巷，撲到坎坷不平的山村大路上。這山村本在山坎半腰上，下山路只有兩股。

紀宏澤一路急衝，回頭再看，後面追兵依然綴得很緊，那高顴骨領隊提刀綴奔過來。獨獨看不見紀蔚叔，也不知他是落後，也不知他是已失手。

紀宏澤心中惶急起來，百忙中心中一轉，且戰且走，且尋七叔。未容高顴骨領隊撲近，抖手先發一暗器！那領隊哼了一聲，止步不前，似已中傷。紀宏澤暗喜，才要反攻，哪知這領隊果然挨了一石子，也引動了他要施暗器的心。容得紀宏澤反奔過來，也抖手打出一鏢，喝道：「著！這下子還你！」紀宏澤吃了一驚，夜影中看不清，忙往斜刺裡一竄，一縷勁風，貼面打過去。紀宏澤直腰轉身，不敢反攻，忙往近處奔竄。近處有一黑暗小巷，似可穿行。紀宏澤斜撲過去，專避燈火，抄奔黑影。不料黑巷中突然喊道：「截住他，截住他！」紀宏澤不敢深入，一擰身，又上了臨街的牆。由牆頭上房，就在人家房頂上，伏腰急走，並閃目防敵尋伴，卻是紀蔚叔依然落後不見。

那個高顴骨領隊又追蹤上房，眾鄰舍橫截過來，且堵截且吆喝。命部下開弓放箭，攢射逸敵。那大眼睛領隊竟揣測形勢，先一步趕到前街，等著紀宏澤奔來。紀宏澤在房上跳來跳去，一面避敵，一面尋伴，居高臨下，張皇四顧，黑影中看不清仇友，只在燈光中恍惚看見一群人奔馳呼噪，倒往東追趕，料想必是紀蔚叔，他便想翻身繞道，奔尋過去。但追的人左一堵，右一截，恰恰迎頭把他擋住，他竟甩不開追兵。而且追兵越逼越近，那個上房的高顴骨領隊，已迫近背後，兵刃還搆不著，暗器已然打到。紀宏澤急忙一伏身，躲在草舍房脊後，才將這暗器閃開。地上的追兵又恰好望見他的影子，繞過來又是一排箭。

紀宏澤乍當大敵，心神總不夠用，顧得了房上，顧不了房下。又跳了一陣，方才省悟，自己居高臨下，雖在昏夜，人家也能望得見。要想逃開，必先避開村中人的視線，還是跳下平地為妙。但一跳到平地，越發看不見紀蔚叔的行蹤了。到此不由得急得兩眼如燈，可是事機危迫，刻不容緩。想起了紀蔚叔囑咐的話，臨敵遇危，當斷立斷，千萬不要遷延，致蹈兩誤。

而且剛才奪路時，蔚叔本已告訴他，有路速逃。千萬不要你等我，我等你。想到此處，敵人的包圍圈已從兩面擠過來，再不容他仔細思量，更不容他尋找夥伴了。他這才大叫一聲，栽身一跳，下了平地。

果然時機已然稍後，那大眼睛的領隊引七八個人從斜巷竄出，一直包抄到前面，前面過不去。紀宏澤一翻身，又退入小巷。小巷中刀光一晃，橫劈出一個人。紀宏澤一股急勁，抬手一暗箭，那人急閃。紀宏澤唰的一劍，連人帶劍，直衝過去，如一陣狂風。那個埋伏的人竟不能御，被衝得連連倒退。紀宏澤不管不顧，舞劍直竄過去。避敵蹈虛，往黑影中沒人處，奮力急奔。順著坎坎坷坷的山路曲徑落荒一陣亂鑽，背後已不聞腳步聲。

他這才逃出來，投入小小林叢中，倚樹喘息；再側耳傾聽背後，張目窺望前途。前途不利，竟誤撞到懸崖絕壁之前，下面一片皆黑，舉手不見掌，但覺撲面山風，便知下面不能立腳。側面山坡，一片濃影，隱約閃透火光，猜想有人家處。但依然遠聞呼噪聲，還怕追兵少時尋來。紀宏澤緩過一口氣，剛要出林，尋伴尋路，突然在十數丈外，火光一亮，立刻傳過來追呼聲，果然追兵窮搜到了。

紀宏澤一怔，就要冒險滾崖而下，卻又回頭一瞥。火光乍緩乍遠，漸追漸近，忙退身入林，屏息暗伺。跟著看出這是幾個鄉丁，持火把刀矛，虛張聲勢，來排搜逃人。聽他們喊：「截住他，截住他！」可是聲很急，行不速，分明是茫無目的，漫施詐語，東一頭，西一頭，一味海搜亂撞罷了。紀宏澤心中一動，頓生一計，他要讓過這幾個人，悄悄綴在他們背後，或者借此獲得出路。還盼望聽聽口氣，也許能夠探知紀蔚叔的下落，弄巧了，就許從這幾個人背後，衝下山去，也未可知。

紀宏澤主意打好，慢慢溜出林邊，哪知他走錯了棋。這幾個鄉丁一路排搜，相隔漸近，忽然嘩噪起來。黑影中，真個被他們蹚出一個逃跑人。巡兵剛過一小土崗，燈光一照，突有一個人箭似的貼地躥起，如飛的奔向紀宏澤藏身處小林邊。鄉丁大呼，紀宏澤大詫，卻又大喜。鄉丁唰的散佈開，追趕過來，夜暗燈昏看不清，大約也有六七人。這逃跑人只是孤身一個，黑衣短打，貼林飛奔。紀宏澤忙吹哨，又叫了一聲：「喂，是蔚叔嗎？我在這裡！」

那人驚得一停，也還叫了一聲：「是來峰嗎？」紀宏澤聽出口音生疏，並非紀蔚叔，但可斷定必是械鬥對方的人。登時想到敵人之敵，就是自己之友，忙低叫道：「咱們是一夥的。」

紀宏澤回答得不如法，那人又回頭一看，追兵將至，紀宏澤橫身而出，恰擋前鋒。這人立即低叱道：「少施詐語，快閃開！」揮刀奔了紀宏澤。紀宏澤吃了一驚，急抽劍護身。這時候追兵已然追到了。

追兵還當紀宏澤是自己人，連叫：「快截住他！」立刻打圈從兩側包抄過來。逃跑人很焦急，刀砍紀宏澤，拚命奪路。紀宏澤倉促辯白，詞不達意，忽想起此時舌辯不如拿事實回答。

便一側身讓路，向逃跑人揮手：「快走，快走，朋友別認錯了。」那人也沒聽明白，立刻揮刀直衝出去，紀宏澤翻身跟了過去。那幾個鄉丁連喊快追快追，也跟在紀宏澤背後，三撥人跑成了一串。

紀宏澤這一回做對了。奪路的逃跑人競熟悉這山村的地理。局外人看著山迴路窮，本地的人三轉兩繞，便找到了捷徑。只可惜逃跑人腳程太慢，不能把追兵斷開。紀宏澤跟在後面跑，直奔出一大段路。那人連連回頭，初疑漸悟，可是還有些顧慮。轉眼快奔到山腳下，竟有村人所設的卡子，卡在路旁。山村地勢起伏，時有果林和山田交錯。林坡傾斜，田隴平衍，這逃跑人專擇易逃易走處奔來。無如這道卡子正當咽喉要路，卡子上埋伏的人只有十幾個，此時想已接到山村的警報，人雖不多，卡得極嚴。當途置火把，安吊燈，人伏在火光後，遙望好像無人，顯見虛實難測。

這逃跑人奔到這裡，不敢前闖。紀宏澤跟了過來，這人連打手勢，意思是讓紀宏澤在前面走，直衝卡子，奮力奪路，他自己反倒離開山徑，改爬那叢莽亂石，難以立足的懸坡。見他拂草擇路，側身下溜，忽然一栽，直滾墜下去，好像滾落到平地上。紀宏澤並不傻，他也不肯硬闖卡子，緊跟著逃跑人的腳印，也從亂崗冒險往下滾。順坡一溜，居然也到達深谷。爬起來一看，此地細草茸茸，坡勢險峻，偏少荊棘，怪不得逃跑人專擇此處。但等到紀宏澤身落平地，再找逃跑人，深谷昏黑，已然逃走。聽那拂草踐踏聲，恍在前面，紀宏澤到此已然迷失方向。

卡子上聽出動靜，後面追尋的人已趕到。立刻此呼彼和，排搜過來，碎石紛紛，直往深谷投下。紀宏澤磕磕絆絆，手臉受傷，倉促不細想，遙逐逃人的後影，極力跟綴過去。

深谷迂迴，天色即將破曉。紀宏澤剛奔出谷外，山腳下，卡子上的鄉丁已然截抄當前。那個逃跑人走得無影無蹤，紀宏澤只得躲避著鄉丁，有路便走。谷外有一片田地，此時已然收割，遠望去，白茫茫一片，似是淺灘小河。在半裡地外，還有一道亂草土崗，似可匿跡。紀宏澤立刻奔趨過去。卡子上的人敲鑼聚眾，追趕不捨。

紀宏澤越過土崗，奔到小溪岸邊，既無野渡，也無板橋。

紀宏澤不敢游移，連忙泅水渡過去。於是前有大林當路，紀宏澤絕處逢生，直投過去。卡子上的人直追到小溪邊，散開來，在岸頭來往梭巡，竟不肯渡流窮追，叫罵一陣，收隊而回。紀宏澤哪曉得這條小溪，就是兩村械鬥的界河。夾著這道河，儼然分為兩國。紀宏澤逃出險地，又踏進另一險地。

（未完見下冊）

大澤龍蛇傳——潛龍伏蛇

作　　者：白羽
發 行 人：黃振庭
出 版 者：崧燁文化事業有限公司
發 行 者：崧燁文化事業有限公司
E-mail：sonbookservice@gmail.com
粉 絲 頁：https://www.facebook.com/sonbookss/
網　　址：https://sonbook.net/
地　　址：台北市中正區重慶南路一段六十一號八樓 815 室
Rm. 815, 8F., No.61, Sec. 1, Chongqing S. Rd., Zhongzheng Dist., Taipei City 100, Taiwan
電　　話：(02)2370-3310
傳　　真：(02)2388-1990
印　　刷：京峯數位服務有限公司
律師顧問：廣華律師事務所 張珮琦律師

定　　價：399 元
發行日期：2024 年 03 月第一版
◎本書以 POD 印製
Design Assets from Freepik.com

國家圖書館出版品預行編目資料

大澤龍蛇傳——潛龍伏蛇 / 白羽著 . -- 第一版 . -- 臺北市：崧燁文化事業有限公司 , 2024.03
面；　公分
POD 版
ISBN 978-626-394-000-0(平裝)
857.9　　113000764

電子書購買

臉書

爽讀 APP